AF397690

SPÅR 1

LARS C HOLMBERG

SPÅR 1

en kriminalroman

Av Lars C Holmberg har tidigare utgivits romanerna:

Hilly Ulrika, en filares dotter… 2012
Kråkan, mellan minne och verklighet 2019

© Lars C Holmberg 2020
Omslagets framsida: utformad av författaren
Text omslagets baksida: F. Löte
Författarfoto: Fredrik Holmberg
Förlag: BoD – Books on Demand, Stockholm Sverige
Tryck: BoD – Books on Demand, Nordstedt Tyskland

ISBN 978-91-785-1133-4

Boken tillägnad min kära hustru, Anita Holmberg

"Mat kan man äta om man är aldrig så hungrig"

(en maxim min morfar yttrade mer än en gång)
Kanske något för kriminalinspektör Sivert Fredriksson?

1

Ett lätt regn föll när nattåget mot Stockholm och Stockholms Centralstation, just rullade in vid plattform 1, spår 1 vid Vännäs station. Rälen blänkte i lokets strålkastarsken och det var säkert skönt att kunna stå under perrongens skärmtak. Enligt tidtabellen skulle tåget göra ett kortare uppehåll vid stationen. Posttjänstemannen Olle Berglund bodde med sin fru en bit utanför Vännäs nära Umeälven i en liten grå stuga med mörkröda knutar och ett garage i samma stil som stugan. Nu klev han på i postvagnen längst bak i tågsettet för att börja sitt arbetspass. Under färden mot huvudstaden, sorterade Olle posten som skulle till de olika avdelningarna på den stora statliga Kronofogdemyndigheten vid Västgötagatan i Stockholm.

För många år sedan hade Olle varit platschef för bygget av ett nytt stort arkiv på Kronofogdemyndigheten och för dess äldre handlingar och akter. Det var innan det Kungliga Postverket knöt Olle till sig för hans kunskapsflora samt organisationsförmåga även inom posthanteringen. Han hade haft en morbror som varit postsorterare i Trelleborg på färjan mellan

Trelleborg och Sassnitz. Denne morbror hade blivit Olles inkörsport i Postverket, som postsorterare.

Väl ombord hade han vant letat upp sin arbetsplats i postvagnen. Där kom Olle och tre andra postsorterare att tillbringa natten med sortering så allt skulle vara klart då man rullade in på spår 8 vid Stockholms Centralstation, följande morgon.

Det tre andra postsorterarna fanns redan ombord sedan Umeå järnvägsstation. Vid vilket spår tåget skulle rulla in på i Stockholm, var en sak Olle Berglund tagit reda på exakt för att postpersonal från Stockholm 1 skulle kunna möta honom på rätt plats i den stora Centralstationen. En så kallad framförhållning, typisk för Berglund, ett slags varumärke.

Med van blick och snabbt hanteringssätt, var Berglund efter någon timma klar med sin del och hade packat posten i två plastbackar och dragit runt ett buntband. Så resten av resan kom att bli efter eget behag. Hans kollegor tog som vana att luta sig de timmar man hade kvar in till Stockholm och slutmålet, i den sovvagnskupé som fanns i postvagnen. Berglund föredrog att läsa Västerbottens-Kuriren, en morgontidning som alltid fanns med ombord på tåget.

Han möttes av en svart rubrik på första sidan. NYTT HOT!

Det var återigen Kronofogdemyndigheten i Stockholm som fått ett bombhot från en privatperson. Tidigare hade man haft bombhot så de fått utrymma myndigheten och stänga av gator runt om. Någon bomb hade man inte hittat den gången, men polisen tog allvarligt på alla hot. Säkerheten var egentligen ganska stor vid kronofogdemyndigheten, KFM.

Det var en sjuk spillra som hela tiden kom med dessa hotelser. Han var känd av polisen och gick under namnet "Arvid". Han var till vardags tillsynsman vid Stadsgården och hette, Johansson, Arvid Johansson. Om honom berättades att han sov med en kniv under huvudkudden och var oberäknelig. I häktet har han funnits vid ett flertal gånger efter att ha misshandlat sin hustru. Hur han kunde vara far till sex barn med denna kvinna, var det ingen som förstod. I början på 1900- talet, hade familjen bott i en liten tjänstebostad ovanpå Saltsjöbadens stationshus. Då stod han som stationskarl vid Saltsjöbanan, men det var innan han blev tillsynsman i hamnen vid Stadsgården. Han avfördes som stationskarl vid Saltsjöbanans järnväg för oegentligheter och man blev tvungna att flytta ifrån tjänstebostaden. Nu bodde man i ett hus på Urvädersgränd på Södermalm. Ett hus där det sades att Bellman en gång hade bott. Carl Michael Bellman, av alla digniteter.

Där hade hans barn med förenade krafter kastat ut honom efter hans hårdhänta ömhet mot deras moder. Barnen var någorlunda vuxna så med förenade krafter hade man hivat ut Arvid på gatan. Som hemlös, sov Arvid som oftast ruset av sig under en presenning i hamnen, sommartid. All denna misär, skyllde Arvid på fogden och det skulle denne dyrt få ångra sluddrade han vid fler gånger än en.

Ja, ja, tänkte Berglund. Det är alltså till denna myndighet jag är på väg idag. Så långt har det gått, tydligen. Sjuka människor har det väl alltid funnits och är väl något vi tyvärr måste försöka leva med. Jag tror inte dessa blir färre, snarare tvärt om, funderade han vidare. Kanske man inte blir insläppt på grund av strängare kontroll. Eller är det som så ofta, man saltar sina nyheter på tidningsredaktionerna för att sälja fler lösnummer? Så pass, så man knappt känner igen verkligheten.

Han bläddrade vidare i tidningen till annonser och nöjen. Han skulle se om där stod någon notis om nya strippor på den klubb han brukade besöka. Förutom hans skattefria traktamente från postverket, var denna lite extra bonus tänkte han. Som sylten i en gräddvåffla!

Nu var Arvid, som sagt, känd för sina hotelser mot Kronofogden och hans drängar, som han sa. Hur han utformat sina hotelser, stannade dock inom polisens väggar. Man ville inte väcka sjuka tankar hos andra. Det räckte så bra med denne ”Arvid”. Det man tror utlöste hans hotelser mot kronofogden, var att han blev av med sin befattning som stationskarl och att han, sedan de flyttat till Stockholm och Söder, blev utslängd av sina egna barn. Det ansåg han som vanhedrande och vad gäller hans så kallade oegentligheter, det stod fogden för, den lismaren. Arvid var nu ådragen att återbetala varenda krona.

Berglund vek ihop tidningen och stoppade den i kavajfickan.

Han var nyligen pensionerad men trivdes med jobbet så han gick därför på övertid. Det inbringade honom och hans hustru lite extra den 25 varje månad. Ännu var det bara trevligt med tågresan och personalen han hjälpte med det triviala daterandet och insorterandet i de olika mapparna i akutarkivet. Detta arkiv låg ju på avdelningens våningsplan och användes flera gånger dagligen. Där låg alla nyinkomna mål och beslut. Nästa steg var arkivet nere i källaren på ”Ettan” som man kallade arkivet.

Vanligen blev Berglunds resa till Stockholm en resa över två dagar, vilket i sig gjorde att han fick traktamente trots att han hade en av Postverkets övernattningslägenheter att använda då han kom. En etta med kokvrå som låg på baksidan av huset vid Vasagatan på nedre botten och med utsikt över gården.

Han försökte förströ sig så gott det gick på sin fritid. Att använda lägenheten så lite som möjligt, var hans strategi. Bara för att sova i. Olle Berglund hade vid första resan sett sig om i kvarteren närmast kring sin övernattningslägenhet. Det var mest bakgator han traskade runt på men lärde sig hitta på det viset. Bara att läsa gatunamnen och ta sig runt i området. Det blev mest i Klara kvarteren han gick. Och han fann gatunamn som egentligen beskrev hur de låg i förhållande. Klara Södra kyrkogata, Västra-, Östra- och Klara Norra Kyrkogata, kallades för Klara Porra. Alla dessa gator låg runt S:ta Clara kyrka. Kyrkan blev som kompassnålen där han lätt kunde lokalisera sig var han befann sig. Efter några veckor gick han där som om han var en urinvånare och hittade lika lätt som en springschas på sin cykel.

Han gick över kyrkogården en kulen oktoberkväll och det duggregnade. Gick ner för trappen mot Klarabergsgatan, en gata som glittrade i regnet från gatlampor, neonskyltar samt bilars strålkastarsken. Där stod plötsligt poeten och Klarabohemen Nils Ferlin! Där stod han nu, värmlänningen och Karlstad sonen. Han var lite smal om ben'a tillika om armar och hals, helt obekymrad om duggregnet som det verkade. Till på köpet utan hög hatt. Men rökte, det gjorde han. Olle hade aldrig träffat på Ferlin tidigare. Nu stod han där helt frankt nedanför trappen från S:ta Clara kyrka. Numera stod han där året om, i brons, förklarade en informationsskylt. Olle ställde sig invid statyn och fann att Ferlin och han var i stort sett lika långa. Han hade även sökt sig runt uppe vid Hötorget. Ett torg han fann trevligt och kunde vistas där under en längre stund innan han återvände mot Klara kvarteren och Centralstationen för att äta middag. Det blev också en vanlig plats att återvända till, Centralstationen. Där fanns en trevlig matservering som hette Café Norr. För Olle ett mycket passande namn där han frossade i fläsk med bruna böner, isterband med persiljestuvad potatis, rotmos med fläsklägg, raggmunk och falukorv med stuvad vitkål, älggryta och palt, för att nämna något som Olle beställt in under alla hans många Stockholmska resor. Men den extra knuffen, var biffsteken med mycket lök och stekt potatis med riven Västerbottenost samt några supar.

I Klarakvarteren fann Olle de speciella små butikerna som saluförde frimärken och andra som utbjöd frivol lektyr och skyltade avslöjande med sitt utbud i fönstren mot gatan, som kittlade hans fantasi. Där brukade han efter en tid och vana i kvarteren för övrigt besöka en klubb med film av det ljusskygga slaget som gick nonstop samt med strippor in natura på programmet, innan han tog nattåget norr ut hem till Vännäs.

Blev ett slags ritual varje gång han var i Stockholm och han hade ett medlemskort som stämplades varje gång han besökte lokalen. Det stod lite kryptiskt på en skylt vid kassan "Efter sex besök, är det sjunde gratis". Tydde på humor, ansåg Olle. Annars kostade inträdet hela 20 riksdaler. De unga stripporna gillade Olle mest. Nonstop filmerna kunde han vara utan. De var ju bara ett syntetiskt material. Men dessa nakendansöser var liksom mer levande och den nakna huden var lite mer påtaglig än hemma i Vännäs. Men det man har, de har man ju förstås i Vännäs tänkte han vidare och log lite inåtvänt.

Var har jag hört dessa visdomsord tidigare, tänkte han? Men det är något jag inte vill vara förutan.

Vid den tiden kunde han skriva byggnadsingenjör, på visitkortet trots att postväsendet tagit vid. Och det var som byggnadsingenjör han fått uppdraget att bygga om likboden till ett arkiv för det statliga verket, KFM. Då var det aldrig tal om upphandling och liknande. Där fick man arbete oftast genom känningar.

2

Det statliga verket hade hyrt in sig i en lokal nere i ett bergrum långt under kronofogdemyndighetens kontorslokaler. Där hade tidigare en begravningsbyrå bedrivit sin verksamhet, men nu hade alltså lokalen stått tom och var lämplig till förvaring av äldre handlingar från den digra papperskvarnen kronofogdemyndigheten, KFM, samlat på sig och tog mycket plats i den dagliga verksamheten.

Olle utnyttjade vid upprättandet av arkivet samma ingång som den förutvarande ägaren – begravningsentreprenören - använt sig av. Den enda hiss som fanns, var för liten för att frakta skåpen i och tog bara 3 personer eller max 240 kg plus att hisskorgen var rund. Till lokalen, dit hissen kunde ta sig, fanns alltså även en gedigen dörr. En dörr som mynnade i ett enormt parkeringsgarage. Dörren var lite diskret från utsidan av det stora garaget, tidigare Europas största skyddsrum.

Här kunde man lätt rulla in arkivskåpen lite anonymt utan att någon egentligen undrade över vad man gjorde. Dörren hade haft ett vanligt ASSA-lås, Olle hade haft två nycklar.

Det var för enkelheten med tillträdet av lokalen.

En tredje nyckel stod skriven på en Bodén, som var en av de tidigare ägarna. I lokalen hade det bedrivits en verksamhet inom begravningsväsendet. Nu hade firman flyttat till Hagalund med upptagningsområde i Solna. Meningen var att man både skulle byta lås samt skruva ner skylten som berättade om den tidigare verksamheten på andra sidan dörren, begravningsverksamheten. Ofta då rörelsen hade en funktion, hade det stått en svart glänsande likbil på deras förhyrda parkeringsruta utanför dörren till företaget. Vid förrättning, kallades samma fordon för, begravningsbil. Något lås blev aldrig bytt utan man hade nöjt sig med att lägga en hanterbar träregel tvärs dörren på insidan och målade den i samma färg som dörren. Den gamla skylten kom att sitta kvar på dörrens utsida.

Men idag var han som sagt posttjänsteman och kallades allmänt för ”Post-Olle” bland personalen på myndigheten. En gång var fjortonde dag kom Post-Olle med handlingar ifrån Norrlands distrikt, och stannade som insorterare i två dagar innan det bar av norrut igen. Som vanligt var, träffade han fler ur personalen och tog en fika tillsammans med dem. Det kom att bli en ritual. Där fanns Bobban, en glad tjej som alltid hade en ny rolig historia på lut. Där fikade den till synes blygsamma Karin, i sin långa luggslitna kofta. Karin blev han inte klok på. Hon skötte annars arkivet på Ettan och var den som vistades ofta nere bland de gamla mapparna i arkivet, det arkiv Olle en gång ställt i ordning. Elsie ingick också i kaffegänget och luktade ofta, allt för ofta, portvin på arbetstid. Den paranta Ulla Stengren kunde ibland ta sig en kopp te i sällskapet och var en som Olle också träffade. Ulla doftade alltid nyduschad viol och Olle ansåg henne lite säregen, men ytterst välvårdad. Ulla var försiktigt vaksam och såg ett och annat som inte andra kanske såg eller lade märke till. Hon var skärpt som en lie, men lite egen på sitt vis.

Personalen på myndigheten trivdes med Post-Olle och den hjälp de hade av honom varannan vecka. Han slöts snabbt till den lilla familjen på avdelningen och han fick en inblick i både deras arbete och hur de var som personer.

Olle, Bobban och Kajsa, kunde nästan ha en duell om att berätta historier under kafferasten. Hans trivsel var stor.

Efter ett par dagars arbete vid myndigheten med insorterandet vid det dagliga arkivet, nyinkomna handlingar och akter, blev det en returresa hem till Vännäs igen. Då inte i postvagnen, utan mer i restaurangvagnen med en biffstek med mycket lök, en så kallad Ångloksbiff, en stor stark och en sexa Norrlands Akvavit, för han hade läst boken.

I restaurangvagnen slog sig Olle alltid ner vid ett bord för två i förhoppning av att han skulle bli ensam vid bordet. På ena sidan i vagnen fanns bord för fyra matgäster, medan det på andra sidan var bord för två. Där satt alltså Olle nu.

Han ville på så sätt liksom i lugn och ro avnjuta sin Ångloksbiff och den immiga nubben samt sammanfatta vistelsen medan det senaste uppehållet i Stockholm fanns i färskt minne. Återblickarna blev många. Både dunkla och ljusa. Var de värt de få kronorna han tjänade mot detta flackande, var en fråga han ställde sig?

Den myndighet han reste till, var ju en trevlig extrainkomst och han undrade hur länge detta skulle få fortgå.

Ja, innan någon fick upp ögonen på KFM, funderade han? Kronofogdemyndigheten var egentligen en gigantisk tegelhög som var illa omtyckt av en del men uppskattad, kan jag skriva så, av andra? Man huserade i gamla nergångna lokaler i lika gamla och nergångna byggnader. Men det var nya saker på gång och nya fogdar såg dagens ljus snabbare än man tände en taklampa. Den ene yngre än den andre. Nybakade som ett frasigt frukostfralla, men utan någon som helst erfarenhet naturligtvis på ingångna rutiner och liknande väsentligt. Ändå kände han fläkten av nya vindar som skulle mojna och dö ut en dag i en ände med förskräckelse. Ja, kanske inte så drastiskt ändå, men han kände att hans resor skulle få ett slut, ett plötsligt slut. Berglund visste inte då hur rätt han skulle få och fick heller aldrig vetskapen.

Tåget dunkade oförtrutet vidare i en vaggande rörelse och det blev som en melodi vid passerandet över alla rälsskarvar. Det var inget som på något vis störde Olle, tvärt om.

Tåget saktade in och han var redan i Gävle. Det skulle bli ett kortare uppehåll och han beställde in en sexa Norrlands Akvavit till, medan han hade öl kvar. Det var halvfullt i vagnen vilket han tyckte var behagligt. Nu kunde han ha sina tankar ifred. Nu kunde han fundera över den stora statliga myndigheten han var på väg till. Tåget hade sakta började röra på sig igen. Innan, hade han hört "tåg mot Stockholm, tag plats…"

3

Inte allt för långt tillbaka i tiden, men före 1917 var den enskilde kronofogden en ämbetsman som fungerade både som allmän åklagare och polischef.

Och kollationerar man vidare i Förvaltningshistorisk ordbok, finner man att fram till 1945 var en kronofogde ett härads högste tjänsteman med uppgift att inom ett fögderi övervaka ordning och säkerhet, förrätta kronouppbörden och redovisa den samt ha uppsikt över kronans gods och hemman i häradet. Kronofogden upprättade med häradsskrivarens hjälp skattelängder och förrättade vid behov, jordrannsakningar om ett hemmans skattebärförmåga.

Kronofogden var dessutom skyldig att hålla sig informerad om nya bestämmelser och deras efterlevnad inom sitt fögderi. Han var ersättningsskyldig för försäljning av skattepersedlar till underpris och för bristande skatteuppbörd. Hans närmaste överordnad var landskamreren, som månatligen kontrollerade skatteindrivningen. Kronofogden innehade jämsides med länsmannen även åtalsrätt på tinget

Åtalsrätten utvidgades gradvis till även andra än skattemål under 1700-talet.

Kronofogden ansvarade vidare för kontrollen av gästgiverier och krogar, väg- och brounderhållet, skjutsväsendet, utmätningar och syner av boställen, både civila och militära, samt jämsides med skogvaktare och jägeribetjänter för kronans skogar och allmänningar. Han var även chef för kronolänsmannen och fjärdingsmannen. Under medeltiden och 1500-talet, kallades kronofogden vanligen för landsfogde.

Stundtals var detta en ryslig läsning och man kunde förstå genom att läsa mellan raderna att detta var ganska godtyckligt och arbitärt handlande av en autoritär.

Men det var då det. Det är något modernare nu.

Hängande mot dörrkarmen till kafferummet stod Karin Gunnel Beck - Horntygel. Hennes framtoning präglades mer av liknöjdhet och med en pneumatisk letargi, än den ringaste yrkeskunskap. Förhållandet var dock det rakt motsatta. Hon var en slags dubbelnatur. Hennes ålder var helt enkelt obestämbar vid första anblicken. Den kunde vara allt mellan trettio och sextio år.

På söndagarna satt Karin troget i Engelbrektskyrkan på det gamla Kvarnberget uppe på Östermalm. Alltid på bänk två närmast mittgången på varje högmässa med påföljande kyrkkaffe i klockargården.

Hon var tilltrodd den som räknade kollekten, på grund av sitt yrke.

Kyrkan låg inte långt ifrån hennes bostad i Lärkstaden så det var en kort promenad som gällde. Hon borgade för att kollekten låg på minst en extra tusenlapp varje söndag. Vid flera tillfällen den dubbla summan om hon vid kyrkkaffet veckan innan, haft den ynnest att ha suttit bredvid den pastor som förrättat högmässan. Då hade hennes dag varit räddad, ansåg hon. Då kunde hon skjuta till den där extra lilla tusenlappen i håven. Det dövade hennes samvete en aning.

Med sin slant i kollekthåven, ville hon blidka herren så att han skulle se mellan fingrarna på den yttersta dagen vad gällde hennes lilla oförargliga, enligt henne själv, förehavande.

Karin var av medellängd och med dålig kroppshållning. Hon hade rak näsa, blå vaksamma ögon och flyende haka. En grå långkofta som sett bättre dagar, hängde över hennes axlar. En kjol där en del av fållen på den ankellånga grå yllekjolen, behövde läggas upp och sys. Ett par fotriktiga skor avslutade hennes uppenbarelse. Hon hade en borgerlig stram uppfostran nedärvt från ätten Horntygel. Karin Gunnel Beck - Horntygel, ansågs ganska grå och med sina stora hornbågade glasögon med tjocka glas, även ganska förläst. Samt naturligtvis, rök och spritfri.

Man skulle kunna sammanfatta det så att hon inte var intresserad av sitt utseende, kläder eller mode, mer än att ha för att skyla sin kropp och hålla den varm.

Hon hade en gedigen språkutbildning i franska, tyska, spanska och naturligtvis engelska. I övrigt utbildning i företagsekonomi där bokföring var hennes specialitet. Enligt hennes arbetsbeskrivning, stod där att hon även hade en specialistfunktion just inom, ekonomi, redovisning, revision samt inom skatteplacering och investment. Inte att förglömma, egendom och kapitalförvaltnings ärenden.

Karin utstrålade som sagts trots detta hennes fina CV, däremot ingen särskild kompetens åt något håll. Hur man nu kan avgöra det och om man nu kan utstråla någon sådan endast genom sin uppenbarelse och sitt varande, är lite oklart.

De som kände henne visste att hon var långt ifrån någon dumskalle, tvärt om. Istället för sin grå framtoning hade hon alltså mer än en god utbildning, vilket man kanske inte kunde säga om de flesta andra av hennes medsystrar på avdelningen.

Det var till Karin Gunnel Beck - Horntygel, kronoinspektörerna kom med kvitterade handlingar och kontanta medel i fullt förtroende från någon gäldenär och som hon i sin tur bokförde med sin kvittens och låste in tillsvidare i ett stort kassaskåp på hennes kontorsrum.

På avdelningen Första Fält, där Karin tjänstgjorde, var en del av den statliga indrivningsenheten förlagd på myndigheten och ingick som en del av hennes ansvarsfulla tjänst.

Då ärenden så påkallade, var det på Karin Becks bord handlingen hamnade för att diarieföras, dokumenteras samt tagas i förvar tills vidare.

Men nu stod hon alltså och hängde som vanligt på dörrkarmen till kafferummet och med armarna i kors vilket var lite av hennes adelsmärke och ett lätt tydbart kroppsspråk som speglade ointresse.

Hennes stil med armarna i kors över bröstet, bildade en barriär som hon kunde gömma sig bakom. Hon hade intagit sin vanliga defensiva ställning. Det var så man var van att se Karin. Men skrapade man en aning på ytan, kunde det framtona en annan varelse.

Det var oftast intill kafferummet hon hängde, eller så vid någon av hennes kollegers kontorsrum. Inte sällan stod hon i dörröppningen till assistenten Ulla Stengrens, kallad Stenis, kontorsrum. Man sa om henne oftast, Ulla Stenis, eller bara Stenis. Men Gud förbjude, inte så hon hörde. Men det var å andra sidan ganska lätt, eftersom Stengren hade nedsatt hörselförmåga och kunde verka lite frånvarande ibland på grund av att hon hörde lite dåligt. Men att skaffa sig hörapparat, var för henne helt främmande. Hennes ögon missade dock ingenting. Hon hade under många år en diskret uppsikt på Karin.

Ulla Stengren, 52 hade ett namn menade hon, och det namnet ville hon också bli tilltalad som.

Ulla Stenis var inte odelat road av att ha Karin stå och hänga i dörren, det störde henne.

Hon kände sig påpassad och kunde inte då genomföra sina egna små förehavanden. Hon skulle exempelvis alltid duscha på arbetstid och därmed inte tära på sitt privata kapital genom att slösa på duschschampo och varmvatten hemma hos sig själv, i den egna bostaden. Detta var en inarbetad rutin sedan många år, att duscha vid hennes arbetsplats. Det var ju där, på sin arbetsplats, hon kunde känna sig opasslig och varm. Då skulle hon också duscha på arbetstid för att hålla sig fräsch. Punkt!

Att använda myndighetens pappershanddukar, var då en lika stor självklarhet. Detta visste alla på hennes avdelning, men själv trodde hon ingen hade uppmärksammat detta lilla gagn hon tog sig lite vid sidan av. Hon var i allt väsentligt raka motsatsen till Karin. Stenis var noga med sitt utseende, gjorde sitt jobb utan klander samt luktade alltid nyduschad och fräsch.

Karin hade kastat en blick på sitt armbandsur säkert rent reflexmässigt och sagt till den som orkade lyssna att nu skulle hon åka ner på ettan. Bra, för då visste man var hon befann sig, om någon sökte henne.

– Jag åker ner på Ettan!

Stenis hade bara höjt blicken från sitt skrivbord ut mot Karin där hon hängde. Troligen tänkte hon, äntligen! Hon hade en väldig koll på Karin och hade en liten aning om vad hon sysslade med. Stenis var inte dum på det viset, utan kunde räkna hon också liksom Karin. En dag skulle hon helt enkelt konfrontera Karin med hennes pengatvätt. Hon ansåg att de två skulle kunna dela på statens kaka fifty – fifty.

4

Ettan var våningen längst ner i huset, en våning under garaget och även under våningen för utmätt gods. Det var också i skyddsklass av skyddsrumsnivå och ingick i ett större tunnelsystem av samma potential.

Ettan inrymde äldre akter om gäldenärer, hot mot myndigheten och där betalningsförelägganden under alla åren var arkiverade. Ingen var särskilt intresserad av detta arkiv, frånsett besiktning av myndighetens säkerhetschef och huvudskyddsombudet en gång om året och det var i grund och botten egentligen inte särskilt intresserade de heller. Säkerhetschefen hade dessutom alkoholproblem, men det blundade huvudskyddsombudet för. Varför, var inte helt klart. Nu var dessa ibland tvungna att åka ner till Ettan å tjänstens vägnar. Säkerhetschefen var inte särskilt road av denna rond som han var tvungen att genomföra, men efter en god lunch med huvudskyddsombudet, där säkerhetschefen stod för notan som representation, tog de sig an uppdraget. Stärkta av passande destillat, tog de sig ner via hissen till arkivet på ettan, för att i stort sett anse besiktningen vara väl genomförd och efter myndighetens statuter och normer, samt tryckte sig upp igen med hissen. Säkerhetschefen signerade protokollet och huvudskyddsombudet, vidimerade. Det hade dock inte noterat i protokollet huru som belysningen i hissen hade blinkat då man ställde om sin nyckel och tryckte på knapp 1 som var arkivet. Man hade visserligen tittat på varandra då det blinkade, men mer än så hade det inte blivit vid denna kontroll och säkerhetsrond, förutom axelryckningen då.

Arkivskåpen, grågröna till färgen och i en oändligt lång rad, gick liksom på räls. Man kunde manövrera skåpen åt höger eller vänster med en vev som satt på kortänden av kompaktarkivskåpen. Man kunde även låsa alla skåpen genom att föra samman dem till skåpraden Ö, och låsa med nyckel alla rader genom låskolven i veven vid skåprad A. Utväxlingen var via veven, enorm. Som ett skruvstäd. Men oftast stod skåpen olåsta för ingen var ju egentligen där nere, ingen ville heller dit. Det fanns ju inget av värde i skåpen. Karin var nog den ende som regelbundet hade ärenden i arkivet. Hon kunde arkivet på sina fem fingrar. Visste hur det var upplagt och hade därför lätt att leta i arkivet.

Där fanns trettiofem arkivskåp med åtta hyllor i varje skåp, alla skåp hjulförsedda vilka löpte i ett i golvet nedsänkt rälsspår och kunde alltså manövreras med en vev på varje skåpsrads kortände. Vid motstående vägg, fanns ett långt väggfast arbetsbord med perstorpsskiva med det klassiska virrvarr mönstret.

Men som sagt, möjligheten fanns att kunna låsa skåpen vilket Karin också funderat på att göra flera gånger.

Hon tog fram sin nyckelknippa och den speciella nyckeln som krävdes för färd i hissen till olika låsta våningsplan i huset. Allt för myndighetens säkerhet och sekretess. Vid knappen märkt 1, fick hon stoppa i nyckeln och vrida om för att kunna trycka på den aktuella våningsknappen.

Hissen, en av den äldre typen med en gallerdörr att stänga och sedan ytterligare en rasslande gallergrind att dra för som ett draperi, när man väl var inne i hissen.

Nyckeln var en säkerhetsdetalj bland fler, för att komma ner och sedan in i arkivet. När hon vred om nyckeln, för att komma ner till den nedersta våningen, våning 1, startade hissmotorn och då blinkade alltid lampan i hissen till. Det var som någon form av spänningsfall som uppstod när hissmotorn skulle starta då man vred om sin nyckel.

Den långa, till synes ändlösa raden med arkivskåp, var alltså det som mötte Karin då hon klev ut ur hissen i detta kompaktarkiv.

Men, det är ensamt, ödsligt och lite skrämmande där nere i arkivet med endast suset av fläktsystemet som surrande malde på. Det kunde nog vara både olustigt och pressande om man hade någon form av, klaustrofobi.

Bara man började fundera på var man befann sig, hur långt ner under huset man var, skulle nog vara tillräckligt för att olusten skulle krypa innanför skinnet. Hur långt var det upp till marknivån och friska luften? Bara tanken på hur trångt det var i arkivet och hur lågt i tak det var, kunde få vem som helst att börja irra med blicken. Det piper och viner i det gamla fläktsystemet för att hålla arkiven fuktfria och ibland flimrar även lysrören till lite olycksbådande.

5

Varför lysrören flimrar och slocknar för ett kort ögonblick, beror alltid på när någon är på väg ner i hissen till arkivet och han eller hon, vridit om nyckeln vid knappen för Ettan. Då slocknar lysrörsarmaturerna. Visserligen för att omedelbart tändas igen. Det var nog något med det elektriska och hissmotorn som krävde sin strömstyrka, hade Karin gissat lite flyktigt.

Men för någon med svaga nerver, var platsen inte att rekommendera. Scenen skulle mycket väl kunna ingå i en klaustrofobisk skräckfilm om det nu fanns någon som producerade denna sort av underhållning. Karin tänkte aldrig i dessa banor men det flesta andra på hennes avdelning associerade till kusligheter när de någon gång var tvungna att åka ner i arkivet. För deras del hände det bara då Karin Gunnel Beck - Horntygel, hade semester eller var frånvarande av annan anledning och orsak.

Ettan och kompaktarkivskåpen här nere i underjorden, ansåg Karin vara en säkrare plats än hennes eget stora kassaskåp på kontorsrummet. Här nere i rad Z:8 hade hon sitt gömställe. Glasklart, eller nattsvart, vilket man nu vill men säkert var det. Med sin gedigna utbildning i företagsekonomi och med bokföring som specialämne, hade hon lite försprång före sina arbetskamrater. Även om de så var kronodirektören själv, som var på besök.

Det fanns en liten lucka i systemet som hon hade upptäckt. Från den stund en kronoinspektör tagit emot en gäldenärs kontanta medel, det var innan alla plastkort svämmade över, och inspektören skrivit ut sitt kvitto till gäldenären, uppstod ett litet utrymme för viss korrigering av summan på dessa kontanta medel till den stund hon stängde sitt kassaskåp. Här, fanns det en glipa i systemet och det var den hon relativt enkelt funnit. Gäldenären hade ju, de facto, blivit avprickad i laga ordning i kronoinspektörens protokoll med en blyertspenna. Ett OK i en kolumn, samt inspektörens signatur. Kvitto på gällande belopp hade av inspektören snyggt och prydligt skrivits ut för gäldenärens räkning.

Karin fick de kontanter det handlade om i sin hand av handläggande kronoinspektör och i sin tur diarieförde, skrev kvitto samt arkiverade detta tillsammans med de bandbuntade kontanterna för att låsa in i sitt kassaskåp.

Hon hade räknat igenom bunten med sedlar och som i detta, det senaste fallet, hade handlat om 150 000 kronor, för att låsa in i sitt kassaskåp.

Hon skrev därför nogsamt ut ett gångbart kvitto på kontanterna med beloppet, 120 000 kronor som bifogades till sedelbunten i kassaskåpet. Inte i nypan på den handläggande kronoinspektören, som antagligen skulle protesterat då.

Det var stämplat med inkommande datum, samt med Stadsverkets KFM stämpel också. Allt verkade sanktionerat och i laga ordning snyggt och prydligt. Belopp angivet, plus att Karin skrivit sin signatur KGB. En signatur med hennes egna lite fyndiga piktur. Kronoinspektören hade sett nöjd ut vid Karins handhavande, diarieförande samt bandat belopp. Med ett bifogat kvitto som Karin stämplat snyggt och prydligt och med myndighetens stämpel. Allt hade sett så ordentligt ut, och aldrig hade någon tvivlat på Karins korrekta handlande. Revisonen hade heller aldrig något att invända vad gäller kvittenser kontra kontanta medel, de var i balans. Inga oegentligheter fanns att anmärka på. Fröken Horntygel var ett mönster på myndigheten.

Ingen skulle kunna ha något att erinra vid en eventuell kontroll, eller höja på något ögonbryn, utom Ulla Stenis. Allt skulle till synes vara helt i sin ordning. I kassaskåpet ligger rätt belopp, det vill säga i detta fall nu 120 000 kronor som också intygas av bifogat kvitto på den summan.

Med de 30 000 kronorna på fickan som så att säga blev över, vid hennes lilla korrigering, tar Karin hissen ner till Ettan.

Hon behöver inte vara orolig någon plötsligt har ett ärende ner i helvetet, som hennes kollegor kallar arkivet. Alla, har den benämningen utom Karin. Man ber henne istället hjälpa dem, om så skulle vara. Hon stegar ner med bestämda kliv till rad Z. Tar veven på gaveln till arkivskåpet, tittar sig instinktivt om och ser sedan till att med vevens hjälp, skåpet glider åt sidan. I det här fallet flyttas även tre skåp till åt sidan utan någon svårighet, så hon kan kliva in mellan skåpen Y och Z.

Längst in i på skåprad Z och högst upp på hylla åtta, stod

hennes flyttkartong.

Den såg anspråkslös ut. Lite lagom sliten och stack inte i ögonen på något vis, en dammig flyttkartong som sett sina bästa dagar och en gång i tiden tjänat Wasa Express verksamhet. Ingen normal människa skulle förvara något värdefullt i denna lite nötta kartong. Därför var denna förvaringsplats sanslöst bra och noga uträknad.

Nu innehöll flyttlådan Karins lilla portmonnä, som hon kallade den. Lådan var bottenfylld av sedelbuntar med vita banderoller om och med tryck, Stadsverket på.

Hon log när hon såg travarna med pengar och rättade till koftan som hasat lite på sned och hindrade henne då hon sträckte sig för att lägga i ytterliga några sedlar från hennes senaste lilla snattande.

För hennes verksamhet, var denna plats ett alldeles utmärkt gömsle med det krånglande lyset. När lysrören slocknade för någon sekund innan de glimmade för att tändas igen, var det en varningssignal. Då förstod hon att någon var på väg ner i hissen. Därför hade Karin aldrig klagat på detta med lyset.

Hon kände sig lite som Robin Hood, den tecknade figuren i TV på julafton, där hon stod. Hon tog från de rika och gav åt de fattiga. Prisa Gud, här kommer skatteåterbäringen, tänkte hon som om hon var uppe vid sin hemmakyrka. Nåja, direkt fattig var nu inte fröken Karin Gunnel Beck - Horntygel. Och samvetet var i detta fall, ordentligt stort och rundnätt tilltaget.

Gäldenärerna hade ju gjort sig skuldfria gentemot staten och hade fått kvitto på gälden. De var avprickade hos handläggande kronoinspektör med ett OK, samt en sirlig signatur i deras handlingars marginal. Hon hade bara tagit ifrån de rika...

Men nu var det Karin som tummat på överdådet med sin förslagenhet, kunskap och insikt, och såg till att kollekten i kyrkan blev god varje söndag. Det hade hon så att säga råd med. Att det var så enkelt, tänkte hon. Svårare att snatta ur en femårings godispåse. Men det är väl kanske just därför det fungerar, för att det var så sagolikt enkelt. Att karva ur statens lite intorkade bog, hade blivit som ett gift.

Ett beroendeframkallande. Hon hade helt enkelt svårt att låta bli norpandet.

Nu stod hon och funderade med armarna i kors, som vanligt. Rättade till den långa slitna koftan som hasat snett över axeln igen. Petade upp glasögonen på näsryggen med långfingret, medan hon till synes funderade stort.

Det var flera miljoner i den där lådan. Men eftersom det till största del endast var använda sedlar utan nummerföljd och i valören tusenlappar, tog de inte särskilt stor plats. Hon skulle kunna packa sedelbuntarna i en kartong av något slag. En kartong inte större än en tolvbitars tårtkartong. Oj så enkelt det blev nu plötsligt. Måste skaffa en tårtkartong. Jag köper en tårta, en prinsesstårta, så den håller sig länge och ställer in den i kylskåpet på klockargården till kommande kyrkkaffe. Bara ta med den tomma kartongen tillbaka till KFM och så fylla med andra godsaker.

Frågade någon av arbetskamraterna eller vakten, kunde hon alltid säga att det var för kyrkkaffets räkning. Det var de ju, på sätt och vis. Men vem skulle fråga. Det syntes ju på håll att det var en tårtkartong, så varför fråga? Ingen skulle titta närmare, ingen skulle bry sig om Karin. Tyngden från sedelbuntarna och en gräddtårta, eller vilken sort det nu kunde vara, skulle vara marginell och därmed perfekt. En vanlig plastkasse ifrån någon närbelägen matvarubutik, skulle också gå bra i värsta fall och räcka till i storlek. Den hade dock nackdelen att det var lätt att kika ner i plastkassen.

En tårtkartong med snören om, lite proffsigt och snyggt knutna, var idealiskt. Liksom plomberat och klart. Bara att passera GÅ, utan att hamna i fängelset. Hon funderade inte ens på att ta ett CHANS kort.

Nu började hon bli riktigt varm i kläderna både i bokstavlig och bildlig mening och tog till och med upp en näsduk för att torka sig i pannan.

6

Det blev ju av alla de där bäckarna små under årens lopp av pengaflöden, till en mindre insjö i Karins flyttkartong. Nu var det kanske det nionde året som hennes små blygsamma manipulationer och verksamhet putsade statens kaka och naggade den aningen i marginalen.

Karin vågade inte tänka på hur mycket pengar det låg där egentligen. Hon hade räknat igenom sedelbuntarna och fick ihop 31buntar! Varje bunt innehöll hundra tusenkronorsedlar. Men käre tid, det var inte lite det på bara 9 år? Det kanske är läge för att nu, innan någon kommer på min lilla hobbyverksamhet, lägga den lilla hobbyn på den så kallade hyllan, tänkte av en ren tillfällighet Karin. Hon blev så varm om ansiktet när hon gjorde överslaget av sin ekonomi så glasögonen immade igen. Men bara ett tag till funderade hon, för att jämna ut summan.

Det fattas ju endast fyra hundra tusen. Sedan får det vara stopp. Tänk om man får någon form av abstinens när jag slutar snatta, hemska tanke? Karin visste inte vad sådant skulle kunna innebära eller ta sig för sorts uttryck. Hon hade ju aldrig rökt gudbevars, och avhållsamheten ifrån alkohol hade hon inte heller haft problem med eftersom hon aldrig smakat. Karin var ju också fröken, så något besvär med avvänjning hade hon ju inte på någon av lustans gårdar. Dagen innan påsk, hade antagligen Karin tagit ledigt. För påsken var ju Herrens högtid så det var tätt på given i Karins kyrka. Påsken är ju egentligen den största händelsen i kyrkoåret, så det var därför som sagt var, tätt på given för Karin. Det förstod i alla fall hennes närmaste arbetskamrater på 1:a fält.

Ingen hade sett henne sedan morgonen den dagen. Inget märkligt i och för sig alls. Hon hade haft en ganska så stor tårtkartong med sig som hon antagligen skulle ta med till kyrkan. Myndigheten var stamkund vid kvarterets konditori och det var där Karin hade inhandlat sin tårta. Det hade stått Konditori Kjellgården på kartongen, mindes någon. Den hade stått i fikarummets kylskåp ett tag också, mindes en annan. Sedan var kartongen plötsligt borta. Minns inte när jag upptäckte att den var borta. Men borta var den och när Karin skulle hämtat den i så fall, var det heller ingen som hade sett. Ja om det nu var Karin som hade hämtat tårtkartongen.

När man lyssnade med vaktbolaget nere i hallen och receptionen, sa man att de hade hälsat på Karin då hon kom efter lunch. Det var på Skärtorsdagen och hon hade burit på en stor tårtkartong.

Vakten hade tigit med att de inte sett henne gå ut på lunch, för de hade vakten inget minne av, och beslöt därför att hålla mun om den missen. Hon kanske hade flexat?

Några minuter efter det hon kom, hade hon lämnat myndigheten med kartongen i näven. Man hade önskat varandra trevlig påsk, mindes man i vakten. Vakten hade nickat vänligt och frågat, att nu ska det bli tårtkalas? Karin hade bara nickat och lämnat huset. Sedan har man inte sett henne.

Karin hade inte skrivit något meddelande på deras stora whiteboardtavla som hängde i fikarummet att hon var ledig till efter påsk, som vägledning.

Ingen sa sig minnas att hon berättat något att hon skulle unna sig lite ledighet över långhelgen. Men okej, det var innan påsk det, på skärtorsdagen. Hon kanske har åkt till Blåkulla, funderade någon, men hade ångrat sig då hon sagt det. Det var så dags då. Det var för fem dagar sedan det. Men, man kanske inte mindes. Nu var påsken över, och fortfarande var det tomt på hennes kontorsrum, liksom det var på infotavlan.

Visserligen hade det varit en hel del i kyrkan över påsken det hade hon berättat om under en längre tid. Men Karin var plikttrogen sitt dagliga värv in absurda, så det var mer än konstigt med hennes frånvaro.

Hon pläderade exempelvis att skulle man vara förkyld, skulle man se till att vara det under helgen. Då kunde man vara på sin arbetsplats och i tjänst igen på måndagen. Nu hade hon alltså frångått sina egna principer. Detta syntes vara särdeles egendomligt.

– Tänk, sa någon. Tänk om hon låst in sig nere på ettan, ja jag menar om någon dörr har gått i baklås eller så. Hissen pajat? I så fall har hon ju suttit i arkivet hela påsken. Herre gud, det är ju mer än fem dygn nu!

– Någon mer som ställer upp? Vi måste åka ner i arkivet direkt. Var är Stenis, förresten?

– Ledig, var det någon som föreslog, och hade ryckt på axlarna. Kanske duschar?

Två av de manliga kronoinspektörerna tog mod till sig som det såg ut och hoppades detta skulle vara till gagn och tillräknas dem hos de kvinnliga kollegerna vid nästa firmafest. De kände det som ett mandomsprov att åka ner i det så kallade, helvetet. Det var ingen lusttripp på något vis. Ingen avund hade uppstått.

I med nyckeln vid hissknappen och vrid om. Det blinkade oroväckande som vanligt i hissen som samtidigt hade ryckt till och påbörjat färden nedåt. Ner mot helvetet.

De båda inspektörerna såg sig oroligt omkring och på varandra. De hade ju inte samma erfarenhet och kunskap vid detta blinkande, som Karin hade

– Hoppas nu inte hissen stannar på halva på vägen, sa Levin som var den som hade fler år i tjänsten än Eriksson men aningen fjantig och var inte särskilt förtjust i hissar, svängdörrar eller trasiga glödlampor.

Levin kallades utom hörhåll för, "fröken" Levin!

Så skakade hissen plötsligt till och stannade.

– Jaha, vad var det jag sa? Nu stannade skiten!

Som tur var, hade man då nått ettans våningsplan. De var orsaken till att hissen stannade och man förde den rasslande grinden åt sidan och öppnade gallerdörren.

– Nu har ventilationen pajat, var det första Eriksson sa, och ville därmed bidra med något tekniskt kunnande. Det luktar som vad ska jag säga, en frysbox gått sönder. Lukt som av ammoniak, liksom. Minns lukten ifrån träslöjden i skolan då vi fick testa att lukta på ammoniak. Tror det är sånt som tyngdlyftare brukar sniffa på innan de ska till att hiva upp en herrans massa skrot i luften.

Båda stod vid ingången till arkivet och påminde om jakthundar som vädrade och sniffade.

Men fläktarna i taket fungerade som vanligt vilket fick Eriksson lite ur balans. Fan tänkte han. Så fel jag hade. Och någon frysbox finns inte nere i arkivet heller. Förr fanns det kylskåp. Men vad skulle ett sådant haft för funktion i så fall i dag?

Inspektörerna såg på en gång att arkivskåpen inte var låsta. De var bara sammanförda åt vänster, längst ner i slutet av raden av skåp. Man tog sig försiktigt vidare nedför ett par trappsteg i klinker till det gamla slitna marmorgolvet.

Tidigare hade det legat en begravningsbyrå i denna lokal och det fanns en skylt kvar på dörrens utsida, den mot det stora garaget Bergström & Bodén Begravningsbyrå, stod det.

Levin försökte sig lite desperat på att ropa…

– Karin!

Men hans rop dog ut precis lika fort som han ropat. Det var å andra sidan inte mycket till rop heller.

– Karin!

Hans rop dog ut igen då han hade försökt att ropa. Det var fortfarande dödstyst. Förutom suset ifrån fläktarna i taket.

Hans rop hade bara låtit ödesmättat. De hade fortsatt sakta framåt utefter den långa skåpraden, oroligt spanade. Ju närmare de kom slutet av arkivraden, ju vidrigare blev lukten, eller stanken. Definitionen var stank eller odör!

Stanken av ammoniak kändes mer påtagligt lik en överfull stor soppåse med gamla räkskal som legat ute i solen där förruttnelseprocessen tagit sin början.

Plötsligt hade Levin stannat och tagit sig åt huvudet.
– Men för helvete Eriksson, det luktar ju för fan död! Det är liklukt vi känner. Jag har känt denna stank tidigare och fan må ta mig för att jag inte kom på det på en gång.

7

Har man känt liklukt en gång, glömmer man normalt sett aldrig den stanken. Men nu hade jag uppenbart gjort det.

Lukten sätter sig liksom i kläderna på samma vis som om man ätit surströmming. Stanken sitter i kläderna.

– Oh! Fy för fan, sa Eriksson och såg ut som om han mådde illa. Sa du surströmming? Aldrig med min fot!

– Något eller någon, ligger här någonstans och ruttnar, det är så det förhåller sig. Det är den dystra verkligheten. Vi måste ringa polisen på direkten, sa han och pekade på Erikssons mobiltelefon.

Vi öppnar bakvägen ut mot garaget och lotsar polisen in den vägen när de kommer farande. Säg åt dem att köra ner i Katarinagaraget uppifrån och att vi möter upp i tunnelgaraget.

Nu tog Levin tag i händelserna, men visste inte var han fick kraft ifrån.

– Bakvägen, sa han igen och tittade på Eriksson med en frågande min? Bakvägen hade jag fan i mig så när glömt, sa han och pekade mot bergväggen åt vänster där en bred järndörr syntes. Ändå bad jag dig lotsa in polisen den vägen? Men, det blev kanske lite chockartat med den här stickande odören i näsan. Det finns ju för fan som sagt var, en bakväg in till arkivet.

– Vilken jävla bakväg, undrade Eriksson?

– Det är den dörren begravningsbyrån använde sig av då de hade sin verksamhet i denna lokal. Till bakvägen kommer man från det stora garaget, sa Levin och nickade mot dörren. Det är bara en tjock träregel som ligger tvärs som spärr på insidan, vill jag minnas. Det ska vi kolla direkt.

Någon träregel eller bom tvärs över den breda dörren mot garaget, fanns inte. Den kanske hade tagits bort utan att de tänka på det och inte heller hade de informerats. Men en grå träregel har det varit. Regeln stod nu lutad mot väggen till höger om dörren och var mycket riktigt gråmålad, precis som dörren. Den stod där fastspänd med ett sådant där buntband. Ett grovt buntband i svart plast av engångsutförande, vad de nu hade med saken att göra.

– Men dörren fortsatte Levin, är i alla fall låst. Inget märkvärdigt lås utan ett vanligt enkelt lås som väl sitter i varenda lägenhet. Ett vanligt ASSA-lås. Men mer behövs inte. Vem kommer på idén att bryta sig in i en likbod? Det dräller väl knappast med nekrofiler i området.

Utanför dörrarna fanns en liten parkeringsruta där det stod, P-reserverad fastskruvad i bergväggen. Och på dörren kunde man läsa på en något korroderad skylt, men där det ändå framgick tydligt, att det var där som Bergström & Bodén Begravningsbyrå, hade haft sin verksamhet en gång i tiden. Parkeringsfickan hade med lätthet rymt deras firmabil. I övrigt var det ett enormt stort parkeringsgarage i flera våningar, som mynnade nere vid Katarinavägen vid Slussen. Inkörningsvägen var uppe vid en park på Södermalm.

Levin hade inte tänkt tanken klart, innan det blixtrade av blåljus uppifrån garagets inkörsportar. En målad polisbil och två civila polisbilar anlände och bromsade in där Levin stod vid den öppna dörren till den gamla begravningsverksamhetens lokal, numera alltså ett stort arkiv för KFMs räkning.

Inkörningsporten uppifrån och ner till garaget, var nu spärrad med ett blåvitt band och där stod två poliser ifrån ordningen. Det fanns också två poliser direkt utanför dörren till den gamla begravningsbyrån som numera alltså hörde till den statliga myndigheten och var ett arkivutrymme. Där inne jobbade nu teknikerna och blixtarna från deras fotograferande syntes ut i garaget där Bergman och Ulfsson, även de ifrån ordningen, stod för bevakningen.

– Vilket stort jävla parkeringsgarage, hade Ulfsson sagt och nickat ut mot det parkeringsdäck där de befann sig.

– Det är inte alltid saker och ting är vad det ser ut att vara, sa Bigge.

– Men du, vad kommer hända nu? Tänk på att jag bara är aspirant. Är med för att se och lära. Jag kan ju gissa förstås och minnas ifrån utbildningen och alla föreläsningar, men aldrig varit med i praktiken.

– Först och främst, detta kommer ta sin rundliga tid. Bara att tänka tanken och inse läget. Nu håller ju teknikerna på att plåta, du fattar själv hur dom jobbar därinne. Fortfarande ser vi ju fotoblixtar där inifrån. Men såklart kommer de snart att upphöra. Sedan kommer kroppen snarast föras bort.

– Jaha du. Och då väntar vi på att politibilen kommer och hämtar kroppen vad jag förstår. Inget avundsvärt jobb att köra den bilen. Med döden som passagerare.

Bigge ryckte bara på axlarna och blickade upp mot infarten till garaget. Han tänkte på hur han varit med för att hämta kvarlevor till likvagnen i tre hinkar. Inte särskilt lustigt det heller, tänkte han och ruskade på sig lite lätt.

– Våra blåvita plastremsor sa han, kommer hänga kvar ytterligare en tid för att spärra av och man kommer möjligen plombera dörren. Men det är mest framför dörren här, där vi nu står, det kommer vara avspärrat tillsammans med en skylt vi kommer hänga upp där det står något som, ”Jämlikt rättegångsbalken 27kap 15§. Överträdelse medför straffansvar”. Ja någonting sådant kommer det stå på skylten. Jag minns inte exakt, jag vet bara var skylten finns i vår bil och hänger upp den utan att tänka på vad där står. Men de fick ni väl också lära er under utbildningen kan jag tro?

– Jo så var det. Men jag kommer inte heller ihåg så där ordagrant vad det stod på skylten. Bara att den skulle vara gul med en röd kant runt om, eller? En trekantig?

– Stämmer! En del har tydligen fastnat. Du kommer gå långt du grabben, sa Bergman och skrockade. Garaget kan användas som vanligt igen när vi släpper på de stora avspärrningarna här nere och grabbarna plockar in de blåvita remsorna som de spärrade av portarna med uppe vid parken. Du kan vara lugn för att det kommer en del tidningsfolk så fort man lättar på tejpen där uppe.

Bigge var en gammal polis som traskat den långa vägen och patrullerat gata upp och gata ner och varit nöjd med det. Det fanns nog ingen del av det polisiära arbetet som han inte varit med om. Från trädkramare till självspillingar.

– Och här står du nu som erfaren poliskonstapel med stort vetande och kunnande. Varför har du inte hamnat bland befälen, eller på kriminalpolisen, Säpo eller Spaningsroteln?

– Det har aldrig legat för mig att gå omkring och peka med hela handen. Det får andra göra som trivs med det. Eller sitta i en bil hela natten med mörkerkikare och kameror värda namnet för att kolla någons förehavande, nä, det går utanför min horisont. Sittsår, kan man få ändå. Sammanhållningen är mycket bredare på den här nivån, men såklart har inte plånboken samma bredd som kamratskapet.

8

Karin hade som vanligt i rutinens hjulspår, tagit sig ner till Ettan och arkivet för att hämta lite pengar innan påsk. Sedan skulle det vara flera helgdagar och ledigt. Hon hade beslutat att nu skulle verksamheten avvecklas snyggt och propert trots att det fattades några kronor för att jämna till totalsumman. Hon hade med sig sin tårtkartong och för den observante hade hon ett lättsamt outgrundligt drag i ena mungipan. Påminde lite om den kända oljemålningen av Mona Lisa med det gåtfulla leendet, ett konstverk som man kan se i det största nationalmuséet i Frankrike, Louvren i Paris. Och med Karins outgrundliga drag i mungipan, var därmed också liknelsen med Mona Lisa avslutad. Tårtkartongen skulle, då hon lämnade huset, innehålla allt annat än en sötsliskig prinsesstårta. Karin föredrog tårtor med mycket grädde. Gärna en Schwarzwaldtårta som var familjen Horntygels adelsmärke och särdrag. Att denna tårta skulle vara släktens antavla, är att överdriva. Men Karins rötter sträcker sig långt tillbaka i tiden och har det gröna lant- och bergsområdet Schwarzwald, i det syd Tyska området, som släktens begynnelseplats.

Men, för det praktiska i denna lilla operation, var såklart en prinsesstårta den absolut lämpligaste sorten om man såg ur hållbarhetstid hur gärna hon nu än ville sätta en egen liten tusch på operationen och då med en schwarzwaldtårta för att ära den urgamla ätten Horntygel. Och det var inte utan en viss spänning hon åkte ner med den skraltiga hissen till arkivet och med den tomma tårtkartong dinglande i nypan.

Hennes magkänsla sa plötsligt att något var fel. Hon såg sig om i hissen, men uppfattade inget särskilt konstig eller något att oroa sig över. Det skulle hon märkt på en gång. Utom nu vid färden ner, då hon känt en svag men frisk doft av dusch-schampo. Det ringde genast en larmklocka inombords hos Karin. Adrenalinpåslaget blev påtagligt och hon fick torka sig om pannan. Har Stengren varit här, funderade hon och sköt upp glasögonen på näsryggen med pekfingret som en ren reflex när hon klev ur hissen. Nu var hon spänd. Vad gör Ulla här?

– Hallå, Ulla!

Karin hade ropat och sett sig snabbt omkring. Något hade synbarligen rubbat hennes ritningar och flödeschema, och det måste vara Stengren. Kan inte vara någon annan. Inte med den doften av nyduschad. När hon gick ner mot skåpraden där hon hade sitt lilla sparkapital, beklagligtvis utan ränta från alla dessa år, såg hon att någon hade varit inne vid hennes skåprad som ju var märkt med ett Z.

Det fanns en bred öppning mellan raden Y och Karins rad, Z. Hon hoppades i det längsta att detta var ett resultat av hennes egen försummelse och slarv senast, men egentligen trodde hon något helt annat. Någon hade varit där. Och någon hade varit där relativt nyligen, för bara någon timma sedan, högst.

Hur Karin än kontrollerade utrymmet mellan hennes två skåprader, fanns där ingen Ulla. Karin tog nu för givet att det var Ulla det handlade om. Hon måste vara här någonstans.

Duschschampot avslöjade henne, log Karin.

Det fanns ett smalt utrymme på baksidan av skåpen, mot väggen. Men där kunde knappast Stenis gömt sig då måste hon ha pressat sig in. Nä, hon har nog varit här men antagligen lämnat arkivet igen. Det underliga var dock att hon borde lagt märke till det uppe på avdelningen.

Medan tankarna rubbade henne en aning, lyfte hon ner sin flyttkartong och flyttade över alla sedelbuntar till tårtkartongen, snyggt travade och placerade så de fick plats. Sedan var det bara att slå några varv om tårtkartongen med det gröna snöret. Hon log åt resultatet som blev exakt på det viset hon hade tänkt och räknat ut. Nu var det bara att tassa ut ifrån arkivet via bakvägen som aldrig brukade användas. Hon ropade igen…

– Ulla, är du dä-är?

Men, inget svar. Men den där friska doften av duschschampo hängde där fortfarande i luften. Hon tog några steg fram mot bakdörren som normalt spärrades genom att där låg en träregel tvärs över dörren som hon skulle vara tvungen att lyfta bort. Nu fanns där ingen bom för dörren, den stod till höger om dörren med något snöre om, eller vad det var. Sedan gick hon tillbaka till sin arkivrad och ställde upp sin nu tomma flyttkartong på hyllen igen. Tog veven och började pressa ihop arkivskåpen som för att släta över, sopa under mattan. Det lät lite konstigt när hon vevade ihop skåpen och hon fick ta i ordentligt, men ändå fick hon inte ihop skåpen helt och fullt. Kartongen hade nog kilat emellan, tänkte hon och så fick det väl vara då. Nu var det hög tid att lämna arkivet och ta hissen ute i garaget för att åka ner till Katarinavägen. Men hon ropade ytterligare en gång...

– Ulla!

Det förblev tyst. Tyst som i graven. Inte ett ljud. Hennes tankar var fullt sysselsatta med vad Ulla kan ha gjort i arkivet. Det var ju inte vanligt att Ulla Stengren gjorde sig omaket att åka ner på Ettan, tänkte hon. Det hade väl aldrig hänt, när hon tänkte efter. Inte som hon kände till i varje fall. Ja, hon hade nycklar och befogenhet, visst, men se det var en annan sak de.

Nere vid Katarinavägen passerade hon bensinstationen och så en kort promenad till Slussens T-bana för att åka till Medborgarplatsen, en station bara och några få steg sedan till myndigheten och den stora entrén med vakten innanför glasdörrarna. Falk's vaktbyrå AB bakom disken, hade hälsat på Karin och de verkade inte bry sig om hennes tårtkartong. Karin var ju liksom känd i huset. Komiskt nog, eller beräknande, hette kvarteret där myndigheten låg, Kv. Nattugglan. Men ännu värre var det för de som jobbade i Skatteskrapan som låg i kvarteret, Kv. Gamen. Tillfällighet, vid namnberedningen på stadens gatukontor? Hur som helst med det, Karin gick in på en av besökstoaletterna i entrén nederplanet för att tvätta sig om händerna och rätta till de få anletsdrag som gick att rätta till. De rosor som nu prydde hennes kinder, baddade hon med kallt vatten. Hon kunde ju inte se ut som ett billigt dyft. Nu hade hon visat sig för vakterna och det var huvudsyftet. Nu tänkte hon lämna myndigheten för en lång påskledighet och vila nerverna efter hennes lilla pengauttag, för det hade varit påfrestande för nerverna.

När Karin gick igen, hade vakten skojat något om hennes tårtkartong och hon hade nickat åt dem som svar. Vad han sagt, hörde hon inte. Hon ville bara därifrån så fort hon kunde med tanke på det som låg i tårtkartongen. Lite nervigt var det, och hon var inte fyrtio år längre. Hon tog sig snabbt tillbaka till Medborgarplatsens tunnelbanestation för att åka upp till sina invanda gatstenar och Engelbrektskyrkan i Lärksta'n. Hon klev av vid station Tekniska Högskolan och såg sig lite diskret om. Här fanns det ingen bland dem hon mötte som hon kände igen från sin arbetsplats. Hon var nu en av alla andra i vimlet och som bar helt oförargligt på en tårta som det verkade, i varje fall en tårtkartong. Själva tårtan stod ju i kylskåpet uppe på klockargårdens kafferum invid kyrkan. Kartongen var inte mer annorlunda än att bära på en påse äpplen för en ovetande. Nåja, kanske.

Väl framme sköt hon upp porten på Friggagatan när hon knappat in portkoden. Hon hörde porten slå igen och det blev plötsligt tyst omkring henne. Där kom klicket som bekräftade att kodlåset reglat porten bakom henne.

Här fanns inte doften av något duschschampo. Det var något rengöringsmedel för tamburens marmorgolv som hon registrerade. Och här kände hon sig hemma och trygg. Stukaturen i taket, den stora femarmade taklampan innanför porten, mässingstavlan på väggen till vänster innanför porten som berättade om var man kunde finna fastighetens hyresgäster. Där kunde hon se att det stod, 1tr. K. Horntygel. Och brickan, som såg ut som en vapensköld och satt bredvid, berättade vilket vaktbolag som vakade över fastigheten. Allt vilade på lugn och ro, samt säker sockel. Nästa steg skulle nu bli att tömma tårtkartongen på dess nuvarande innehåll och gå med kartongen till klockargården och trycka ner den i en papperskorg lite synligt. Tårtan i kylskåpet, dess kartong i den intill stående papperskorgen. Såg det oskyldigt ut i kyrkans klockargård om någon skulle fundera?

Ja, det gjorde väl det. Så tog hon trappan upp till sig, lät hissen vara. Låste upp och sjönk ner på en liten emmafåtölj i hallen. Kartongen ställde hon på golvet bredvid och djupandades ett par gånger. Det gamla vägguret i hallen slog tre slag med dov klang. Hon tittade på klockan... kvart i ett.

Det gamla vägguret var av nyrenässans i det ädla träslaget mahogny från sekelskiftet 1900. Hon hade inhandlat det ifrån Ur Antik, på Köpmangatan i Gamla Stan. Det var en prydnad för hennes enkla lilla hall på Friggagatan. Oh, så skönt att få sitta ett tag nu och pusta ut, tänkte hon. Försökte koppla av, sänka pulsen liksom det uppdragna axlarna.

Inte något år vid den årliga revisionen, hade avdelningen fått något yttrande om obalans. Debet och kredit var tvärt om, alltid i balans. Karin såg till att varje verifikation som bokfördes i hennes kassaskåp, hade ett lika stort monetärt belopp i debet som i kredit. Eller, från vänster till höger, om man så vill, så fann revisorerna balansen i statens lilla kaka. Karin var myndighetens egen lilla klippa, mindes hon fått sig berättat. Det fanns därmed inget att oroa sig över, allt var i sin ordning, tänkte hon och log. Men, jag undrar fortfarande vad Ulla Stengren gjort nere i arkivet. Doften av duschschampo var ju klart betydande och typiskt Stenis, funderade hon.

Hon kunde inte helt släppa tanken på vad som skulle hänt om hon blivit ertappad av Ulla. Kanske hela hennes fleråriga projekt skulle slagits i spillror på bara ett fåtal minuter. Kanske skulle man kommit överrens och delat på pengarna. Kanske skulle hon få fängelse för grov förskingring alternativt, grov stöld eller urkundsförfalskning där påföljden kan bli ringa i förhållande. Karin visste att det kunde bli max två år.

Men, nu var det som det var. Hon hade sin egna lilla pensionsförsäkring bevarad i en tårtkartong. Vem är så dum så man går omkring med flera miljontals kronor i en tårtkartong, tänkte hon? Nä just det, ingen. Därför har jag slantarna i en tårtkartong. En oskyldig tårtkartong från Kjellhagens Konditori på Götgatan. Hon kom åter att tänka på att hon kanske borde göra sig av med tårtkartongen som kunde leda till den omedelbara närheten av myndigheten. Inte bra. Det får bli som jag tänkte först. Jag lämpar tårtkartongen i papperskorgen som står invid kylskåpet på Klockargården. Det skulle se enbart naturligt ut. Hon tänkte inte riktigt klart nu, hon var för trött, hon hade väl låst dörren?

Från sitt vardagsrum, kunde hon mellan träden i skogsdungen utanför sitt fönster, se tornet på Engelbrektskyrkan. Hon hade nära till herrens hus, inte enbart andligt. Det var bara att ta stentrappan ner genom skogsdungen så var hon strax ibland de gamla husen på Sköldungagatan som kändes lite engelskt medeltida. Det var fina hus ansåg hon. Hade gärna bott i något av dem. Hon sträckte ut benen, petade av sig skorna, drog ihop koftan, sjönk ihop och somnade.

9

I arkivet fortsatte den tekniska undersökningen av och kring kroppen som hade legat inkilad på golvet mellan ett par av skåpen i den långa raden. Rättsläkaren hade noterat en kontusion på vänster sida av huvudet som efter trubbigt föremål eller genom fall mot underliggande marmorgolv. Vid undersökningen av kroppen på plats, trodde han inte kontusionen var det som orsakat kvinnans död. Man hade därför inte heller funnit de små karaktäristiska blödningarna av millimeterstora punktprickar i ögongloben som annars var vanligt vid strypning. Det fanns några mindre fissurer vid hals och kindben på vänster sida med mindre blödningar, troligen uppkomna av de tunga arkivskåpens vagnshjul som var av stål. Kroppen hade legat framstupa med vänster ansiktshalva mot golvet och mellan två av trettiotalet arkivskåp. Fötterna mot bakväggen. Man saknade också hennes vänstra sko. Den avlidna hade varit en kvinna i medelåldern där vi även kunnat identifiera kroppen med hjälp av de passerkort med bild hon hade i ett band runt halsen utfärdat av den myndighet där hon arbetade. Det lutar mer åt att kvinnan blivit kvävd, än att ha utsatts för strangulation sa rättsläkaren. Rättsläkaren var en veteran i sammanhanget och Ekholm arbetade numera på övertid.

Tryggve Ekholm var en aktad och saklig rättsläkare som talade många gånger i klarspråk utan medicinska termer så alla kunde förstå honom, men dock inte alltid. Han var en rättsläkare som hade varit med för att identifiera döda kroppar vid branden på stadshotellet i Borås tidigare under året.

– Min spontana teori mellan tummen och pekfingret och som blir mitt preliminära utlåtande, är att personen har avlidit genom suffocatio. Alltså kvävning, förtydligade han sin vana trogen. Troligen föregående av slag med trubbigt föremål. Jag tror också döden har inträffat före påsk, jag vågar påstå under skärtorsdagen. För fem dygn sedan alltså. Detta kommer naturligtvis Milena berätta för oss efter obduktionen. Milena Sokolovska är den patolog på rättsmedicin ute i Solna som kommer att bekräfta eller förkasta vad jag nyss sa. Men preliminärt, handlar det om kvävning under Skärtorsdagen den 19 april.

Kvävd mellan de båda arkivskåpen som pressats samman av någon från utsidan så att säga och som med veven har skruvat samman skåpen. Utväxlingen från vev till skåp är av sådan art och kraft att vi kan jämföra det med ett skruvstäd. Det kan vara en ren olyckshändelse om vi bortser från det trubbiga föremålet och istället ser marmorgolvet som orsaken till kontusionen på vänstra sidan av huvudet. Vi vet i dagsläget inte heller om det är ett mord. Mer än så vill jag inte spekulera i för stunden. Termerna räknar jag med ni kommer klara ut innan åklagaren hinner. Vi får ge oss till tåls och invänta den slutgiltiga rapporten, rent medicinskt.

Den svarta politivagnen stod nu utanför i det gigantiska garaget och väntade på att få ta hand om kroppen och köra den till rättsmedicin ute i Solna, när rättsläkaren var klar. Man stod med politivagnen mitt i nedfarten till garaget och fortfarande med motorn igång, men med nedsläckta lyktor. Bara parkeringsljusen lyste. Plötsligt klev man ur och tog den smala bårvagnen och gick in.

Kriminalkommissarie Pierre S. Svanstrand, var den som ledde den nyligen påbörjade utredningen och kom ifrån kriminalpolisens våldsrotel inne på Kungsholmen.

Svanstrand var en man som kunde peka med hela handen, men använde sin röst istället för att få saker och ting gjorda. En röst som ingen kunde missförstå och inte heller missförstods. Han hade också en väl tilltagen näsa och smeknamn, som heller ingen kunde missförstå. Bakom ryggen kallades han för Sigge Banan. S, som i Sigurd blir lätt Sigge, och banan för hans väl tilltagna luktorgan. Att han sedan var ifrån Mjölby, gjorde inte saken bättre.

Svanstrand var lite rostig i rören och harklade sig titt som tätt. Han hade däremot inte funderat på att hans rökande kanske var den egentliga orsaken till att han var lite skrovlig på rösten.

Svanstrand steg ut igen i den breda garagenedfarten där de två uniformerade poliserna ifrån ordningen posterade, och han såg sig om för att läsa in sig på den omedelbara exteriören utanför arkivet och den trista händelse som hade inträffat där inne.

Den första titten inne i arkivet, för hans del, var klar för tillfället och Svanstrand letade i fickorna efter sina cigaretter där han stod och såg sig om medan han försökte skaffa sig en egen bild av vad som hade hänt där inne. Han tänkte bättre med en cigg att blossa på, och snart stod han där och andades in det första oset, som ett slag av en drog. Han observerade att det fanns en skylt om en hiss i garaget och tog några steg i riktning mot hissen, men vände så tillbaka.

Ut från arkivet kom männen ifrån politibilen och drog sin smala bårvagn med dagens skörd täckt under landstingets gula filt. Svanstrand sög på sin cigarett och klev åt sidan medan han harklade sig.

– När teknikerna är klara, plockar vi ner avspärrningen uppe vid infarten och bandar bara av dörren här, in till arkivet så länge vi behöver, sa han och pekade denna gång även med hela handen mot den breda blå/vita plastremsan.

Ordningspoliserna hade nickat förstående efter Svanstrands förklaring om hur avspärrningen skulle ske i fortsättningen.

– Alla murvlar och plåtslagare som kommer farande då vi släppt på avspärrningen där uppe, sa han och pekade upp mot infarten vid Björnsträdgård, håller ni utanför arkivet.

Ordningen hade åter nickat som om de förstått även denna order, och tittade på varandra och log lite tålmodigt.

– Svanstrand, sa en av teknikerna inifrån arkivet för att påkalla hans uppmärksamhet. Svanstrand!

– Ursäkta mig sa han vänd mot ordningen.

Kriminalkommissarie Svanstrand vände sig om och gick tillbaka in i arkivet. Knäppte iväg fimpen av sin cigarett i en båge som hamnade mitt i körbanan utanför. Ordningen hade naturligtvis noterat detta med viss tillfredsställelse och antecknat detta i minnet som nedskräpning på allmän plats av kriminalkommissarie Pierre S Svanstrand.

– Jahaja sa Bigge, den äldre av de två poliserna ifrån ordningen. Hur ska vi hantera detta då om inte haspen är på, sa han och funderade?

– Hans kollega sa att i miljöbalken regleras detta av 29 kapitlets 7 paragraf som gäller nedskräpning, så säger lagen att den som begår gärning som avses i 7 paragrafen döms för nedskräpningsförseelse till penningböter, om nedskräpningen är att anse som mindre allvarlig.

– Ja där du Sigge Banan, så kommissarie du är. Nu har du skitit i det blå skåpet och på miljölagens normer och statuter vad gäller nedskräpning på allmän plats, om än av ringa och ej allvarlig art.

Svanstrand hade klivit in i arkivet igen för att ta del av teknikernas arbete då man kallat på honom med klart hörhåll för konstaplarna vid ordningen.

– Saker och ting försvinner, sa en av teknikerna. På liket fattas ju vänster sko som vi ännu inte hittat. Ekholm påpekade det också vid sin genomgång tidigare. Den andra skon hade suttit fast på offrets fot med hjälp av en gummisnodd.

– Gummisnodd?

– Ja lite egenartat kanske. Den satt fast med en sådan där bred gummisnodd man har på kontor du vet. Naturfärgat rågummi, 6 millimeter brett. Vi söker nu den andra skon, en sko av svart loafers modell med ett lite exklusivare snitt och ett litet spänne i gulmetall.

Vi kommer troligen få lyfta bort några skåp, för vårt tips är att skon ligger under något av de närmaste skåpen, eller på baksidan av skåpraden men det tar vi senare.

Varför det nu suttit en gummisnodd om skon, sa teknikern och ryckte på axlarna, kan man ju fundera över.

– Något annat anmärkningsvärt som framkommit?

– Nej, det är allt de där vanliga, och inget annat då än den saknade skon.

– Jag ska lyssna med personalen uppe på myndigheten, men just nu har dom krisgruppen hos sig. Så, vi väntar en stund med att ta den biten. Men jag är på väg upp i huset.

– Hade ingen aning att det varit en bisättningslokal i denna lokal tidigare. Hur många har vetat om de kan man ju undra. Men, å andra sidan, känner jag inte till någon annan likbod heller, sa den nya teknikern.

Kriminalkommissarie Svanstrand hade nöjt sig med att höja på ögonbrynen och skaka lite sakta på huvudet och vände istället blicken mot en bil som var på väg ner i garaget.

Ingen av deras egna bilar, så man hade alltså nu tagit bort avspärrningen uppe vid Tjärhovsgatan.

Inne i arkivet hade man med ett järnspett, lyckats lätta på ett av arkivskåpen från sin skena i golvet och hade kunnat kika in under skåpet. Där fanns ingenting annat än lite damm. Återstod det andra skåpet i raden, skåprad Z.

Under med spettet och lyfta. Här var det ganska tomma skåp så det var lätta att lyfta med ett järnspett via hävstångsprincipen. Det var egentligen bara en sliten flyttkartong som stod på en av de övre hyllorna i skåpet. Den var tom för övrigt. Tur att det var en nästan tom skåprad och inte någon med Svensson eller Andersson, för de hyllorna är väl överfulla skulle jag med min fulla övertygelse tro, tänkte han vidare.

Här hittade teknikerna mycket riktigt den andra skon, aningen tilltygad i formen, under skåpet och teknikerna kunde med en griptång plocka fram skon under skåpet. Det var en vänstersko av samma typ och sort av sko som man funnit på likets högra fot, det såg man meddetsamma och där fanns också en gummisnodd om skon precis som på den andra skon. En snodd av rågummi 6 mm bred och teknikerna behövde inte fundera för att begripa att detta var den saknade skon som en gång suttit på offrets vänstra fot. Skon av storlek 38, lades i en pappåse och förseglades.

Men något annat låg där också såg man i strålkastarens sken. Inte särskilt stort utan snarare tvärt om. Något tillknycklat kvitto eller liknande, såg det ut som.

Naturligtvis plockade man även ut detta med den långa griptången.

Det visade sig vara en skrynklig tusenkronorssedel, eller en så kallad långsjal. Karl XIV Johan pryder framsidan, kunde man lätt också konstatera. Varför den låg där, förbryllade en aning. Enklaste förklaringen var väl att någon tappat sedeln och den hade virvlat in under skåpet. Sedan har den helt enkelt blivit liggandes där och någon hade blivit en tusenlapp fattigare. Men vem går omkring och fumlar med en långsjal i nypan bland dessa skåprader? Man kände sig nu nödgade att underrätta Sigge Banan, och man ropade därför på sin chef igen, Svanstrand!

– Svanstrand!

– Okej, hade kriminalkommissarien ropat tillbaka, när han hörde att man hojtade på honom. Det var ett jävla tjatande, grymtade han. Så fort man tänder ett röka, är det någon som ropar.

Det droppade av fukt ifrån tunneltaket där de stod och de började kännas lite kyligt av den råa fuktigheten. Det fanns heller ingen trivsel i den skumma dåliga belysningen som gjorde saken bättre. Men det var lite trevligare då politivagnen hade kört iväg. Lite spöklik var den allt, så polis han ändå var. Det var så där kyligt ruggigt som det alltid brukade kännas ute på Skogskyrkogården mindes Bigge, som egentligen hette Birger Östergren. Om man ändå hade rökt som Sigge Banan, så hade man i alla fall haft något att sätta händerna vid, tänkte han.

– Spärra bara av dörren här, sa plötsligt Svanstrand, sedan kan ni utgå för mer upplyftande verksamhet sa han till de två från ordningen som höll ställningarna nere i tunnelröret vid bakdörren till arkivet.

Svanstrand klev in i arkivet igen till teknikerna efter att ha knäppt iväg sin halvrökta cigarett i en båge igen så den hamnade på garagets körbana.

Poliserna ifrån ordning, hade bara tittat på varandra med en frågande min.

Bigge hade höjt på ögonbrynen så där överdrivet teatraliskt och talande. Det var andra gången på kort tid som Sigge gjort sig skyldig till en nedskräpningsförseelse även om den räknades som mindre allvarlig.

De kortade av den blåvita plastremsan till att bara spärra dörren och hängt på tavlan om överträdelse, osv. Sedan hade de utgått och rullat ner genom Katarinagaraget i sin tjänstebil för att följa sitt ordinarie schema. Ut i den friskare luften som fanns där nere vid Slussen, ut i dagsljuset.

10

Kriminalkommissarie Svanstrands morgon kunde varit bättre. För hans del var det närmast katastrof. Han hade inte den minsta lilla cigarettfimp att blossa på. I morgonrock och tofflor, tog han hissen ner och gick de få metrarna till tobaksaffären runt hörnet. Svalt om benen var det, men vad gör man inte? Han köpte två paket men när han återvände till bostaden för att sätta på kaffe, hade han tänkt den praktiska tanken att han skulle köpt en hel limpa cigaretter. Kaffet skulle sättas på men först efter att han tagit dagens första bloss och han fått igång sitt hostande.

Han ordnade sedan en kontinental frukost, det som Svanstrand ansåg vara en kontinental frukost med kaffe svart som natten, samt smör, bröd, ost och apelsinjuice. Därefter började han tänka på dagens morgonmöte och de lik han nu hade på sitt bord som tillförordnad spaningschef. Var det en olyckshändelse, dråp eller rent av mord? Rubriceringen blir ju åklagarens problem i slutänden när vi kallar.

Han tittade ut genom köksfönstret och fann att det regnade,

ett ackompanjemang då kaffet puttrande bryggande i sin takt. En behaglig bakgrund som han förnimmer och tände därför mekaniskt en cigarett till. Hostade och bläddrade planlöst igenom morgontidningen medan han funderade. Där fanns några frågetecken och egenartade ting som behövde rätas ut och funderas över. Vi måste höra hennes arbetskamrater igen under dagen vad de kan ha iakttagit innan påsk. Hade Stengren några fiender eller var hon illa omtyckt? Vi måste kartlägga offrets person, hennes liv samt ekonomi. Den vanliga ritualen då ekorrhjul börjar snurra, han tog sig om hakan…

Varför satt det en gummisnodd om offrets sko, en snodd om varje sko och fot? Samt, hade den tusenlapp man fann under ett av arkivskåpen, något med händelsen att göra? Vad hade offret gjort i det ödsliga arkivet, vad hade hon gjort där? Vad hade hon sysslat med i arkivet? Det är ju onekligen ingen plats man uppsöker frivilligt om inte arbetet kräver det.

Frågorna duggade tätt i Svanstrands huvud på väg mot Kungsholmen. Det är något som inte stämmer, eller är jag dum i hela huvudet tänkte han, då han klev in i ett av deras mindre konferensrum som stod och väntade på dem?

– Jaha, sa kriminalinspektör Pierre S. Svanstrand och såg sig om bland församlingen. Då ska ni känna er välkomna allihop, samtidigt som han åter lät blicken svepa över de närvarande vid det första mötet med sina kriminalare, under en konstpaus. Gruppen var i inledningsskedet mindre än normalt. Det flesta i gruppen satt med en mugg kaffe framför sig samt en bunt papper.

Svanstrand hade det vanliga blädderblocket uppställt på ett bord där han nu skrev med en bred, svart, tuschpenna:

– Om vi ska ta det ifrån början, så har vi alltså ett offer som under oklara omständigheter lämnade detta jordeliv någon gång för fem dygn sedan. Vi talar då om skärtorsdagen innan påskhelgen, om nu någon skulle undra. Sedan har myndigheten, där offret arbetade, i stort sett gått på sparlåga på grund av helgerna runt påsk till idag, då personal ifrån KFM sökte igenom sina lokaler och påkallade vår uppmärksamhet efter sitt markabra fynd. Söket man hade gjort på myndigheten, var egentligen efter en annan av kontoristerna som man saknat. Men, man fann alltså liket efter en annan medarbetare. På grund av den starka liklukten, stanken av död, hade man funnit den person vi nu utreder.

Svanstrand pekade på skärmen med en bild på Ulla Stengren, 52, som bar på personalens Id-kort om halsen i ett band när man fann kvarlevorna efter henne. Allt beror nu på vad Milena Sokolovska, den rättsläkare vi har till förfogande, kommer fram till vid obduktionen.

Vad vi kan säga är, att offret blivit kvävt. Det fick vi ett preliminärt utlåtande på av vår rättsläkare som var på plats i arkivet där den döde påträffats. Men vi väntar naturligtvis till den officiella orsaken ges. Ekholm, vår rättsläkare, sa då att den fraktur offret hade på vänster sida av huvudet, inte var av dödlig karaktäristika men kan ha varit bidragande till det som ledde till hennes död. Vi har då att reda ut om det är en ren olyckshändelse vi har på vårt bord, eller om det är någon gärningsperson som helt enkelt har försökt att få det se ut som en olyckshändelse. Det finns alltså utrymme, utöver olyckshändelse, för både dråp och mord. Har gummisnoddarna någon roll i själva händelsen, då? Ja, de gummisnoddar hon hade om sina fötter och skor. Och, var kom den tusenkronorssedel ifrån vi fann under ett av arkivskåpen där även en av offrets skor låg fastklämd? Den biten om sedeln, väntar vi på svar ifrån Linköping. Alla har fått bilder i er mejlbox ifrån arkivet där offret påträffades av tjänstemän ifrån myndigheten, som befinner sig högre upp i samma hus som arkivet ligger. Jag räknar med att Milena kommer lite mer ingående berätta för oss och mer exakt när Ulla Stengren, offret, har blivit placerad mellan arkivskåpen. Och vad den exakta dödsorsaken är. Några stick- eller skärsår har vi inte kunnat konstatera. Hon är heller inte skjuten.

Gärningspersonen, har troligen försvunnit ut genom bakdörren till arkivet och vidare ner eller upp, genom garaget...

Jag vill ha allt om hur den hiss som finns i garaget fungerar och var man kommer ut om man utnyttjar sig av hissen. Vare sig det är upp- eller nerväg. Att hitta några eventuella spår i hissen relevanta för vår del, avstår jag att spekulera om. Det lär i så fall teknikerna hitta. Dom befinner sig för övrigt i hissen vid detta tillfälle det är därför vi får klara oss utan dem idag. Men det görs naturligtvis en koll, även om det inte blir så lätt då hela påsken har passerat och garaget varit väl använt av fordon och personer som då troligen använt denna hiss vad jag förstår.

Några frågor på det?

De flesta i gruppen var intensivt sysselsatta av att bläddra bland alla de papper de hade i sin mapp om den utredning som egentligen precis startat, och ingen sa något?

– Alla har alltså helt klart för sig nästa steg?

– Vilka tar hand om vad, i gruppen?

Gruppen stannade upp i sitt bläddrande och vände blickarna mot Anton.

Det var Anton som hade frågat. Anton var kriminalinspektör som de andra i gruppen och hette, Anton Frank. Han var en medelålders erfaren brottsutredare, med längst erfarenhet inklusive chefen Svanstrand.

– Jag tycker du kan handplocka ett par ungdomar för detta uppdrag att kolla hissens ner/upp ut/ingångar, sa Svanstrand på frågan från Anton, och log hur han hade hanterat det svenska språket så kortfattat som möjligt.

Anton hade nöjt sig med att göra tummen upp, som för att anta uppdraget. Tittade sig runt i gruppen. Alla i gruppen hade plockats från roteln, utredare grova brott, eller som man sa i folkmun, mordutredare.

– Det blir Janne Klinga och Tessan Lövgren - Kneck, sa Anton.

– Okej! Svanstrand blickade åter ut över sina styrkor och medarbetare.

Finns det några övriga frågor?

– Har man på Kronofogdemyndigheten funnit den person man från början letade efter men fann vårt lik istället, undrade Anton igen?

– Bra fråga, Anton!

Men, vi tar en bensträckare nu på 12 minuter så hinner jag ta ett bloss samtidigt. Kaffe för den som så önskar naturligtvis. Det finns wienerbröd i vanlig ordning. Vi tar en återkoppling till Antons fråga efter bensträckaren. Utgå!

11

Nu går ju 12 minuter fort när man har roligt, så man började masa sig in i konferensrummet igen.

– Alltså, återtog Svanstrand och väntade en stund medan han såg ut över sin spaningsstyrka och sorlet tonade bort.

Anton tog ju upp frågan om den person från myndigheten man hade letat efter då påsken var över och hon hade saknats helt oförklarligt. Därför hade man sökt nere i arkivet för det var där hon kunde tänkas befinna sig och det var dit hon ofta hade ärenden.

På myndigheten och aktuell avdelning och grupp, som kallades Första Fält, var man som en mindre familj. Det som hänt var totalt oförklarligt berättade man, att den saknade som heter, Karin Gunnel Beck – Horntygel, inte meddelat sig om någon form av ledighet eller annat, är även det ett stort mysterium. Hon var egentligen aldrig borta från arbetet, även om en del tyckte att hon nog kunde verka lite frånvarande ibland.

Beck – Horntygels fritid var en kallelse som drabbat henne och var av sakral beskaffenhet. Under påsken hade man haft många, för att inte säga otaliga, gudstjänster där hon hela tiden medverkat i olika former. Svaret på din fråga Anton, är nej.

Man har inte funnit Beck – Horntygel vid de interna efterforskningarna man gjort på myndigheten. Jag kan berätta att detta är något inte vi heller lyckats med. Vad personalen har berättat, är att man som hastigast sett Beck – Horntygel på skärtorsdagen då hon tydligen handlat en tårta på deras vanliga stamkonditori, troligen. Ställt den stora tårtkartongen i deras gemensamma kylskåp i kafferummet och där slutar spåren. För sedan var kartongen plötsligt borta och ingen vi talat med, har inte sett Beck – Horntygel hämta kartongen. Det var alltså på skärtorsdagens förmiddag man senast hade sett deras arbetskamrat och hade inte tänkt mer på det. Det finns även vittnesuppgifter från vakten om när hon kommit med tårtkartongen. Vid förhör med konditoriet Kjellgården där hon är känd efter många köp av kaffebröd till möten, så stämmer det att Beck – Horntygel hade handlat en 12-bitars tårta under skärtorsdagen.

Horntygel var en av de trognaste på kontoret, om jag kan uttrycka mig så. Trognaste då hon satte ett ansikte på lojaliteten mot sin grupp Första Fält vad gäller hennes färdighet och kunnande. Men svaret är nej som sagt, ännu så länge har vi inte lokaliserat Horntygel. Vi har satt Span på henne sedan igår förmiddags. Vi har inte sökt henne mer än så. Vi vet bara att den från början eftersökte på myndigheten, var Karin Gunnel Beck – Horntygel, 42 som alltså var kronoassistent på KFM och Första Fält. Beck – Horntygel var den som var väl förtrogen med arkivet och skötte denna förvaringsplats av gamla akter, där man sedan fann de lik vi nu arbetar med.

Vid en utökad rundfrågning bland personalen på avdelningen för indrivning, fanns det inget som pekade på att Ulla Stengren, alltså det lik man fann i arkivet och som kallades "Stenis" för övrigt, hade någon fiende eller på annat vis var illa omtyckt eller hotad. Tvärt om, snarare. Stengren gjorde helt enkelt sitt jobb, även om det inte var mer än så, vad detta nu har med vår utredning att skaffa. Naturligtvis framkom det att hon hade sina små egenheter, som att exempelvis duscha på arbetstid?

En viss munterhet spred sig i gruppen med ett mindre sorl som följd. Vem hade inte sina små egenheter? Vem tog inte en sväng förbi bolaget redan på fredag förmiddag för att slippa köer senare på eftermiddagen? Ja det skulle möjligen vara Sigge Banan då, men han nyttjade ju å andra sidan inte starkt. Märklig man när man tänker efter? Kriminalarna ville ju inte vara några reklampelare precis på Bolaget utan uppträdde undantagslöst även inom tjänsten, i civila kläder. Det var mer praktiskt att så att säga vara anonym på gator och torg. Man kunde blanda sig med gemene man samt smita in på Systembolaget utan större uppståndelse.

Det var till nackdel för rövarna och buset som därmed missade att ha full kol var snuten, eller bylingen höll till. Men om man går till knarkspan och polisen på grövre brott, var det en tacksam arbetsklädsel som folket på våldet och span satte högt som ett bra arbetsverktyg och som man gillade i betydligt högre grad än allmogen i marginalen.

Vid inre spaning finns hon inte med i något register. Hon är så att säga friden själv. Vår spaningsrotel jobbar på det som jag nyss sa sedan igår förmiddag.

Det primära är för stunden alltså det brottsoffer som påträffades i arkivet, kronoassistenten Ulla Stengren.

Här bad Svanstrand Sivert, kriminalinspektören på spaningsroteln, ta över. Normalt brukar någon ur våldet vara den som gör föredragningar av denna art, nu föll det på gamle Fredriksson, Sivert Fredriksson 65.

– Jag ska kort sammanfatta var vi ligger idag rent utredningstekniskt. Till en början kan jag berätta att offret, det vill säga Ulla Stengren, slutade andas under Skärtorsdagens senare del runt sexton tiden, plus minus en timma. Mer nära än så kan varken Tryggve eller Milena komma. Vad offret hade att göra nere i arkivet är det ingen på hennes grupp eller avdelning uppe på myndigheten, som förstår. Hon var långt ifrån någon som ville vistas där nere. Men hon hade behörighet och nycklar till denna arkivlokal. Hennes kollegor var mer förvånade över att man funnit henne på denna plats och inte i exempelvis duschutrymmena.

Rent allmänt säger man att hon var en omtyckt kollega som vi hört berättats om tidigare. Finns det någon som inte är bättre än när denne dragit upp årorna?

Ett svagt fnitter hördes liksom synliga nickanden. Visst var det så.

– Inga ovänner, inga hot från gäldenärer som annars var relativt vanligt. Något som vi ska vara tacksamma över. Sådant slutar i bara fladdrigt munväder innan hjärnan hunnit ikapp.

Vad gäller funderingarna om den gummisnodd, av naturfärgat rågummi med en bredd av 6 millimeter, har den en enkel och naturlig förklaring, sade Sivert och djupandades samt lossade på slipsen.

Efter samtal med personalen berättade flera kollegor oberoende av varandra, att det var helt enkelt för att Stengren inte ville liksom kippa omkring, som man sa, i skor som var ett nummer för stora för hennes fötter som glappade. Men hon tyckte skorna var snygga och av den anledningen fäste hon dem om foten med denna gummisnodd. Mer tillkrånglat än så var det alltså inte. Skorna förövrigt, var av en snygg känd modell och dyrbara.

Åter utbröt ett surrande bland personalen vid genomgången och ett ofrånkomligt sorl uppstod igen.

– Konstiga kärringar det finns, menade Klinga med riktning mot sin parhäst Tessan. Konstigt att hon inte tog en rulle tape så de satt stadigare, menade han.

Tessan nöjde sig med att le och nicka.

– Hur det förhåller sig med tusenkronorssedeln av modell så kallad, långsjal, lax eller lakan, vet vi ännu inte och väntar fortfarande på besked ifrån SKL i Linköping.

Vi väntar också på svar om den fläckade träregeln, eller bommen, som stod vid sidan av dörren i arkivet, fastspänt med ett grovt buntband. Det var ett buntband i Polyamid 760 mm och svart. Bandet såg ut som det var nyligen ditsatt. Det fanns hudavskrap på regeln som jag sätter en tunna skit på, att det kommer ifrån vårt offer, Ulla Stengren och hennes huvud.

Hon hade enligt rättsläkarens preliminära utlåtande, då han noterat en kontusion på vänster sida av huvudet som efter ett trubbigt föremål, eller genom fall mot det underliggande marmorgolvet. Hans gissning mellan tummen och pekfingret var, det trubbiga föremålet.

Spår 1 således, träregeln eller bommen med en dimension av

två tum, fyra, planhyvlat med fasade kanter. Den har en hanterbar längd av 172 centimeter med hudavskrap längst ut på den ena änden, vilket naturligtvis kommer jämföras med den kontusion offret har på den vänstra sidan av huvudet. Vet vi sedan bara vem som spänt fast regeln med ett buntband, så har vi också gärningspersonen.

Det är i dagsläget Spår 1 i denna utredning om jag får använda detta uttryck, även om jag inte är någon tågklarerare.

Ingen var direkt förvånad. Det fanns dem som var beredda att satsa betydligt mer än bara en, tunna skit på den utarbetade hypotesen, än vår vän Sivert Fredriksson, vågade sig på.

– Några frågor undrade Sivert?

– Borde vi inte se till att höra den där Beck – Horntygel också, var hon nu befinner sig, undrade Janne Klinga?

– Absolut, Janne. Men som vi sagt har vi inte hittat henne ännu och inte personalen på myndigheten heller. Man har ringt henne, men ingen har svarat på telefon. Som vi sa, vi jobbar på det.

Sivert såg sig om utifall det var någon ytterligare som hade någon fråga av intressantare karaktär. Chefen tog över…

– Ryck upp er, bad han när ingen hade någon fråga. Ni borde ha massor av frågor. Vi har ett spaningsmord så var så vänliga att vakna!

Svanstrand hade ställt sig upp och var lite förbannad på den loja inställningen.

– Har teknikerna kollat låset, de där gamla ASSA låset i dörren utifrån garaget? Man kanske kunde läsa av om någon har satt en nyckel i låset, om det var nyligen i så fall, menar jag?

– En bra fråga och en fråga är bättre än ingen alls, sa deras chef Svanstrand och log. Vi kommer antagligen få besked av teknikerna och deras syn på detta och annat efter lunch.

– En annan sak, fyllde Tessan på. Hur har en gärningsperson tagit sig in i det där arkivet? Knappast via den lilla hissen, väl? Min mindre vilda gissning är att det är just genom denna dörr vi nu talar om. För att inga missförstånd skall uppstå, dörren utifrån garaget. Det måste man kunna se på låset som vi nyss ventilerade?

– Den gissningen var mycket riktigt inte så vild. Det är den biten vi hoppas få svar på av teknikerna efter lunch. Och jag delar i stort dina tankar, Tessan. Men nu är det lunch!

12

Svanstrand och Fredriksson beslöt att ta sig ner till husets restaurang den nyrenoverade, restaurangen Bakfinkan.

Här kunde de alltid hitta en avskild plats och dryfta polisiära tankar utan fler än två par öron, trots att det var lunch och man borde snacka om annat än arbete. Men nu behövde dom tröska lite bland den säd man hade fått in. Man behövde planera lite ostört inför det fortsatta mötet efter lunchen.

Det luktade "mässing" lång väg redan i brickkön. Svanstrand var dock långtifrån allergisk liksom Fredriksson. Det kryllade alltså av uniformerade poliser på aspirant nivå. Normalt befinner de sig ute i Tullinge på den gamla flygflottiljen F18 där de genomför en stor del av sin utbildning, mest i praktikform. Där finns ju också ett mathak som var ett krav för att kunna bedriva skolning på platsen. Det var den gamla officersmässen som nu var populär bland hantverkare och andra där långborden fylldes av aspiranter med sin tunga utrustning samt välfyllda tallrikar då det var skoldags.

Fredriksson hade varit där många gånger, bland annat som

lärare. Då var han föreläsare i ämnen som retorik, analys samt dokumentation och sekretess, spritt som en solfjäder.

Den gamla flygflottiljen var ett trivsamt grönområde där ännu gamla kaserner stod kvar och där fanns lektionssalar vilket passade polisen alldeles utmärkt för sina ändamål. Man hade även en uppställd utrangerad järnvägsvagn med typen av sovkupéer, i ett skogsparti som användes i övningssyfte liksom skjutbanan. Mässen användes också under lunchtid i utbildningssyfte då den inte bara besöktes av polisen, utan även av olika sorters hantverkare. Det kom därför att bli väldigt autentiska övningar bland lunchgästerna med figuranter som blandade sig med hantverkare, ärtsoppa och kåldolmar. Lunchgäster kunde sitta på första parkett, mindes Fredriksson. Jo, det kunde ibland bli riktigt dramatiskt och lite väl autentiskt ibland. Men en väldigt bra del i utbildningen. Polisens egna figuranter där hantverkarna ovetandes agerade statister, där det inte behövdes någon regissör.

På tal om regissör, så hade även flygvapenöversten Stig Wennerström, besökt mässen och tagit sig en och annan dry martini, som var hans signum. Vad en regissör har med detta att göra, vet jag verkligen inte. Det är lite oklart.

Men nu satt man som sagt på Bakfinkan, där de styrt in mellan kollegor till ett bord lite avsides, men med fönster ut mot gården där de hoppades få sitta ifred.

På dagens rätt stod det bland annat sotare med dillsmör. Här fanns det alltid en fiskrätt som Dagens. Därför var valet inte så svårt att välja och kaloriintaget blev både för Fredriksson samt chefen Svanstrand naturligtvis, den nyfångade strömmingen. Alternativet pastarätten, överlät man liksom det vegetariska utbudet, med varm hand åt aspiranterna. Oxrulladerna, fick anstå till en annan gång.

När man närmade sig kaffet, undrade Fredriksson om man inte var lite underliga vid Kronofogdemyndigheten ändå?

– Hur menar du nu, sa Svanstrand som ville försöka komma ikapp med tänket och ana vad Fredriksson hade antytt. Men Sigge fick inte tankarna att gå ihop, han var mänsklig på det viset i alla fall.

– Jo men, sa Sivert. Ta bara en sådan här sak. Har vi kollat om eller vem, som sköter städningen i det där arkivet?

– Städningen, sa Sigge som för att vinna tid och tog sig om hakan medan han fick tänka igen?

– Ja, någon måste väl för fan sopa och lite sådär även där nere i skyddsrummet, eller sopar man bara detta under mattan på Kronofogdemyndigheten? Svartjobb?

– Har du lyssnat med teknikerna, undrade Sigge?

– Teknikerna? Svar, nej!

– Ja, de måste väl observerat att det antingen var städat eller att det var igengrott med damm. Även om man inte rör sig i en lokal under lång tid, blir det dammigt. Fråga mig inte hur eller varför, men så är det, fortsatte Svanstrand och ställde ifrån sig sin tomma kaffemugg, jag vet. På kaffemuggen stod det *Bakfinkan* och med polisens logotype med de tre kronorna och en del av det lilla stadsvapnet invävt. Han vände och vred på muggen medan han funderade och man kunde tyda ett roat drag i mungipan. Det stod till och med, Gustavsberg -80 under muggen.

– Jag tänkte mest att de kanske hade framkommit vid förhören med personalen hur det förhöll sig med städningen och vilken firma som utförde den, sa Sivert lite vårdslöst.

– Detta får vi ta efter lunch nu. Jag har ingen aning om jag har dragit det där och har inte, vad jag kan minna mig, läst något protokoll om hur det var med städningen i arkivet. Tror därför det inte har varit på tal tidigare.

En kvinnlig kollega kom fram för att förhöra sig om hur det gick med utredningen och påminde om Rut-avdraget vid städning. Fredriksson sade att de egentligen precis har börjat med utredningen.

– Hade hon hörlurar, tror du?

Sigge skakade på huvudet bara.

– Otillbörlig avlyssning, sa han vänd mot Sigge igen, medan hon kryssade vidare mellan borden med sin bricka. Hon kanske trodde vi skulle bjuda henne att sitta ner vid vårt bord? Och tror du hon kan ha hört vad vi talade om?

– Ja, möjligen om städning…

– Äh, de är bara intresserade, låt det vara. Men du Sivert, sa han så. Hur tror du det har gått till och varför miste offret livet i arkivet? Ja, vad hette hon… Ulla Stengren. Vad var motivet, tror du?

– Ja, man går väl inte omkring och slår ihjäl folk bara sådär utan vidare, sa Sivert. Särskilt inte i ett gammalt dystert arkiv.

– Vad menar du med, ”slår ihjäl”?

– Jag är ju ganska säker på att hon blivit klubbad med den där regeln, eller bommen som normalt skulle ligga tvärs dörren. Sedan har den ställts tillbaka och spänts fast med det där buntbandet. Men varför hon klubbades, vet jag naturligtvis inte. Lika lite som varför påken var fastspänd igen efter dådet. Var fick man buntbandet ifrån? Kan inte tänka mig att mordet har något att göra med den enda tusenkronorssedel vi fann under arkivskåpet? Det kanske hade funnits fler än denna långsjal i arkivet, men gärningspersonen missade helt enkelt denna sedel, eller tyckte att korvören var inget att krypa på golvet efter. Det är kanske pengar allt handlar om. Då menar jag inte bara någon eller några, tusenlappar. På myndigheten gissar jag man hanterar ansenliga summor pengar nästan dagligen. Det kan vara pengar helt enkelt som är motivet till att denne Stengren fick sluta sina dagar misshandlad av en träpåk och sedan kvävd mellan arkivskåpen som sammanpressades runt hennes kropp, låt vara utan uppsåt. Pengar som hon sparat undan på något vis i arkivet och som någon fått korn på. Tvärslån är inte tyngre och ohanterligare än att någon utan större kroppsvolym och styrka, kunde hantera regeln som slagträ. Det var kanske lätt att smyga sig på henne eftersom hon ju hörde lite visset. Eller... var det någon hon kände och inte var rädd för?

– Bra tanke där, sa Svanstrand som hade en liknande tanke men ville få den bekräftad, vilket han nu också fick. Jag tror vi kommer kunna räta ut några av dessa frågetecken då teknikerna sagt sitt efter lunch.

– Ja sa Fredriksson, hoppas vi får de svar vi vill också ifrån Linköping. När kommer dessa förresten?

– Dom har en väldig massa att stå i för tillfället, men jag har som väl alla andra misstänker jag, begärt förtur.

– I morgon ska jag upplysningsvis höra den där postiskillen som var den som en gång byggde upp arkivet där man nu fann den kropp vi nu jobbar med, sa Sivert.

– Men det var ju alldeles utmärkt. Kanske något som klarnar?

– På tal om klarnar, sa Fredriksson, ska vi ha påtår eller tror du det kommer klarna ändå?

– Dumt att chansa, hämta kannan!

Svanstrand satt och funderade över om han skulle tagit oxrulladerna istället för laxpuddingen? Alltid denna tanke när man väl har ätit. Varför är det så? Som det där med att man får för sig att gräset är grönare på andra sidan staketet, men finner redan efter någon vecka, att det inte var någon skillnad alls. Om jag tagit oxrulladerna till lunch, hade jag säkert funderat på varför jag inte valde sotaren med dillsmöret, när jag mätt och möjligen även belåten, stoppat i mig rulladerna? Beslutsångest, kan det vara så?

13

Tåget ryckte till och satte sig i rörelse mot Stockholms Centralstation. Vännäs ort försvann bakom granskogen när järnvägen svängde av åt vänster så de inte hamnade i Holmsund, i stället för Stockholm. Olle ägnade inte samhället en tanke där han vaggade fram i takt med att tåget bytte spår och krängande gick igenom en växel. Det krängde och skakade lite som det brukade. Hans tankar var på annat håll.

Han hade dagen innan fått telefonen ifrån polisen som ville höra honom helt upplysningsvis om torsdagen den 19 april, det vill säga skärtorsdagen. Vad han gjorde den dagen och man tänkte därför skicka ner en utredare ifrån Umeå. Olle hade då sagt att han var på väg för jobb i Stockholm. Och då kom en följdfråga, för då undrade man om han kunde, rent av, besöka polishuset på Kungsholmen så kunde man själva höra honom om den aktuella dagen?

Olle hade samtyckt om denna lösning och man beslöt att hålla förhöret klockan nio påföljande dag. Så nu var Olle lite undrande vad det var frågan om. Han började tänka över vad han hade gjort på skärtorsdagen.

Inget oegentligt vad han kunde finna. Möjligen att han var på den där sexklubben i Klarakvarteren. Men det var han ju långtifrån ensam om, tänkte han. Det kan de ju inte handla om. I övrigt hade han hela skärtorsdagen suttit uppe på avdelningen Första Fält i det så kallade akutarkivet och hjälpt till med insorteringen av de akter han hade kommit med. Sedan hade han i vanlig ordning druckit kaffe med gruppen och haft en trevlig pratstund samt bytt historier med Bobban. Allt var som vanligt. Det som skiljde sig kanske, var att Karin inte hade suttit med vid fikabordet, men hon kanske hade saker att göra så hon inte hade tid. Oftast är det handlingar som måste iväg innan dagens slut och speciellt en sådan dag som före en helg, till på köpet en långhelg.

Klockan fyra, hade han önskat trevlig helg och glad påsk. Tagit sig i vanlig ordning ner till tunnelbanan och tagit en vagn ifrån Medborgarplatsen till Centralstationen för att äta middag, innan han tänkte förnöja sig på klubben Klara, den hette visst så, erinrade han sig.

Hans tåg skulle avgå mot Vännäs klockan 21.45 så det fanns gott om tid och därför även hinna städa av den lilla tjänstebostaden han hade tillgång till via postverket, innan han for.

Så var det, varken mer eller mindre. Men, han tyckte det var lite förargligt de där med sexklubben. Kunde han låta bli att berätta om detta besök? Bara säga att han var på rummet för att städa och packa sin väska efter middagen på Centralstationen och Café Norr. I stort sett var det ju precis så, förutom det lite lättfärdiga nöjet på klubben vid Klara Norra Kyrkogata. "You only lives once" hade han läst någonstans och han tänkte, det ligger en hel del i denna sentens. Den klubben var inte heller ensam om frivolt utbud på Kyrkogatorna, men det var den han besökte och det var där han hade sitt medlemskort. De andra klubbarna tyckte han såg lite skumma och ljusskygga ut. Men, det var ju bara hans tanke, kanske inte alls var så. Bara en uppfattning han fick då han okulärbesiktigat rent exteriört. Man ska ju inte döma hunden efter håren, men det var de han hade gjort. Men varför chansa?

Olle kände sig genast lite mer tillfreds när han gått igenom vad han gjorde den 19 april. Men han förstod fortfarande inte varför man ville höra honom, som man sa, upplysningsvis? Hans kännedom om sådant var att man då brukade höra folk rent upplysningsvis på telefon. Vad kan man ha menat med det? Frågetecknen hopade sig på rad, som konstfulla staketspjälor. Nå, jag ska försöka ge dem de upplysningar de önskar, så är det bra med det.

Tåget dunkade rytmiskt på över rälsskarvarna och man började närma sig Kramfors, om han nu inte blivit desorienterad i sina tankar tidigare.

Han var i det närmaste klar med sin sortering och hade strax flera timmars avkoppling som väntade. Kanske en liten tupplur? Det skulle inte sitta i vägen funderade han, som nu inte hade en tanke på det där att han skulle höras hos polisen upplysningsvis, trodde han. Men hur han än försökte skjuta detta ifrån sig, så gnagde tankarna malande på om morgondagen i takt med rälsskarvarna trots allt. Detta rytmiska dunkande tänkte han. De dunk de dunk, de dunk de dunk... som osvikligt fick honom till slut att vaggas till sömns i postvagnens lilla sovkupé. Det hängde också ett paraply i sovkupén lite symtomatiskt kanske, som svängde av och an efter tågets rytm. Vems paraplyen var, kan man ju undra över. Kanske var det en symbol för hans invaggning? Tja det kan man ju bara sia om och spekulera i om man så önskar. Något oklart är det med den saken.

Han vaknade i Gävle när dunkandet och vaggandet hade upphört. Här skulle som vanligt tåget göra ett kortare uppehåll. Det var lagom för att Olle skulle hinna sträcka på sig och rätta till anletsdragen samt tvätta av sig resdammet och hinna ta en kopp kaffe innan man rullade in på Stockholms Centralstation om ett par timmar.

Denna morgon var en strålande morgon. Solen steg borta i öster och steg upp över hustaken mot S:t Eriksplan. Det såg ut att kunna bli en fin dag. Den där utfrågningen om hans förehavanden, rent upplysningsvis, under skärtorsdagen den 19 april, kan väl inte ta så långt tid tänkte han. Snart är det bara historia.

Väl i Stockholm skulle han gå upp till Café Norr för att äta frukost. Han hälsades ofta med "God morgon Olle, så det är dags igen?"

Det kändes väldigt familjärt och han kände sig vänligt bemött nästan som hemma i Vännäs tänkte han och såg på den stora klockan i den väldiga stationshallen. Kvart i åtta! Kanske dags att ta sig ner i tunnelbanan för att ta en vagn mot Fridhemsplan och det stora polishuset vid Bergsgatan. Olle hade läst på vilket tunnelbanetåg han skulle ta. Han var noga med sådant.

Han log lite åt sin tanke... den väldiga stationshallen med en lite större väntsal än i Vännäs. Något större!

Så reste han sig och kryssade ner bland alla ilande människor som kom med lokaltåg och skulle vidare med någon av alla de tunnelbanelinjer som fanns. Han hade studerat kartan över de linjer han hade att välja bland och fann att tåg mot Hässelby Strand, kunde vara passande. De skulle passera Hötorget först och så S.t Eriksplan innan Fridhemsplan. Där fick han lite hållpunkter att följa. Sedan hade han ett stycke att gå, om han inte valde någon av alla busslinjerna. Utbudet av färdmedel var onekligen frikostigt.

Väl framme vid de generöst tilltagna och respektingivande byggnaderna i kvarteret Kronobergaren, kände han sig väldigt liten. Det polishuset var kolossalt stort och mäktigt.

Generöst tilltagen var även entrén och trapporna upp till de breda portarna tilltagna. Efter att ha bestigit alla trappstegen av svarthuggen granit, stod han mållös med en aningen tilltrampad självkänsla. Här står man liksom med mössan i hand, kände han. Var det kanske en baktanke med denna stora byggnad av ämbetsmannavälde? Lagens långa arm?

Direkt innanför koppardörrarna, innan glasdörrarna, satt folk ifrån något vaktbolag och skötte inpasseringen. Bara att anmäla sig, tala om vem man ska träffa varvid vakten ringer och kallar ned den jag ska träffa. Olle visste inte om det var i den tågordningen, för han hörde bara vad vakthavande sa i telefon i valda delar. Småningom hade han nickat mot honom och sa att kriminalinspektör Fredriksson kommer möta på andra sidan glasdörrarna vid hissarna. Det går bra att vänta vid hissarna, hade man upplyst Olle om och så hade man antagligen tryckt på någon knapp, för glasdörren öppnades automatiskt.

Det dröjde inte länge innan han såg att hissvisaren på den högra av de fyra hissarna snurrade moturs och han anade att den därför var på väg ner. Han hoppades det skulle vara den där kriminalinspektören Fredriksson, som kom med hissen.

Konstigt nog var inte Olle nervös längre. Han hade varit med så länge och visste hur den statliga kvarnen malde. Så, det är kanske lika bra att få detta överstökat så fort det går.

Han tänkte köpa en lott på vägen därifrån för visst var det av denne kriminalinspektör han hade hälsats välkommen av.

14

Det hade som vanligt varit en trevlig lunch tänkte Sivert när han åkte upp i hissen. Vad hade han att bidra med då? Jag kanske skulle berätta om förhöret jag har avtalat tid för med den där posttjänstemannen Berglund, han ifrån Vännäs. Det är ju i morgon det. Men, det är på gång.

– Du ser fundersam ut Sivert, sa Sigge när de klev in genom dörren till sitt spaningshögkvarter.

– Äh, jag tror att jag alltid ser ut så. Påstår i alla fall hustrun. Ja, att jag ser fundersam ut.

I konferensrummet fanns nu de två teknikerna också. Nu börjar det likna något av en spaningsstyrka, tänkte Svanstrand.

– Då ska ni vara välkomna tillbaka efter er säkert näringsrika lunch, sa han och tog sig en titt spanarna. Och välkomna ska vi hälsa våra tekniker, bröderna Karlsson. Ni är efterlängtade ska ni veta. Hoppas ni kommer kunna stilla vår nyfikenhet och uppfylla våra förhoppningar.

Nu var inte Karlsson bröder, dom bara råkade heta Karlsson båda två.

– Ni kan starta direkt med vad ni kommit fram till, sa Svanstrand och gnuggade sina händer och log förhoppnings fullt.

– Om vi börjar med offret, så fann vi inget annat än som tillhörde henne. De breda gummisnoddarna som satt runt hennes skor, finns uppe på de kontor hon arbetade vid. Exakt samma så vi finner inget annat än att de kom därifrån. Det som handlar om offret i övrigt, har ni säkert fått besked om från patologen på rättsmedicin i Solna. Det är väl Emma Winston vad jag förstår.

– Noop, sa Svanstrand och höjde ett finger. Förlåt att jag avbryter, men det är Milena Sokolovska som har hand om detta fall.

– Okej, sa Karlsson och skrev något bland de papper han hade framför sig. Om vi då fortsätter med lokalen och vad vi fann där, är att någon, till i det närmaste med hundraprocentig säkerhet, har skaffat sig tillträde till lokalen via den dörr som mynnar i garaget. Det har nyligen använts en nyckel för tillträdet. Det fanns inget damm på vredet på utsidan av dörrens handtag, lika lite som på dess insida. Samma sak gäller med den dörregel eller tvärslå, som normalt skall spärra dörren. På de konsoler tvärslån legat, var det dammfritt. I hissen utanför, i garaget, fanns det heller ingenting av intresse. Den har varit flitigt använd och eventuella spår var förstörda. Hissen har också varit avstängd den 18 april för översyn.

– Såg det ut som om det var välstädat, sopat och så vidare i arkivet, undrade Fredriksson?

– Jag skulle vilja säga så här, sa den som hette Viktor, av Karlssons. Viss form av städning måste det ha varit, men inte där skåpen, det rullbara arkivskåpen, står. Flyttar man på ett skåp så är det ganska mycket damm under dom. Det som var intressant var att det var nästan dammfritt i området mellan skåpen Y och Z. De kan ju flyttas en bit i sidled, och där kunde vi konstatera med lätthet att det varit en viss trafik. Det såg liksom upptrampat ut. Det var mängder med skoavtryck, men inga som gick att dokumentera eller göra avtryck från. Det fanns också några skoavtryck bakom, på kortsidan av arkivskåpsraden Y där vi funnit att dessa avtryck är av storlek 38 och stämmer med offrets skor till hundra procent.

På baksidan av arkivskåpen, där vi fann avtrycken, är det väldigt trångt om utrymme. Men där har offret befunnit sig hur som helst. Hon måste ha pressat sig in där. Spekulationer om varför, avstår jag ifrån. Kanske Milena funnit skrapsår på offrets rygg, för så tajt är det?

– Tackar för detta. Ja, säkert kommer ni få utveckla era rön och om vad ni funnit bland era vetgiriga kollegor, sa Svanstrand. Jag kan då också passa på att berätta vad man funnit i Linköping vad gäller de hudavskrap som fanns på tvärslån som normalt skall ligga innanför dörrarna till skydd för otillbörligt tillträde i arkivet. Hudavskrapen kom från offret, precis som vi spekulerat i hela tiden. Men nu vet vi att det verkligen var så. Den tusenkronorssedel man fann under ett skåp, fanns det fler suddiga fingrar på, men inga som var sökbara. Så om denna sedel får vi fortsätta fundera över. Den kan ha en naturlig förklaring, eller ha något med mordet att göra. Jag säger "mordet" vilket jag drar slutsatsen om att det är ett sådant vi arbetar med genom det hudavskrap som fanns på tvärslån och som kommer ifrån offret. Vi har nu fler spår att gå efter, inga dock så tydliga som jag hoppats. Spår 1 är ju tvärslån som nu också visar sig ha hudavskrap ifrån offret. Vi har ju också ett synbart spår av tillträde till arkivet via den dörr som vetter mot garaget. Någon har berett sig tillträde till lokalen genom att använda en nyckel. Låset borde varit igengrott med damm och annat eftersom de vette ut mot garaget, men det var inte så. Vem, eller vilka har nyckel till denna dörr i sin ägo? Jag tror inte någon har lust att ta sig in via den dörren om man läser på dörrskylten, *Bergström & Bodén Begravningsbyrå.*

15

Det gick raskt i korridoren mot Fredrikssons kontorsrum och han hade tryckt på knappen vid dörrposten att han var upptagen då det klev in i hans tjänsterum och det lyste därför en röd liten lampa vid knappen. Det var egentligen en väldig trafik i korridoren. Det verkade också som det rådde högertrafik. Vi gick på den högra sidan och mötte hela tiden en ström av människor. De flesta var civilklädda, men det fanns uniformerade också.

Kriminalinspektör Fredriksson, Sivert Fredriksson, var en mycket trevlig man i Olles egen ålder och bara det var ju något att luta sig mot. Sympatisk, tänkte Olle.

– Vill du ha kaffe, te, mineralvatten, undrade Fredriksson?

– Bra som de är, sa Olle.

Sivert hade satt sig i sin väl tilltagna kontorsstol efter att ha visat med handen på besöksstolen där Olle kunde sätta sig. Sedan hade inspektören gungat tillbaka i stolen och knäppt händerna över magen, gungat lite betänkande innan han började.

Olle såg att fönstren i rummet var tonade i en svag brun nyans. Antagligen bra mot solljus och mot insyn, funderade han.

– Vännäs, sa Fredriksson så plötsligt efter att ha bläddrat i några få papper han hade på bordet framför sig.

– Ja?

– Vännäs får jag för mig ligger i Västerbotten sa han och kikade frågande på Olle?

– Jo, svarade Olle och nickade. Norrland, sa han som förtydligande.

– Och du reser hela vägen ner från Vännäs till Stockholm för att arbeta?

– Jo, sa han igen lite ordkargt. Arbete ger pengar att dryga ut pensionen med. Pengar behöver man väl lite till mans?

– Hur ofta gör du denna resa, då?

– Blir som, varannan vecka.

Sivert antecknade, och ritade en fyrklöver vid sidan om sådär lite tankspritt.

– Är det över flera dagar då?

– Två dagar, handlar det om. Det är så avtalet är mellan KFM och Posten, förklarade Olle.

Sivert antecknade igen. Vi kanske ska kolla avtalet, om det finns något om Berglunds arbete hos Kronofogdemyndigheten i Stockholm. Blev samtidigt en fyrklöver till.

– KFM, undrade Fredriksson?

– Ja, Kronofogdemyndigheten, KFM. Förklarade Olle som började fundera på om den där polisen var riktigt vaken.

– Jaha ja…

Han antecknade lite förstrött under tiden man talades vid. Så snart hade han en hel bukett klöverblommor.

– Har du något minne av vad du gjorde torsdagen den 19 april i år, det var skärtorsdag och i mina papper står det att du arbetade då på, ja KFM. Stämmer det?

– Jo!

– Vad gjorde du resten av dagen, kan du berätta?

– Jag hade bara arbetstid till klockan fyra, eller klockan sexton, så då hade jag önskat trevlig helg och glad påsk när jag gick, sa Olle.

– Gick du runt och önskade trevlig helg, eller?

– Nä, det var bara åt dem jag såg.

Olle började undra om han var kallad för att snacka en massa skit?

– Vilka var det då?

– Ja, det var Bobban, såklart. En kul tjej som kan många roliga historier. Och så var det hon som tutar lite på jobbet, minns inte nu vad hon heter. Men hon luktar alltid portvin. Sedan var det ett par inspektörer jag inte vet namnet på. Kan vara fler, inget jag gick och prickade av, liksom.

– Och sedan då, vad gjorde du sedan?

– Jag hade ju ganska gott om tid på mig för tåget skulle inte gå förens 21.45 så jag behövde inte springa.

– Oj, 21.45 då hade du fem timmar och fyrtiofem minuter på dig. Du var ute så att säga i verkligt god tid.

– Jag gillar inte att vara ute i sista minuten och tågtiderna hade jag ingen makt över.

– Jag förstår.

– Jag tycker inte om att jäkta.

– Men, vad gör man under detta tidsavsnitt där det kanske kan kännas som ett enda långt väntande?

– Som vanligt, åkte jag T-banan till den tjänstebostad och övernattningslägenhet Posten har på Vasagatan som jag bor i då jag arbetar i Stockholm. Jag städade av, plockade ihop kläder samt packade min lilla väska.

– Ja ja, sådana där små detaljer som också måste skötas. Bara en sådan sak som att städa. Man vill ju inte komma till en övernattningslägenhet som inte är fräsch.

– Nej, det ligger så att säga i sakens natur. Man vill duscha, och fräscha upp toalettutrymmet. Men, det är nästan bara jag som har den lägenheten. Ja, uteslutande är det nog så. Jag vet ju inte vem som kan komma att använda lägenheten när jag har rest om det nu blir någon vill säga. Så jag städar av och allt de där och beger mig sedan till Café Norr på Centralen för att äta middag i vanlig ordning.

– Café Norr, hade Sivert undrat, medan han skissade på ett fyrklöver till?

– På Centralstationen.

– Varför just detta Café, undrade Fredriksson som inte ville missa någon form av poäng.

– Ja, dom har bra mat, är trevliga. Sist men absolut inte minst, Café Norr ligger i den stora stationsbyggnaden där jag kan se tågen som kommer in norrifrån om jag får tag i ett fönsterbord mot bangården. Det är intressant att se och jag brukar gissa var de kommer ifrån innan jag tittar på den stora ankomsttavlan. Men nu har man lärt sig när och varifrån tågen kommer så det är ingen sport längre. Men, intressant ändå.

– Jaha, på så vis. Ja, äta ska vi väl alla göra. Man kan inte resa på fastande mage.

– Det är rätt. Man kan inte sitta på tåget och vara hungrig.

– Brukar du äta middag någon annanstans, förutom Café Norr?

– Nej, nej. Inte då. Jag har förstås provat Hyllan också för något år sedan, den serveringen i andra sidan av vänthallen, men nej, det är Norr för min del som gäller.

– Jo, Hyllan har jag hört talas om, sa Fredriksson.

– Ja, hyllor finns det lite var stans. I Gävle till exempel, där har det också en hylla på stationen.

Sådär ja, tänkte Sivert. Nu har Berglund blivit lite mer talför och berättar mer än han behöver. Om ett tag får man nog inte stopp på honom.

– Hade jag ingen aning om, berättade Fredriksson, i Gävle? Ja se där ja. Man lär så länge man hänger med.

– Jo jag måste bara rätta mig… jag talade inte sanning nyss.

Fredriksson höjde på ögonbrynen och fattade åter sin penna, kanske skulle det komma något spaningsbart ur detta erkännande, tänkte han?

– Jag äter ibland Ångloksbiff med mycket lök och tar en stor stark och en sexa Norrlands akvavit, ombord på tåget. Så var det. Rätt ska vara rätt, sa Olle. Kan bli ett järn till, om jag är på det humöret.

Egentligen som jag misstänkt, funderade Sivert. Denna mysgubbe har inte ett dyft med försvinnandet av Ulla Stengren att göra. Vi får bara kolla med Café Norr om man minns Berglund där.

– Ångloksbiff som sagt, prova det någon gång inspektör'n.

– Känner man till på Café Norr att du brukar äta där tror du, som en stammis liksom, frågade Fredriksson lite slarvigt?

– Jo, sa Olle. Man känner igen mig där. Men är jag misstänkt för någonting, undrade han?

– Nej, nej Berglund. Det är sådant här rutinarbete som vi måste genomföra för att vi ska få en bild av vad som har hänt.

– Jag anar att det kan röra sig om den ur personalen på KFM som hittades död i arkivet. Ett arkiv jag en gång var satt att bygga åt myndigheten. Jag läste det i tidningen. Man hade hittat en död där i mitt gamla arkiv.

– Så du känner till arkivet ganska väl, med dess uppbyggnad och så, undrade Fredriksson?

– Jamen visst! Det var ett väldigt bestyr att få in skåpen, det är förhållandevis tunga men vi tog in dem genom dörren i det stora garaget. Jag hade nycklar dit. Två stycken, förresten. Men dessa har jag lämnat tillbaka för många år sedan. Jag har fortfarande ett kvitto kvar på återlämnandet av nycklarna där hemma i Vännäs, sa Olle förnöjd.

Här var det ordning och reda, tänkte Sivert. Det stämmer som jag nyss tänkte. Finns inget ont i denna farbror... farbror? Vi är ju lika gamla. Farbror!

– Jaha ja, du har kvitto kvar. Det var ordningsamt.

– Ja sa Olle, man vet aldrig när man kan få användning av dem. Det tar inte heller särskilt stor plats som inspektör'n förstår.

– Ja Berglund, då var vi klara. Vi kanske bara ska dra lite persondata innan vi avslutar.

– Persondata?

– Ja för att allt ska bli rätt. Rätt man vid rätt datum. Är det Berglund Olof Kristian 360922 boende i Vännäs, Västerbotten. Stämmer det?

– Jo, sa Olle!

– I så fall får jag önska dig en trevlig dag och tacka för att du vänligen ställde upp att höras personligen rent upplysningsvis.

– Ja tack, det var trevligt på sätt och vis sa Olle. Kan jag gå nu?

– Absolut. Jag ska följa med dig så du kommer ut.

16

Fredriksson tog hissen upp ytterligare en våning och knackade på chefens dörr.

– Kliv på, hörde han Sigge ropa, för dörren stod lite på glänt.

– Hej Sigurd, sa Sivert och klev på.

– Sitt vet jag sa Sigge, sitt! Han pekade på sin besöksfåtölj. Sitt, för gudars skymning upprepade han igen.

Sivert slog sig ner i fåtöljen och såg sig om rent mekaniskt utan att se. Sjönk djupare ner i fåtöljen, stäckte på benen och kikade på sin chef där på andra sidan skrivbordsskivan.

– Vill du ha kaffe, undrade Sigge?

– Tack, det kanske inte skulle sitta i vägen nu.

Sigge tryckte ner nån knapp och meddelade i snabbtelefonen att han ville ha in två kaffe. Vände sig om frågande mot Sivert?

– Svart, eller med mjölk?

– Svart, sa Sivert.

Efter ett svart besked i snabben, vände han sig åter mot sin gamle vän Sivert.

– Vad har du på tungan då, undrade han?

– Jo jag har haft ett kortare förhör med den där posttjänstemannen ifrån Vännäs, sa Sivert.

Lagom vid detta kom Svanstrands sekreterare in med två muggar svart rykande kaffe. Svanstrand nickade och log tacksamt mot sin högra hand.

– Hon är en pärla, sa Sigge då hon var på väg att gå, men lagom för att hon skulle höra.

– Jag förstår. Det finns en del som har det bra sa Sivert.

Svanstrand bara log gemytligt tillbaka.

– Jo som sagt, jag har hört Berglund, han ifrån Vännäs. Och där tror jag vi inte har något att hämta. Det är bara en snäll gemytlig farbror som sköter posten åt Kronofogdemyndigheten från det norra distriktet och gillar att åka tåg.

– Men det var väl egentligen bara en formalitet, sa Sigge?

– Det var ju så, men även formaliteter måste genomföras. Jag tänkte nästan hela tiden att varför har vi skrämt upp honom? Han hade sett onekligen lite spänd ut, lite skrämd kanske man skulle kunna säga.

– Vem blir inte skrämd av att sitta i förhörsstolen hos kriminalinspektör Fredriksson? Nämen allvarligt talat, klart folk kan bli lite skakis av att sitta hos polisen. Så vi kanske inte ska ta det så allvarligt.

– Jag har tänkt så också. Men, när jag gick igenom vad han haft för sig. Kollat hur mycket tid han hade den där torsdagen den 19 april då han lämnade sin arbetsplats och fram till sitt tågs avgång mot Vännäs, blev jag lite förundrad. En fritid där han skulle kunna hinna med en hel del. Det handlar om fem timmar och fyrtiofem minuter? Det är en jäkla lång tid.

Ja, att bara gå och vänta på ett tågs avgång, anser jag.

– Okej, hur förklarade han denna tid då, hur sätter en vänlig anspråkslös farbror så att säga sprätt på nästan sex timmar?

– Jo, han redogjorde väldigt noga utan att minnas klockslag. När han gjorde vad och varför. En trolig redogörelse presenterade han.

– Vari ligger problemet, Sivert?

– Vet inte om det är något särskilt problem, direkt. Alla gör ju vad de tycker med sin tid.

– Nu får du nog tala ur skägget, Sivert.

Fredriksson skruvade lite på sig, trots att han inte hade någon större anledning. Men, han hade lärt sig gilla den där Berglund och hans lite sävliga snack. Han var helt enkelt oförarglig. Skulle inte kunna göra den där kända flugan förnär. Han har säkert ingen flugfångare hemma i köket i Vännäs heller, av den anledningen. Finns det sådana förresten idag, tänkte han?

– Jag började fundera med utgångpunkten fem timmar och fyrtiofem minuter. Resa hem till tjänstebostad på Vasagatan har jag satt trettio minuter på.

– Nä, sa Svanstrand. Kanske tjugo minuter högst, det är inte på andra sidan stan han ska till. Men vi kör på det, okej!

– Sedan berättade han att han städade av den lilla lägenheten och duschade, innan han packade sin lilla resväska. Där har jag avsatt sextio minuter. Se knusslig på det viset har jag aldrig varit sa Sivert som nu kände sig aningen bättre till mods.

– Då är vi uppe i nittio minuter, sa Sigge som var en riktig snabbräknare när han var på det humöret.

Sedan då, undrade han vidare?

Tog han promenaden till Café Norr för att äta middag innan hemfärden. Här kan det max ha tagit tio minuter, det är i stort sett bara snett över gatan. Café Norr ligger som du vet i norra delen av Centralens vänthall. Hur lång tid tar det att äta middag? Vi är ju tilldelade en blygsam halvtimma för lunch, men det blir oftast betydligt längre än så för vårt kaloriintag här på Bakfinkan. Men låt oss säga att han tar god tid på sig med en kopp kaffe också. Då är vi uppe i endast etthundrasextio minuter som han gjort av med av sina femhundrafyrtiofem minuter han hade räknat ifrån då han klev ut från Kronofogdemyndigheten. Han har så att säga inte satt sprätt på tiden? Men det är då jag börjar grubbla. Vad har han gjort på den övriga tiden till dess tåget skulle avgå?

– Bra tanke där, sa Sigge. Det är ju hela, låt mig se? Det blir ju tvåhundrafyrtiofem minuter Fyra timmar och fem minuter.

– Ja, det slog mig efter förhöret att det var en väldigt lång tid som han inte redovisat. Har han möjligen sett fel på klockan? Sov han middag i tjänstebostaden innan han skulle resa hem igen som han har glömt bort eller var avgångstiden på tåget en annan? Han kanske bara har sagt fel, tagit fel, helt enkelt?

– Om det inte är något av dina frågetecken, så har han onekligen en del att förklara, sa Sigge och tittade på klockan.

– Ja, sa Sivert. Jag får ta ett snack med honom igen. Det får bli på telefon eftersom han inte kommer ner till Stockholm förens om fjorton dagar. Så länge kan vi bara inte vänta. Jag ska bara kolla hans uppgifter nu. Go midda chefen!

Svanstrand höjde på ögonbrynen och tittade på klockan igen. Fan! Det stämmer, sa han för sig själv. Hemgång!

17

Jaha, tänkte Svanstrand när han vred på persiennerna i sovrumsfönstret. Det duggregnade lite lätt såg han, men det var ljust ute. Hur ska denna dag ta sin form? Han gick ut i köket för att fylla på kaffebryggaren. Fyra koppar som vanligt. Brödrosten, marmeladen och antagligen bara en torr skalk kvar av den goda osten tänkte han, likaså med brödet, vilket han strax skulle bli varse.

Han hällde upp ett glas färdigpressad apelsinjuice ifrån nån fabrik i Brasilien, och försökte förfärdiga en hyfsad frukost. Han fick ordna sin frukost med liknelser av Kajsa Vargs kokbok. *Man tager vad man haver!* Dock med dragning åt den asketiska, spartanska, riktningen. Naturligtvis hängde en cigarett redan i mungipan som det var dags att knyckla ihop i askkoppen. Han hostade igen och det högg aningen i bröstet.

Fan, dessa röka! Tänkte han och såg ogillande på det paket som låg där. Han ville inte se varningstexten som faktiskt var större än vad själva cigarettmärket var. Egentligen gillade han inte att röka med tanke på allt som kunde lura runt hörnet med horn i pannan, lång taggig svans och eldgaffel i handen. Sigges problem är att han har ett helsike att låta bli blossandet, att hålla fingrarna borta ifrån tändaren.

Skit samma, nu är det som de är. Jag börjar i alla fall inte med en fyrafingers wirre på morgonen. Se där, en positiv tanke. Han visste att det fanns de som började morgonen så… ja, även på hans knog, men ingen han kände personligen. Bara stötte på ganska ofta i olika utredningar.

Hur som helst, tänkte han. I det brott vi kämpar med just nu, som faktiskt bara står och stampar, trots att det är två dagar sedan vi fick det på bordet, går det åt ett röka för att tänka klart, för att klarna hjärnan. Så är det bara.

Trappen ner till postfacken i de hus han bodde, innanför porten, var lätta att gå. Uppför, skulle nog bli lite jobbigare. Men, han såg det som dagens motionsrunda. Vid postlådorna träffade han lilla fru Gustavsson. En trevlig dam Sigge hade ett gott öga till. Ja, det var inte enkelriktat på något vis, de visste han. Hon var kanske runt en fem år yngre än han själv, gissade han. Snygg och välformad i en attraktiv ålder. Hon var mycket attraktiv.

– God morgon, hade han börjat lite försiktigt.

– God morgon kommissarien, hade hon hälsat.

Fanns det någon underton av kutter där, tänkte han i sin fåfänga och tog sig om hakan.

– Kommissarien ser fundersam ut, sa hon medan hon förutspådde att det skulle bli en fin dag. Duggregnet skulle snart blåsa österut, sa hon. Även om kommissarien får en del att göra på sitt arbete förstår jag. Ja, med allt bus som händer hela tiden.

– Jo, vi har att göra som du förstår, sa han och duade med flit. Du får ursäkta, men nu måste jag upp igen för att åka iväg till knoget, sa han lite sådär pojkaktigt. Skulle bara kolla posten först.

Han vinkade lite med handen åt Gustavssonskan som hade gjort "tummen upp" när han började det mödosamma återgånget till sin lägenhet tre trappor upp. Pust, tänkte han. Vi som har hiss i huset!

På radion körde man morgonpasset hörde han när han kom åter. Där var det någon hurtig programledare som ansåg att man skulle öppna fönstret, böja sig ner... Fan, tänkte Svanstrand att de orkar. Han hade läst någon statistik någonstans att det skadas fler i motionsslingor, på gym och i idrottsutövningar, än vad det gör i trafiken. Pust, tur att man inte är lagd åt de hållet med stegräknare och passerkort till gym, tänkte han. Adidas brallor, Nike skor, strumpor Champion och ett pannband av märket Puma bland de märkesjagande. Dessutom är det oestetiskt att lukta svett, fastslog han.

Han pustade lite fortfarande efter sin morgonmotion i trapphuset.

Hur gör vi idag då, sa han i sin diktafon? Jag vill ha in den där personen som man från början letade efter på Kronofogdemyndigheten. Letade efter henne, men fann de lik vi har nu. Det är den ende, tror jag, som vi inte har hört och ändå torde hon vara högvilt. Hon var den som var bevandrad i det där arkivet, men plötsligt när de hände, var hon på kondis, om jag inte minns fel? Vad sysslade hon med egentligen den 19 april förutom att handla en tårta hos deras närliggande konditori?

Alltså, jag vill ha in… sa han och bläddrade i sitt lilla anteckningsblock, kronoassistenten Karin Gunnel Beck – Horntygel. Varför ska det vara så svårt att få tag i den människan? Vi vet var hon bor och så vidare. Vad är problemet, tänkte Svanstrand högt nu, samtidigt som en brödskiva hoppade upp ur brödrosten. På samma inplockningslista, ska det även stå Arvid Johansson, känd hos polisen för alla sina hot mot kronofogdemyndigheten. En våldsam typ. Det är dags att höra honom nu. Plocka in honom! Om han nu inte redan är inplockad för sitt senaste hot, och är lyst för fick diktafonen veta.

Måste också snacka med vår åklagare om en husis.

Jag vill ha en husis hemma hos offret, Ulla Stengren. Vad vi hört av personalen, levde hon ensam, bodde ensam och var väldigt ensam. Denna husis beroende på varför hon togs av daga. Vad är motivet? Finns det någon tråd att dra i efter genomfört värv, eller husis? Vi hoppas så klart på det, sa han och stängde av diktafonen.

Nyheterna på radion hade ingenting nytt att förmedla vilket var lika skönt det och han slölyssnade vidare innan man kom till vädret under dagen. Så sa man plötsligt, att polisen funnit en död person i en lägenhet på Östermalm. Polisens talesman var förtegen om omständigheterna… och just då, ringde hans telefon.

– Svanstrand, sa Svanstrand när han lyfte på luren.

– Ja… jag lyssnar. Okej, då rullar vi på. Den personal vi behöver… bra!

Oj, vilken morgon. Den blir aldrig som man tänkt sig. Hon kanske fick rätt ändå, lilla fru Gustavsson. Han plockade undan i all hast resterna av sin fragila frukostbricka. Slängde i

förbifarten det som en gång varit en god ost men som nu mer
lämpade sig att mata talgoxarna med. Brödkanterna fick gå
samma väg i cylinderarkivet.

Utanför hans port stod redan en bil väntande som skulle
plocka upp kommissarie Pierre S Svanstrand för att med blå-
ljusfart ta sig till Östermalm i morgontrafiken någorlunda
snabbt. Nu var det fart på vår ledningscentral ska jag säga.
Bra!

18

– Svanstrand! Hörde han en bekant röst ropa då han klev ur bilen vid Friggagatan på Östermalm.

Svanstrand vände sig om och fick omedelbart se kriminalinspektör Fredriksson komma med långa kliv.

– God morgon chefen, sa han!

– Morron, hur ser läget ut, undrade Svanstrand?

– Den vi letat efter, har vi nu hittat, sa Sivert.

– Vem då?

– Kronoassistenten Karin Gunnel Beck – Horntygel!

Svanstrand blängde argt på Fredriksson, precis som om det var hans fel, medan han tog några steg närmare porten.

– Vad fan är det du säger, undrade han, lite dämpat?

– Jo, du hörde rätt. Hon sitter i en fåtölj där inne, sa Sivert och nickade mot huset. Men det går inte att tala med henne. Hon är död sedan en längre tid tillbaka har jag fått reda på av Ekholm. Stendöd! Strypt sa han lakoniskt. Strypt med ett buntband.

– Tack för de bryggmalda, sa Sigge. Det fattades bara det.

– Det var en granne som känt en konstig lukt och dörren till Horntygels lägenhet var inte låst där lukten kom ifrån.

Så grannens fingrar har vi på dörrhandtagets utsida. Grannen hade sett in i hallen att där halvlåg någon i en fåtölj, och då tog grannen och stängde dörren. Gick upp till sig och ringde oss. Det är väl ungefär där vi nu är i tidshändelse, sa Fredriksson förklarande för sin chef.

– Jag förstår att teknikerna är där inne nu så vi får inte komma in ännu, eller hur?

– Exakt, sa Sivert! Det är bröderna Karlsson, förresten om du undrade. Dom checkar av farstun, men där blir det nog inga fynd. Folk har ju rört sig in och ut genom porten i stort antal under hela påsken. Jag tror vi strax kan avancera in genom porten så slipper vi publiken och den massmediala delen en stund.

– Okej, då går vi in, sa Svanstrand, när han såg en ur ordningen vinka åt dem att det var dags att kliva på.

Det duggregnade lite fortfarande och han hade trots sin erfarenhet, svårt att förstå den nyfikna skara som trängdes bakom de avspärrande banden. I duggregnet stod de där, en del med paraply till och med. Vad var det man egentligen väntade på att få ta del av? Vad är det som driver denna nyfikna skara, vad är det man hoppas få se? Normalt brukar den stora skaran avvika när personalen från politivagnen burit ut något, för det vet aldrig vad som döljer sig under den gula landsting-filten, som de lastar in i sin bil och kör iväg med. Kvar brukar det ändå bli en handfull åskådare varav hälften då är mediafolk. Kriminalreportrar som var nya, hängde kvar en stund, medan de gamla rävarna väntar till pressinformationen som i det här fallet kommer att hållas i polishuset, Kungsholmsgatan 37 Kungsholmen, av kriminalinspektör Sivert Fredriksson klockan 15.00. I övrigt hänvisas till polisens presstalesman, kunde man meddela de mediafolk som befann sig vid avspärrningarna. Vid denna stund, fanns ingenting att berätta mer än att man konstaterat en död människa i en lägenhet.

Polisen från ordningen, ämnade upprätthålla den på andra sidan porten, i duggregnet.

Kriminalkommissarie Pierre S Svanstrand och kriminalinspektören Sivert Fredriksson, stod i vestibulen innanför porten på Friggagatan och såg sig om.

– Det är så här dom bor, sa Fredriksson!

– Hur då så här, menar du?

– Ja, med marmorgolv, mässingstavla med de boende uppradade. Hemma är det nån grön filtduk innanför en glasskiva där man kan placera vita plastbokstäver. Det händer att bokstäverna trillar den och man kan undra vem "edriksson" på 2 tr. är? De vita bokstäverna ligger där som en solkig snödriva längst ner innanför glasskivan i tavlan för boende. Långt ifrån nån mässingsplatta med ingraverade namn, kan man väl säga. Men du, Sigge! Vem fan är det som putsar den där mässingsskylten?

– Jo det kan man ju om man vill, fundera över. Du, jag är rädd för att det är olika i olika län, sa Svanstrand och log. Nä, vi har inte heller någon mässingsskylt. Men någon form av sten, det är de på golvet. Om det nu är marmor eller så, de vet jag ju inte förstås.

– Kolla, sa Fredriksson hänförd och pekade mot lampkronan i taket. Den femarmade armaturen, gjuten i någon sorts metall antagligen och överdragen med mattpolerad mässing med frostade glaskupor, är väl lite extravagant? Jag saknar bara den röda mattan här innanför porten.

Precis då, öppnades porten och en polis ifrån ordningen klev in. En ur publiken överlämnade det här som hade hittats strax utanför porten under långfredagen.

– Okej, sa Fredriksson och undrade i förbifarten om man tagit namn och telefon på den som lämnade in det upphittade?

– Ordningen hade nickat och utgått igen.

– Jag ser, sa Svanstrand. Buntband! Undrar hur många fingrar det finns på dessa. Säkert bra att sätta fingrar på, men svåra att tyda. Vi lämnar vidare till teknikerna så fort vi får tag på grabbarna Karlsson.

– Buntband, sa Fredriksson. Något säger mig att jag nyligen sett ett likadant band. Det var ju med ett sådant den där tvärslån över dörrarna i arkivet, stod fastspänd med vid väggen. Nu får vi se om det är samma typ av buntband, storleken verkar var det samma. Återstår fabrikat. Det lär finnas en uppsjö av buntband både vad gäller färg och storlek samt tillverkare.

– Sivert, sa Svanstrand och tog sig om hakan, sin vana trogen. Det är dags att snacka ihop oss i gruppen om gärningsmannen. Vem och varför. Vi får ta det när vi kommer tillbaka till huset, sa han lite begrundande. Hög tid för snillen spekulerar, sa han igen liksom för att förtydliga vikten av vad han sa. Jag ska kolla vilka från oss som skall ingå i gruppen.

– Det blir väl inte så svårt den här gången, Sigge?

– Inte, vilka föreslår du då?

– Det är ju i första hand Ekholm. Han var med i arkivet på KFM och nu är han med här också. Anton Franke är ett annat namn som poppade upp. Han var med senast, och han är med nu också. Kriminalinspektör, många år som utredare av grova brott har han också på meritlistan. Ja, så hjälper vi myrorna med några strån på sin långa väg till stacken.

– Låter som ett utmärkt förslag, Sivert. Vad får du alla bra tankar ifrån?

– Tack! Var tankarna kommer ifrån, vet jag faktiskt inte. Men jag brukar se mig omkring dagligdags och så har jag nära till vår grupp och går med öppna ögon och öron. Jag får tips och tankar därifrån.

– Ja, man behöver ju inte hänga med och veta allt, det är därför jag har duktiga medarbetare omkring mig, sa kommissarie Svanstrand adresserat med en nick mot Fredriksson. Jag försöker bara hålla rätt på er trots lösa tyglar.

De båda kriminalarna började gå mot trappen, fortfarande utan att hitta den där röda mattan Fredriksson talat om. Hissen fick vara. Man hade sett på mässingstavlan att K. Horntygel, bodde på 1 tr. De hade andra också berättat tidigare. Brottsplatsen, eller där offret finns, är på 1 tr. hade man tipsat. Om detta var synonymt med brottsplatsen, kanske man skulle avvakta med att slå fast.

– Efter dig chefen, sa Fredriksson då de väl var framme vid dörren till lägenheten och visade med handen i en verserad gest.

Svanstrand hade genast sett sig om i hallen. En invand ritual var att se sig runt dit man kom och memorera. Där hade varit en pedantisk ordning tidigare förstod Svanstrand. Mycket talade för det. Nu fick han bortse ifrån detta eftersom lägenheten var vänd upp och ner. Någon har synbarligen letat igenom lägenheten efter något stöldbegärligt. Om man funnit något av den arten, visste i varje fall inte Svanstrand för stunden. Han hade inte varit med om något värre. Denna lägenhet var verkligen vänd upp och ner. Fanns inte ett skåp så långt han kunde se ifrån hallen, som inte stod vidöppet och innehållet låg utspritt på golvet. Som en orkan dragit fram.

I en mindre fåtölj av aktionstyp, halvlåg offret nedhasad. Skorna låg vid sidan, en åt höger en åt vänster. Precis som om hon sparkat av sig skorna. Invid henne på vänster sida på golvet, stod en tårtkartong.

– Detta är en Emmafåtölj, hade Fredriksson förklarat och pekat på fåtöljen som offret halvlåg i. Konstigt egentligen fortsatte han. En Emma är det lätt att ramla ur om man somnar, men hon har legat så nedhasad att hennes ställning gör att kroppen ligger kvar. Man får en sådan här Emma, som ser ut att vara från senare delen av 1800 talet, för en fem – sex hundra spänn. Senare exemplar av Emma fåtöljer, får du för under femhundringen. Blir betydligt dyrbarare om du har ett par, Emma fåtöljer.

Svanstrand vände sig om och tittade på Fredriksson.

– Är du kriminaltekniker också eller möbelhandlare i värsta fall?

– Nä, det är bara ett intresse av gamla möbler jag har, till och från. Det har hjälpt mig en del i jobbet.

– Har du någon uppfattning om denna oerhörda röra?

– Ja, som det ser ut måste det vara fler än en som har gått lös på alla skåp och lådor. Om det inte är så, att när man sett till att offret blev strypt och kände till att ingen annan skulle komma klampande, så hade man ju hela påskhelgen på sig.

Man behövde inte väsnas, utan man kunde tömma lådor och hyllor lugnt och fint. Men ser man sig omkring, så finner man inget direkt stöldbegärligt. Hon använde inga smycken, och om hon ägde några, hade hon dem säkert i ett bankfack. Vi får kolla om hon hade bankfack, på tal om det.

Min magkänsla säger mig att det var en ensam gärningsman.

– Se där ja, sa Svanstrand. Men vad tror du av de du ser just nu Sivert, förutom den här fåtöljen, om du kan slita dig? Sambandet med vårt tidigare offer? Båda arbetade på Kronofogdemyndigheten.

19

Vid Vännäs station kunde Berglund nu höra hur det ropades ut i högtalarna: Pling – plong!

"Tåg mot Stockholm Central, är nu på ingång till plattform 1, spår 1. Avgår om sex minuter."

Berglund vände sig åt höger och såg tåget sakta komma inrullande medan det gick igenom en spårväxel och därmed bytte till Spår 1.

Loket var ett Rapidlok, såg han. Ett orange färgat lok med en bred vit rand utefter sidorna på lokkorgen. Han visste att loket var svensktillverkat i Trollhättan i början av -60 talet. Rapidlok var mest avsett för expresståg. Loken fick tack vare sin fart, namnet Rapid-lok. Det var inte utan att Berglund var lite av lokexpert. Tåg, var något av hans intresse.

Han böjde sig ner för att ta sin lilla väska med övernattnings persedlar. Nu skulle han ner till Stockholm igen. Kändes inte lika nervöst den här gången för nu hade han talat med den där kriminalinspektör'n Fredriksson på telefon. Fredriksson hade häromdagen ring Berglund för att be att få ställa några frågor.

Det hade såklart handlat om all den fritid han hade haft innan tåget skulle gå mot Vännäs den 19 april, skärtorsdagen. Nu hade han också tagit med sig det kvitto han hade sparat sedan kanske 20 år tillbaka då han hade återlämnat de två nycklarna han en gång kvitterat ut då man byggde arkivet i Bergström & Bodéns Begravningsbyrås gamla bisättningslokal där nere i det enormt stora garaget. Som väl egentligen än idag klassades som skyddsrum och skulle säkert fungera som så, om det skulle bli skarpt läge och ryssen kom.

Genant hade varit att berätta för kriminalinspektör'n vad han hade använt de där fyra timmarna till. Han hade därför även tagit med sig det medlemskort till sex-klubben Klara han hade och som stämplades vid varje besök. Efter sex besök, var det sjunde gratis, stod det lite lustigt på kortet. Där kunde man utläsa med stämpel när han varit där.

Fredriksson hade sagt till Berglund att han inte skulle vara orolig för sekretessen i den här frågan. Han hade istället tackat Berglund för att han hade varit uppriktig med vad han hade gjort de där timmarna Fredriksson varit fundersam över. Och kriminalinspektör'n hade förklarat att han var långt ifrån ensam besökare på dessa klubbar. Ja, det kunde han ju själv se vid besök. Det fanns inget man heller kunde beivra eller lagföra någon för som besökte klubben för att titta på film och lättklädda damer på en scen. Det var upp till var och en i myndig ålder att ta ansvar över. Enda kravet man hade på klubbägarna var åldersgränsen och att minsta misstanke om koppleri, prostitution, eller handel med narkotika, lagsöktes.

Där var Fredriksson, kriminalinspektör'n och Berglund helt överens.

Och som sagt, det skulle inte läckas något om hans besök, hem till Vännäs och fru Berglund. Så var det sagt. Inte i det läge de befanns sig i idag.

Så nu var han som sagt på väg igen, mot Stockholm. Öppnade dörren längst bak i tågsettet och slängde upp sin väska innanför dörren till postvagnen. Så släntrade han vant upp i vagnen själv. Möttes genast av hans postkollegor vid fikabordet och deras snack om hur man slog ihjäl damer på löpande band där han arbetade. Precis som man klubbar lake. Lite läskigt var det, tyckte dom och Berglund hade naturligtvis inte svårt att hålla med. Han hade ju någon gång även träffat offret man nu skriver om i tidningarna, Stengren. Han hade en känsla av att hon var lite stilig. Parant var ett annat ord som dök upp i hans skalle. Henne skulle man inte nobbat.

Och den här gången, hade han nu bestämt sig för, skulle han absolut ta en sväng förbi sin klubb Klara. Punkt!

Hans favorit strippa, var en som kallades Nilla. Troligen hette hon väl Gunilla i dopatesten. Hon hade blont långt rakt hår som räckte nästan ner till midjan. Hon lät textilierna falla till golvet samtidigt som musiken från en väl vald låt som möjligen kan heta, *"je t'aime moi non plus"* eller hur man nu uttalar det, funderade han, utgjorde en ljudkuliss. Jag är ju inte så bra på franska. Det fanns också en mörk fin tjej som kallades Miss Bette. Men hans favorit, det var Nilla. Hon var bara så… och hade så… så han drömde sig bort med ett fånigt leende på läpparna. Hans postkolegor i fikarummet tittade på honom, tyckte han och han lade ena benet över det andra, utifall. Men tåget dunkade på de också och man snackade om alldagliga saker vilket Berglund var ytterst tacksam för.

Trots att kriminalinspektör'n hade varit nöjd med hans förklaring för den tid som "fattades" kände han ändå en oro för deras fortsatta intresse av hans person. Tänk om det kom ut hemma, var hans tanke trots allt? Då var det bara att ta repet.

Hans tankar på Nilla, tog som tur var dock överhand. Lustan hade en stark effekt på honom och övertog hans tankar. Han var därför tvungen att sitta med ena benet över det andra en god stund till för han ville inte väcka anstöt hos kolegorna och slippa en del pikar kanske. Han kände sig som en riktig snuskgubbe. Borde han inte sitta på rummet med ett frimärksalbum istället? I Klarakvarteren fanns det gott om butiker som handlade med frimärken för samlare och mer inbitna filatelister. Jo, det kanske han borde om detta bara hade haft en större drivkraft än det nu hade. Man ska göra det man vill, man lever ju bara en gång och hur många gånger till blir det resor till Stockholm, där allt finns? Skulle ju vara förjävligt om jag lämnade in och inte fått se Nilla strippa under sitt arbete, med arbetskläderna påtagna. Jag skulle förmodligen inte förlåta mig själv, föll hans tankar av något galghumoristisk sort. Jag hinner nog både jaga älg och fiska röding ändå.

Men, dagens slit först vid myndighetens disk och plocka in all nyanländ post på sin givna plats som jag har med mig nu.

Hans snillrika hantering av akter i arkivet var liksom givna för Berglund, som var den som organiserat akutarkivet. Inte lika given hantering för kontorspersonalen ännu men det skulle väl bli bättre. Han var som handräckning åt ett par av kontorstjejerna på Första Fält... Bobban och Kajsa. Kul med Kajsa, för hon var ifrån Hammerdal i Jämtland. Man liksom känn igen dialekten. Men oj tänkte han!

Tankarna tänkte dialektfärgat i hembygdstoner. Men skärp dig Olle, filosoferade han.

I bland som de tävlade i roliga historier medan vi plockade in i alla hängmappar och de försökte följa min snillrika hantering av dokumentationens uppläggning.

De lärde sig fort, både Bobban och Kajsa. Tur man inte arbetar på denna myndighet. Där var det så att säga full rulle hela tiden. Telefoner hörde man ringandes hela dagarna. Deras arbetsbeskrivning skulle nog bli en avhandling i sig. Det blev bara en kortare tid i arkivet varje gång Berglund, eller Post-Olle som de kallade honom, kom med post ifrån Norrland. Men för hans egen del, blev det hela dagen i stort sett.

Man är glad man kan kliva ut i gatuvimlet klockan fyra och bege sig till sitt lilla krypin innan det är dags för hemfärd. Ja, och så besöka Klara. Det var Berglunds lilla ventil, som han kallade det för.

Hemma i Vännäs, satt hans hustru i rullstol och hon hade hemtjänst dagligen som hjälp. För hennes del, höll hon på med en nedräkning, klockan tickade oförtrutet på. Tiden gick fort numera, ändå så sakta. Men fru Berglund tyckte hennes gubbe, som hon kallade Olle för, gott kunde resa lite och inte bara gå där uppe i ett inrutat liv. Men, de hade det bra, de hade man.

20

– Jag tror att någon har letat efter något, sa Fredriksson när han funderade över vad som hade hänt. Det var en kaosartad röra. Så här, fick han för sig, att Östermalmslägenheter inte brukade se ut och vädrade sina fördomar lite försiktigt.

Men, säga vad man vill men inga ord efter mig tänkte han samtidigt, så var det en välvårdad fastiget. Sandfärgad puts med burspråk på ena sidan av porten och uppåt samt fransk balkong på den översta våningen innan takvåningen. Höga välvda fönster och husets kröntes av en takvåning som sagt, med terrass. Här räcker inte pensionen till hyran. Gångbanan utefter Friggagatan var belagd med tegelfärgade plattor. Här dög inte det där vanliga standardmåtten 40 X 40 inte. Huset var i fyra våningar och hade en anspråkslös port, konstigt nog, men med porttelefon.

På motsvarande sida av gatan, var det vegetation med parkbänkar. Det var gjort för dem som hade regnkläder att sitta ner som på första parkett vid Kungliga Dramatiska Teatern. De hade koll på allt och alla. Ja, ja. Vi hade talat om detta tidigare Sigge och jag. Men faktum kvarstår, funderade han vidare. Där sitter dom! Men det är väl så, bor man här har man kanske inte så mycket annat att titta på. Nu fick dom en händelse inpå knuten. Jag tror de flesta är grannar faktiskt, utom de på takvåningen som är en skådespelare och sällan hemma, har jag fått berättat för mig av vårt folk som knackat dörr.

– Ja du Sigge, sa Fredriksson. Den totala oredan visar att man sökt något specifikt som de antagligen visste skulle finnas hos offret. Eller, så rent spontant, kan det varit så att Horntygel gav sken av att vara ett lätt offer. Lite tunn och bräcklig, en gammal kärring på fyrtio år som inte kunde vara särskilt svår att hantera. Någon försökte därför kanske... att trängde sig in samtidigt som Horntygel öppnade dörren?

Dörren var ju inte låst, det är ju konstaterat och därför saknar vi brytmärken vid dörren. Hade vi funnit brytmärken, hade det berättat att vi hade att göra med en amatör på området. Samtliga dörrar i denna fastighet är försedda med säkerhetsdörrar vilket en stor skruvmejsel eller huvudnyckel inte skulle gör mer än repor på.

Och i sådana här fall, brukar ju gärningsman och offer vara bekanta med varandra. Eller i vilket fall, så har gärningsmannen en idé om att offret hade gott om dyrbarheter. Kanske har man haft någon form av inside information, sa Fredriksson i sin analys? Kanske blev gärningsmannen insläppt helt enkelt? Någon från offrets arbetsplats, möjligen? Men av den väldiga röran i lägenheten med vår utgångspunkt ifrån hallen, så har man gjort en riktig husis den som nu varit på besök. Man har tagit god tid på sig. Troligen visste man att ingen plötsligt skulle komma inklampande i lägenheten och undrat om maten var klar. Därför har man gjort en grundlig genomgång bland inventarierna. Och det intressanta är ju de du sa nyss, båda våra senaste offer hade sin arbetsplats belägen på Kronofogdemyndigheten. Har någon på den arbetsplatsen haft vetskap om offrets bekantskapskrets, har denne haft insikt i offrets enskilda budget och agenda? Detta är ju intressant i sig. Den där Arvid Johansson, som hotade myndigheten häromdagen, kanske vi skulle plocka in? Vad jag hört är han mer kapabel än någon annan att på egen hand vända upp och ner på en lägenhet och då menar jag det bildlikt.

– Jag har samma tankar som du, sa Svanstrand medan han vände sig mot rättsläkaren som stod böjd över offret i hallen.

Tryggve Ekholm, deras erfarne rättsläkare, hade tittat tillbaka på Svanstrand som om han undrade vad han ville?

– Vad har du för preliminärt utlåtande sådär mellan tummen och pekfingret, undrade Svanstrand?

– Inte lätt vad man ska dela med sig av, sa han.

– Ja men bara så vi har något att börja nysta på, förtydligade Svanstrand och rätade på ryggen och tog sig fundersamt om hakan.

– Strypt, sa Ekholm lakoniskt. Strypt med ett buntband. Mer än så kan jag inte säga. Emma, kommer genomföra den rättsmedicinska undersökningen i Solna. Vi väntar på hennes resultat av undersökningen, föreslår jag. Inte förhasta oss med gissningar som sedan inte stämmer, fortsatte han. Emma Winston, nämnde jag henne, undrade han?

– Nej, de gjorde du inte sa Fredriksson, men vi vet vem hon är, tack ska du ha.

– Oss emellan, sa Ekholm, så tror jag hon satt i fåtöljen, en jäkla ful och obekväm fåtölj förresten och inte särskilt bekväm. Svärmor har en sådan jäkla sittmöbel och den går bara inte att hålla sig kvar på utan att trilla av.

Svanstrand tog sig en extra titt på fåtöljen och nickade.

– Jo, som sagt var. Oss emellan, tror jag hon satt och sov i fåtöljen när någon kom upp bakifrån och lade en slinga av det hopkopplade buntbandet om hennes hals och drog åt. Det är väldigt hårt åtdraget, så den som gjort detta har gott om kraft i nyporna. Men kom ihåg, jag har inte sagt något!

– Sagt vad då, sa Svanstrand och såg oförstående ut?

– Bra, sa Ekholm!

– Fy för helvete, sa Fredriksson för att tala svenska. Har någon dragit åt ett buntband kring hennes hals?

– Jo, det är mordvapnet, ja.

– Även om jag är aningen van, men hur lång tid efter åtdragningen har döden inträtt?

– Efter en mycket kort tid. Medvetslös efter kanske fyra - fem sekunder. Men det är en tidsrymd där man hinner gripas av panik om man befinner sig i vaket tillstånd. Då är det så att säga, kört. Det handlar om sekunder.

– Men jag säger igen, inga ord efter mig. Det här får Emma utreda. Jag kan bara skriva ut ett dödsbevis, sa Ekholm. Och nu får ni ursäkta mig för jag ska skriva den nu. Plus lite annat som ni säkert förstår.

Han hade sett sig om på den döde och konstaterat att där satt ett plastband om höger handled med diverse personalia och samma på vänster fotled. Han hade nickat och kryssat i ett par rutor i blanketten. Så, var han klar! Han hade inte fyllt i något kryss i blanketten eller anmärkt på plastbandet vid fotleden att offret skulle haft någon pacemaker. Så för hans del kunde man föra ut liket ur lägenheten.

– Oops! Sa han plötsligt. Här kommer ambulansfolket. Ser ut att vara ifrån AISAB.

Så fördes därmed kvarlevorna efter, Karin Gunnel Beck - Horntygel 390123 iväg till Solna rättsläkarstation och Emma Winston.

– Och vi kanske ska ta oss en liten titt i lägenheten och kolla in förödelsen, sa han och nickade inåt. Sedan vänder vi tillbaka till station, sa Svanstrand. Jag känner att det är dags för ett kaloriintag. Kanske har Bakfinkan oxrullader idag med inlagd gurka och svartvinbärsgelé på menyn, eller varför inte, boeuf bourguignon med rödbetor, vad?

– *En nåd att stilla bedja om...* William Shakespeare, sa Fredriksson och gjorde en teatralisk gest med handen.

– William Shakespeare?

– Ja visst! En engelsk dramatiker, poet och skådespelare från sådär 1500 – 1600 talet. Strofen är ur det berömda teaterstycket Hamlet. Du vet de där kända raderna, *att vara eller icke vara, det är frågan. Månn' ädlare att lida och fördraga ett bittert ödes styng och pilar...*

Svanstrand hade stannat upp och bara stirrade på Fredriksson förstummad och tog sig om hakan.

– Mår du bra, undrade han?

Han hukade under rockkragen då det fortfarande duggregnade men hade nog ökat i styrka. Det var bara någon enstaka nyfiken som fortfarande hängde kvar utanför avspärrningarna. Inga yngre, utan det var pensionärer mest som det verkade.

Kan dom inte räkna bussar, istället funderade han. Lik är inte särskilt upplyftande att betrakta, så vad är det som gör deras nyfikenhet? Kanske har något med matsmältningen att göra. Kanske rättar till deras pH-värde, för mycket vätejoner troligen och en surare mage. Äh, jag vet inte. Förstår mig inte på deras något makabra intresse.

– Pressinfo klockan femton, vad?

– Bra Sivert. Du kommer gå långt. Börja med att dra de där om, *ett bittert ödes styng och pilar*, så får massmedia något att undra över.

– Kan man väl inte göra?

– Nä, de kan man inte, sa Svanstrand. Mot Bakfinkan!

21

– Vad, det har slutat regna, sa Svanstrand och höll ut handen framför sig samtidig som han tittade upp där dropparna kom ifrån nyss. Det var som han samtidigt sa, tack för det!

Fredriksson sträckte också ut armen med handflatan vänd uppåt som att övertyga sig själv eller som att misstro sin chef.

– Det gör inget. Vi har tur, från det ena, sa han. Ja, jag menar det var ju inte dåligt med kalops och rödbetor, Sigge.

– Boeuf bourguignon, sa Svanstrand och blängde på Fredriksson som inte var så noga med sådant där.

– Mmm… mumlade Fredriksson.

– Boeuf bourguignon, sa Svanstrand igen med lite högre röst så man riktigt hörde att han var kriminalkommissarie. Då har vi oxrulladerna till godo, om man säger och får vara lite vitsig. Något att se fram emot, du Sivert. Oxrullader med inlagd gurka och sån där gräddig sås. Kanske även rårörda lingon?

De vandrade långsamt tillbaka över gården och rundade parken, innan de tog sig i kragen och klev in i det stora huset via bakvägen med solens strålar i nacken. Med bakdörren, som var kameraövervakad, vinkade i kameran mot vakten som tryckte på en knapp och med ett klick i låset kunde de kliva in. De kunde de ta sig ner i garaget direkt eller så, rakt upp i huset. De valde att ta hissen rakt upp, som förde dem till de övre våningarna och avdelningen grövre våld.

Stegade fram mot Svanstrands rum där han fixade två muggar kaffe på vägen, för att ta med sig in på rummet och tryckte på knappen upptaget, vid sin dörr där nu en röd lampa lyste.

– Vi sätter oss i soffan så vi kan ta del av utsikten svenska plåttak, samt inflygningen till bana trea nolla på Bromma Airport lite på håll, sa Svanstrand. Han sträckte på sina ben, smuttade på kaffet samt tände en cigarett.

– Vi har i alla fall hittat den vi letat efter. Lite sent kanske, men när vi än hittat henne, hade det varit för sent att tala med fröken Horntygel i vilket fall som helst. Jag tror hon togs av daga samma dag som Stengren i arkivet. Därmed tror jag det är samma person vi nu jagar för bägge dessa brott.

– Ja, du har helt rätt i dina antaganden anser jag. Jag väntar på att få göra husis hos Stengren. Samt få rapport ifrån våra tekniker på Friggagatan. Är det exempelvis samma typ och fabrikat på buntbanden? Det ifrån arkivet och det som nu satt om halsen på vårt senaste brottsoffer plus det band en granne, Elmo Kairo tror jag han hette, från Finland, hittade utanför fastigheten på långfredagen.

Det bandet satt väldigt hårt åtdraget utan att använda det speciella verktyg man kan ha för att dra åt hårt och klippa av den stump som blir över. Därmed tror jag vi kan bortse från en kvinnlig våldsverkare, rundade Sigge av samtidigt som ett större rökmoln lämnade hans läppar i en snygg rökring.

– Hopplöst de här att hela tiden vänta på svar. Antingen det är
från rättsmedicin eller grabbarna från tekniska roteln. Det
fanns ju fingrar på den där tvärslån i dörren till arkivet tack
vare att regeln var målad med blank färg. Omålad, hade det
varit noll tydbara fingeravtryck.
Samma med buntbanden, förstår jag. Blank plast som kan ge
fina avtryck, men det kan bli svårt med ett så förhållandevis
smalt band. Det var ju bara 9 mm om jag inte minns fel.
– Rätt så, sitt ner, sa Svanstrand. Hur går det med din gubbe
ifrån Lappland eller vad det var?
– Du menar, Berglund?
– Ja just det, så hette han nog.
– Jo, inte bara nog Sigge, han heter så. Men när han hade pre-
senterat tiden, kanske du minns, hade han ju fyra timmar och
fem minuter kvar som han inte kunde redovisa. Jag har svårt
att tänka mig han suttit och spanat in tåg vid centralen i fyra
timmar, även om man är så att säga, tågbiten. På gränsen an-
tagligen till att få sittsår.
– Onekligen, Sivert. Hur förklarade han det nu då?
– Jo, han hade varit på en sexklubb i Klarakvarteren, sa han.
– Och hur vet vi att det förhåller sig så, då?
– Ja man hade en smart drive på klubben Klara, som var den
han frekventerade. Han hade ett klippkort.
– Klippkort? Oj!
– Ja, för hans del var det praktiskt. Varje gång han var där
stämplade man medlemskortet med datum och tid då han
kom. Och på kortet står det mycket fyndigt, ”efter sex besök
är det sjunde gratis”.

    Vitsigt, tänkte Sigge… vitsigt i den branschen!

– Vi vet alltså när han kom dit och att han besökte klubben på kvällen den 19 april. Vi vet dock inte när han lämnade klubben. Jag tänker som så. Även fyra timmar på en sexklubb, kan bli i mesta laget, ansåg Svanstrand och te sig en aning enformigt. Som att se lok efter lok rulla in på centralen på spår åtta och ibland spår sex, för att ge lite variation. Hur upphetsad blir man av sådant även om man gillar tåg, Sivert? Någonting är fel, men jag kan naturligtvis inte peka på det sa han och tände ett nytt röka.

– Jag har funderat på detta också. Men min magkänsla säger mig att det är helt okej. Farbror Berglund är som en nyskriven poesibok utan hundöron eller bläckplumpar. Han skulle få sno på från arkivet på Södermalm till Friggagatan på Östermalm samtidigt som han inte skall observeras. Ingen har ju sett någonting, någonstans. Man kan tycka det är märkligt i alla fall på Friggagatan där publiken var stor då vi kom dit, men ingen hade hört eller sett någonting under skärtorsdagens eftermiddag, möjligen kväll.

– Men Fredriksson, vi har ett spaningsmord på halsen, om jag får säga så. Då kan du inte falla ur ramen och blanda in en massa personliga känslor och poesiböcker.

Stämningen blev lite tryckt där känslor skulle kunna rört upp bottenskylan i ett ädelt årgångsvin. Tystnaden var restlös.

Det blänkte igen bortöver hustakens blanka plåt som nu fick ta emot en ny regnskur, medan några fiskmåsar seglade runt bland taken för att till slut hitta en plats att slå sig ner på. Antagligen skränande dom också, men de hördes inte in i rummet där spaningsledaren satt och funderade tillsammans med Sivert Fredriksson kriminalinspektör.

– Du Sivert, sa han så. Du som vet hur man hanterar kvinnor, vad skulle du bjuda på om du fick ett litet besök hemma i din våning av en kvinna på en lördag?

– Är du ute på friarstråt, sa Sivert och log? Men det är ganska enkelt egentligen. Det är vitt vin och räkor, som gäller sa Sivert och försökte samtidigt hålla masken.

– Så det tror du, sa Sigge? Vitt vin och räkor, men friarstråt vet jag inte direkt. Men det finns en liten dam på tre trappor som heter Gustavsson och där jag verkar ligga bra till.

– Gustavsson 3 tr. flinade Sivert. Du bjussar verkligen inte på dig själv, chefen. Gustavsson tre trappor, flinade han vidare. God morgon Gustavsson tre trappor, hur står det till idag?

– Vad är det nu då som är så roligt.

De här måste man ju bara bjuda grabbarna på, tänkte Sivert. Chefen på friarstråt, klart trevligt att höra, men samtidigt roligt. Sigge Banan och Gustavsson på tre trappor!

– Ursäkta att man ställde en seriös fråga. Vi glömmer den så länge.

– Hon har väl ett namn, Gustavsson på tre trappor? Eller kallar du henne för, fru Gustavsson?

– Spelar det någon roll?

– Nej då, men såklart man undrar. Känns så knepigt att bara kalla damen för, fru Gustavsson.

– Hon heter, Britta!

– Om vi kan slita oss, så är det dags för ett spaningsmöte du själv utannonserat, sa Fredriksson och försökte hålla anletsdragen på plats så gott det nu gick. Sanningen att säga, lyckades han inte särskilt väl.

22

– Välkomna ska ni då känna er. Som ni märkt har det kört ihop sig en del och kanske får vi ta hjälp av folk utanför vår lilla sfär. Men vi kör härifrån i den sits vi nu sitter i, så får vi se var vi hamnar, fortsatte Svanstrand. Vi kan ju ta det ifrån den sista händelsen även om vi inte fått in något från rättsmedicin ännu och en del annat. Vad som kan vara intressant till en början att få veta, det är om de där buntbanden. Vem vill börja?

– Ja sa, Viktor Karlsson kriminaltekniker. Jag kan börja med att berätta om buntbanden. Vi kan tala om att de buntband som användes i arkivet på Kronofogdemyndigheten för att spänna fast den där dörrslån, här finns det många namn på den regel som användes på insidan av dörren i arkivet. Gäller-den ut mot garaget. Då är alla med?

Karlsson hade sett sig om bland kollegerna där en del hade nickat.

– Bra, sa han!

– Man hänger med, sa Tessan och log för att jäklas.

126

Det är den regel alltså som satt fastspänd med samma typ, storlek och fabrikat, som det buntband som vårt brottsoffer nu senast, strypts med.

– Du menar nu vårt senaste spaningsmord, de på Friggagatan, undrade Tessan Lövgren – Kneck, för att komma med i protokollet.

– Stämmer sa Viktor. Vi har inte haft något annat med ett halsband av polyamid om halsen. Men jag förstår hur du menar. Jag ska försöka vara lite tydligare.

Alltså, buntbandet vi fann fastspänt i arkivet på KFM är identiskt ur beskrivningen att det är ett buntband på 760 mm längd och med en bredd av 9 mm. Samma tillverkare, Tru Components. Materialet i buntbandet är av svart polyamid och med den vanliga förkortningen PA.

Polyamid är en grupp termoplaster med inbördes ganska så olika egenskaper. Det har en mycket bra mekanisk hållfasthet samt mer än god nötningshållfasthet. Ett av det mest använda materialet inom industrin samt även inom mindre företag och verksamhetsområden. Som han sa Lars Ekborg i en monolog en gång i tiden, "bunta ihop dom och slå ihjäl dom bara".

Den lustigheten Viktor bjöd på, gick inte hem bland poliserna och Svanstrand gav Viktor också onda ögat.

– Råkar man alltså ut för att få detta band om halsen, fortsatte Viktor och någon drar åt, behövs en avbitartång för att komma loss ur det krampaktiga greppet. Det går alltså inte att nöta av bandet eller dra isär utan mekanisk hjälp. Som ni sett på bilderna av offret, är buntbandet åtdraget mer än vad som hade fordrats för att en strypning skulle ske.

Det är i stort sett endast halskotepelaren kvar.

Bilderna har ni fått på mejl, om jag inte tar fel, eller?

– Jo, det stämmer nickade Fredriksson. Otäckt hårt åtdraget, det syns tydligt. Halsen påminner om ett timglas. Yes, bilder har i varje fall jag fått.

– Men vad bra. En granne, fortsatte deras tekniker, hade ju också lämnat två buntband som han hittat till höger om porten. Där porttelefon sitter. Dom hittades tidigt på långfredagens morgon. Och även dessa band, är identiska med de övriga vi har. Men nu finns det ju en uppsjö av buntband på marknaden där även tillverkarna är i flertal. Men våra är av märket, Tru Components. Samtliga band!

– Något mer av vikt, undrade Svanstrand?

– Vi har en bit kvar av lägenheten att gå igenom fortfarande, sa Viktor. Lägenheten ser ju ut som hela havet stormar. Ni förstår ni som inte sett förödelsen, att det kan dröja en stund till för oss. Vi vill ju inte missa något. Men, vi hittade en handske, en ljusblå av troligen latex, en sådan vi själva använder oss av liksom man gör inom sjukvården. Vi ska kolla den lite ytterligare och har sänt handsken till SKL i Linköping. Även här är det naturligtvis intressant att kunna få veta fabrikat och så vidare. Det är ju faktiskt så att de handskar vi och sjukvården använder, finns i stort sett att köpa på en bensinmack. En intressant poäng för oss, bara det. Konklusion, den som troligen objuden berett sig tillträde till lägenheten, har gjort det med handskar på händerna vilket tyder ju på en viss planering. Alltså, ingen flummare som spontant hälsat på. Därför har vi heller inte funnit fingrar från andra än lägenhetsinnehavaren, vårt senaste brottsoffer. Så, som med en del annat, få vi vänta på svar från SKL.

– Så handsken var väl ett bra spår, tyckte Anton. Alltid något. Ja, beroende på vad nu SKL tycker och kommer med.

– Vad var det för sorts tårta i den där tårtkartongen, undrade Fredriksson som även han ville vara med på ett hörn?

– Jättebra fråga, tyckte Anton. Just det, jag hade glömt den där tårtkartongen. Jag tippar glasklart på en prinsesstårta. En i gul marsipan, med sådana där små gjutna kycklingar av samma sorts material. Marsipan! Om det inte är gjutna i choklad. Här fungerar ju marsipanen som ett lock så att inte grädden under, blir sådär stel och konstig innan den börjar surna.

– Vi har inte kollat den biten ännu. Så den står där på golvet invid fåtöljen så som ni minns den och som ni sett på en av bilderna ni fått på mejlen. Eller hur Fredriksson, som ju hade kollat. Var de inte så?

– Stämmer, sa Fredriksson. Jag har kollat alla bilderna. Vi förstår ni har viktigare att kontrollera än vad det är för sorts tårta. Men jag gissar på en vanlig gräddtårta, men det har mer att göra med en gissning ifrån hjärtat istället för hjärnan. Men det troliga är som Anton gissade, en prinsesstårta, annars hade den börjat lukta surt så här långt.

– Om man gör sig tillträde till en lägenhet med handskar, är det väl knappast någon vanlig visit av rövare eller pundare inblandade. Måste vara någon med planerad skalle och kanske har sådana handskar på sin arbetsplats, förtydligade Anton.

– Väldigt bra tanke där Anton, sa Fredriksson. Men är det bara Anton för övrigt, som är vaken i hela vår så fina spaningsgrupp, undrade han och såg sig om bland de övriga. Har alla ni andra allting klart för er? Vad har ni för tankar, vad kan vi göra i vårt nästa steg i rätt riktning. Fundera på det gärna.

– Från det ena, sa Svanstrand. Jag fick ett mejl i morse från åklagaren eftersom jag ville plocka in den där Arvid Johansson efter hans senaste hot mot Kronofogdemyndigheten.

Hon skriver:

Godsförmannen Johansson Arvid Gunnar, född i Skeninge, Östergötland med födelsenummer b.la. b.la, b.la. b.la… sitter på häktet Kronoberg redan och kan därför avföras från vårt fall hos Kronofogden och på Friggagatan.

– Fint, det innebär i alla fall att det är en sten vi slipper rulla undan där endast ytterligare en gråsugga hinner kila undan, sa Fredriksson. Vi kan sluta engagera oss i denna farbror, godsförmannen Johansson, han ifrån Skeninge.

– Och, sa Anton i det Fredriksson sett nöjd ut, hur är läget med din farbror då, postisen Berglund ifrån Vännäs? Är det förresten bara lantisar, vi har på bordet, Skeninge och Vännäs?

Fredriksson ville egentligen inte höra på det örat. Varje gång Berglund kom på tal, eller Vännäs, kände han för att försvara honom. Även om där fanns en del att möjligen fundera över, så var Fredriksson bergis på att Berglund var grön. Grön som en lantis och som en gurka.

– Vi jobbar på det fortfarande, sa Fredriksson.

– Vi, undrade Anton igen?

– Ja, jag menar att jag jobbar på detta för de är lite känsligt. Men jag har vilken dag som helst löst problemet. Och då kan vi stryka en gubbe till.

– Jaha, fortsatte Anton. Och hur många gubbar har vi kvar då? Har vi kört fast någonstans. Vi sitter på samma ruta som vi gjorde från början, ruta A. Ingen misstänkt?

– Noll misstänkta, sa Fredriksson.

– Vi måste ha missat något där, ansåg Anton. Dags för en ny gubbe att sätta under förstoringsglaset. Och dom där nere i Linköping, har dom semester?

– Dom har fler än våra prov vi skickar ner att analysera, sa Fredriksson lite uppgivet. Men chefen skakar nog ut ett ess ur rockärmen vad det lider, det brukar han vara bra på.

– Jag ska se vad jag kan göra, sa Svanstrand med ett snett leende. Kanske vi har något i garnet efter husisen hos Stengren?

– Okej, vi siktar på det. Kanske får vi lite att fundera över efter morgonens möte?

23

På Svanstrands rum satt två snillen och spekulerade. Vad är det som inte stämmer, var deras utgångspunkt.

– Vad tror du om Berglund, sa Svanstrand för att börja någon stans.

– Varför drar du upp Berglund igen?

– Jamen, om vi räknar av tid för besöket på den där klubben på Klara Norra Kyrkogata. Så har han onekligen en del timmar kvar ändå som vi inte får koll på. Ja, det är vad jag anser. Men puritan och sedlighetsivrare, se de har jag varit sedan söndagsskolan hemma i Mjölby, sa Svanstrand. Kanske därför som jag får en trångsynt bild i skallen.

– Knappast lyckat för en kriminalkommissarie Sigge, sa Sivert med lite vind i seglen.

– Nää, kanske inte det. Det har du rätt i.

– Hur länge kan Berglund alltså ha varit på den där klubben? Jag trodde inte jag skulle behöva besöka denna sex-klubb för att se vad som är svart och vad som är vitt. Men, jag får väl ta på mig hatt och solglasögon samt beträda syndens näste.

Det kanske får allt att klarna efter detta.

– Bra Sivert. Kanske kan vi även stryka Berglund också och då har vi som sagt var ingen fler att stryka. Det fattas en gubbe!

– Vi ligger efter med husrannsakan hos vårt brottsoffer Stengren från arkivet. Det kom ju lite annat emellan, men vi måste göra denna husis, absolut. Vi ska bara se vilka gubbar vi har att tillgå.

– Blir väl Viktor Karlsson och Janne Klinga. Klinga är ju ny i gemet, men han kommer, med så att säga nya ögon.

– Ja men det blir ju alldeles utmärkt. Jag ska, nej förresten. Du får den äran att förse teknikerna med de underlag de behöver. Du vet, nycklar, adress och lite sådant smått och gott men som definitivt underlättar. Papper från åklagaren om husrannsakan, har jag redan sedan tidigare.

– Jaha ja, det var ett förtroende det.

– Ja, sa Svanstrand. Jag kräver inte så mycket arbete. Jag har ju så väldigt duktiga kollegor.

– Vad bor den där, Stengren då?

– Har du på mejlen, av ren omtänksamhet.

– Men du kan väl dra detta eftersom jag inte har min dator i knät?

– Stengren Ulla, Råstensgatan 5, 172 70 Sundbyberg. Nycklar har jag här, sa Svanstrand och drog ut en byrålåda med ett vadderat kuvert. Vilken våning, får de kolla när de är där.

Fredriksson log och tog emot kuvertet med nycklarna. Han är bra omtänksam, Sigge. Tänkte han. Eller så tycker han det var bekvämt att lämpa över detta uppdrag på mig, men vad då. Jag har inget emot detta. Har gärna en hel del att göra än att nöta brallorna blanka på kontorsstolen.

– Okej, då ska jag se till att överlämna material till våra tekniker så underlättar detta betydligt, sa Fredriksson. Något säger mig att det inte är upp och nervänt i denna lägenhet. Tror det ser ganska sterilt och öde ut på något vis. Jag menar, levde ensam, hade inga vänner, umgicks inte med någon. Låter lite trist, men det är vad personalen berättade om henne. Ibland är det ju inte riktigt så. Kanske ville man bara visa en sida, ville liksom behålla sin integritet allt vad tygen höll.

Du chefen, sa Sivert och hade ställt sig upp. Jag utgår om det är okej?

– Visst, Sivert. Vi får stämma av på morgondagens möte.

Sivert hade gjort en konstlad honnör och klev ut i korridoren. Vände om i dörren samt tryckte på knappen, Ledig och en grön lampa tändes vid Svanstrands dörr.

Svanstrand hade sett aningen fundersam och frågande ut när hans såg Fredrikssons knapptryckande men hade bara ryckt på axlarna och tänt ett röka till.

Strax efter öppnades dörren efter en diskret knackning. Det var Fredriksson igen.

– Jo, jag tänkte åka ner till sex-klubben i kväll, den är antagligen inte öppen dagtid. Ska du med?

– Gör så Sivert sa Svanstrand. Men tack ska du ha, sa han och skakade på huvudet.

– Ja, men det bli ju övertid?

– Då får det väl bli det, bara det inte överstiger din kvot så jag får facket på mig, sa han. Lycka till Sivert men fastna inte i lokalen för någon form av studiesyfte nu eller i utrednings-syfte.

– Jag får se hur det blir, Sigge.

– Hur menar du nu?

– Ja, jag kanske inte blir insläppt när man visar legget.

– Ja, låtom oss hoppas du blir det men tänk på att det är en mordutredning du håller på med. Då kan de inte stoppa dig och det har man säkert klart för sig. Om inte, ska jag se till att stänga deras lilla klubb redan dagen efter.

Själv ska jag snacka med Britta om lördagen. Vad tror du för sorts vitt vin, Sivert?

24

Vindelälven visade sig från sin bästa sida. Berglund hade tagit sig en bit upp i älven där det fanns röding och harr. Vädret var det inget att klaga över om man skulle fiska, kanske tidpunkten var lite fel bara. Eftermiddagen kanske var lite väl tidig. Vi får se tänkte han där han vadade fram. Vid en bukt i älven hängde några fjällbjörkar över vattnet och där var det nästan som plattvatten. Om jag lägger flugan ovanför så får den driva igenom och under björkgrenarna. Kan vara en bra plats att hitta någon röding som är sugen på en fet fluga.

Hans fiske skulle vara som en tankerehabilitering, var det tänkt, medan han började svinga sitt flugspö. Han hade köpt ett nytt fint flugspö nere i Stockholm. Ett Guideline, som var bland de bästa man kunde hitta på marknaden. Utbytet av metspön i Stockholm var stort. Nu skulle han prova spöet för första gången. Det kändes ju väldigt bra i handen och var fint balanserat. Bågarna han gjorde, blev helt naturliga och han kunde mata ut lina efter varje båge innan han lät flugan lägga sig i vattnet. Där han lade flugan, var det lite skummande kring några flathällar, men de skulle vara perfekt för att flugan skulle driva igenom plattvattnet.

Att det fanns fisk, såg han då det slog på ett par ställen just vid den lilla bukten i älven.

Medan han sakta matade in linan, tänkte han återigen på vad polisen skulle hitta på härnäst. Allt hade ju verkat frid och fröjd uppe hos den där kriminalinspektören senast. Men, det var ändå något som oroade honom. Tänk om dom skulle komma och fråga ut Greta, tänkte han och mådde dåligt inombords. Men, vad ska hon säga egentligen, vad har hon att berätta? Hon har det jäkligt som hon har det.

Nej, för fan Berglund. Ryck upp dig och låt de där jävla bylingarna nere i Stockholm fara åt helvete i stället. Varför ska dom få bryta ner dig, tänkte han. Jag som trivdes så bra med posten och besöket på klubben Klara och Nilla när hon liksom ömsade skin. Fan, tänkte han i ljusare tankar, hon är jädrigt behaglig. Men varför berätta detta för Greta?

Men hur var det? Tanken slog ner. Kriminalinspektör'n tjatade hela tiden om hur länge jag var på klubben. Jag hade ingen aning, inte då. När jag nu tänker efter, får jag ju en känsla av att jag var där ganska länge, ändå. Jag såg först Miss Bette skala av sig den röda dräkten hon ibland kör med. Denna kväll, var det den röda med paljetter. Sedan var det film i drygt en timma, så är det alltid, innan Nilla började jobbet. Det var första passet den dagen minns jag. Så blir det film igen... ja efter det att Nilla näckat och det brukar nog ta en fem minuter eller så om man tänker på hur lång låten, eller musiken är i den där franska låten. Jag har ju aldrig tagit tid, kom Berglund på sig med att fundera över medan han började svinga linan fram och tillbaka för att lägga flugan uppe vid stenhällen igen innan plattvattnet.

Vad kan det bli i tid, funderade han igen? Någonstans runt drygt två timmar, var jag nog på klubben. Jag tog sedan en kopp kaffe vid kafeterian alldeles vid entrén innan jag begav mig mot Centralstationen. Från kafeterian och entrén till Klara, kan man föresten se ut på Klara Norra Kyrkogata som väl inte bjuder på någon hisnande utsikt. Det enda man såg var en gatlykta som lyste upp en husfasad. Men ganska mysigt fik med små runda bord och som bara frekventeras av besökare till klubben.

Tanken var precis född, när han fick något på kroken. Det blev att veva in och landa en fin röding, precis de han hoppats på och sagt till hustrun att han skulle komma hem med, utan att passera Mattssons Fisk & Vilt, inne i Vännäs.

Nu var det en känsla han fick att hans kvot var fylld och han kunde köra hemåt. Det var ju ändå en bra bit att köra, närmare tio mil landsväg. Det började också lite lätt att skymma på. Men, jag provar att lägga en till på samma ställe tänkte han efter att ha bytt fluga till en i mer orange färg. Syns bra och måste se aptitlig ut för både harr och röding.

Han lade några snygga slingor… fan tänkte han, ett sådant här spö skulle man haft tidigare. Vad lätt det är att lägga en fluga långt ut om man har ett spö som gör jobbet.

På håll hörde Berglund ett dånande. Traktor tänkte han i första ögonblicket när han i nästa ögonblick hade dånandet ovanför huvudet och han hukade sig instinktivt. Det var en rote av Jas 39 Gripen jaktflygplan. Gissar utan någon större svårighet att de kom ifrån F21 i Luleå. Men fan, tänkte han.

Känns nästan som det luktar svedd fura när de hade dånat över Berglund. De gick med tänd efterbrännkammare för de skulle antagligen stiga rakt upp. Dom laddade för fullt, de tog helt enkelt sats, liksom.

Ja man behöver inte sakna naturupplevelser direkt, tänkte han i lite ironiska banor.

Det luktade länge efteråt som om någon tänkt en kolgrill. Klar lukt av tändvätska. Det kan man ju säga att det var på sitt vis, precis som Nilla är tändvätska på sitt egna lilla vis i strålkastarens lite brutalt avslöjande vis.

Hans tankar var mest sardoniska. Han hade en gång i tiden legat vid just F21 så han hade en förnimmelse om vad som föregick denna överflygning på så in i helsike låg höjd. Naturligtvis var det andra saker som styrde idag, än för femtio år sedan.

Han började veva in linan för nu fick det vara bra för idag. Började också bli lite svalt om benen att stå där ute, trots sina vadarbyxor.

Han plockade ihop sina pinaler och rensade rödingen vid älven och stoppade ner fisken i den medhavda kylväskan. Han traskade tillbaka upp mot bilen och vände kylaren mot Vännäs. I bakhuvudet var det ändå något som mullrade. Men den här gången var det inte någon J39 Gripen. Han funderade på att ringa den där kriminalinspektör Fredriksson och förklara hur det var. Att han tänkt igenom sitt besök på Klara. Ja, att han var på klubben drygt en timma längre än vad han först berättat. Han kom ju faktiskt inte ihåg, inte då. Men när han forskat i minnenas blädderblock, så kom det fram en del.

Visst, han hade nog kommit någon halvtimma innan Miss Bette skulle strippa, så får det bli.

Jag ringer i morgon kriminalinspektör'n. Miss Bette, funderade han vidare. Tror hon är ifrån Allingsås. Varför är det så här med minnet? Jag kommer ihåg att Miss Bette, är ifrån Allingsås, men jag hade till en början ingen koll då polisen frågade hur länge jag varit, eller vistats på klubben den 19 april då de var skärtorsdag.

Kanske var det chockartat det där förhöret "upplysningsvis" så man blev blockerad av den anledningen. Men nu, när jag kopplade av med lite fiske, kunde jag tänka klart igen.

I morgon är det jag som ringer kriminalinspektör Fredriksson och berättar hur det var.

25

Varför ska det alltid duggregna när jag ska ut på fältet, undrade Fredriksson? Alltid samma duggregn när jag ska ut.

Han hade parkerat sin bil på Bryggargatan och placerat sitt parkeringstillstånd med en kod innanför vindrutan som parkeringsvakter, om de hade sina vägar förbi, antecknade. Han stod vid sidan om det stora posthuset, Stockholm 1. Det var bara en liten bit ifrån platsen dit han skulle ett kvarter ifrån bara. Han tog av första gatan åt vänster som var Klara Norra Kyrkogata och mötte genast en ur områdets lätta garde och han fick genast ett löfte om trevligt sällskap av henne. Fredriksson hade dock bara hälsat god afton och fått en sorglig blick tillbaka som egentligen sa "vad fan har du då här att göra", torskjävel. Sivert hade varit med förr så han kände tongångarna. Han upptog plats och tid inom hennes revir.

Inte mitt bord, tänkte han. Jag kanske skulle snacka med prostitutionsroteln? Han anade att gruppen hade full koll men att man inte kan plocka styckevis. Tar man en, står där tre nya. Fredriksson visste att detta är ett svårarbetat klientel. Hon hade onekligen placerat sig strategiskt bra. Alldeles i närheten av klubben Klara och de andra butikerna i området. Kände sig någon sugen, så fanns hon i den omedelbara närheten. Smart uträknat, tänkte han. Ska bli intressant att se vad den där klubben visar upp.

Där framme, dit han skulle, lyste en diskret lampa över en rödmålad dörr som det stod Klara på. På andra sidan gatan, mitt emot Klara, lyste det från en lampa i en lyktstolpe lite ensamt och spred ett ledsamt håglöst sken.

Fredriksson puffade upp dörren och hamnade i något som påminde om en mindre bistro och det satt en kvinna och en man och fikade vid ett bord med en rödrutig duk över. Jämlikhet, tänkte han? På golvet, röd och vitrutiga klinkers. Påminde lite om Paris där han hade varit på studieresa för att utforska och granska synden i den Franska huvudstaden.

Då hade det också varit röd och vitrutiga dukar på de små runda borden. Där hade det legat en dämpad, soft ljudkuliss ifrån ett musettdragspel. Det här var ju inte Paris, så denna ljudkuliss var något som inte Fredriksson kunde bestämma vad det var. Någon soft dämpad jazzmusik, möjligen.

Vid en bardisk en bit längre in, bakom borden, uppenbarade sig en galant kvinna mellan pärlorna i draperiet, för att antagligen se vem som gjorde dem den äran att kliva på.

– God afton och välkommen min herre, hade hon sagt när hon fick se Fredriksson. Hon hade mönstrat honom uppifrån och ner för att försöka avgöra om det var fågel eller fisk, eller i värsta fall något obestämbart mitt emellan.

Fredriksson höll på att tratta på ändan när han såg henne. Urringningen i hennes smala svarta fodral i plysch, som han trodde det var, sträckte sig ner till naveln så han höll nästan på att drunkna. Klänningsfodralet hade inte slutat mycket längre ner än så heller, vid hans senare eftertanke. Den var kort, kort, kort… kort! Han borde kollat lite bättre. Oj, vilket dåligt vittne han skulle varit om han fått frågan om hennes klädsel dagen efter.

Nollställning sa han till sig själv. Nollställning för helvete, Fredriksson!

– God afton, klämde han fram efter en stunds samlande tankar och synintryck, nästan lite blygt.

Fredriksson kände sig inte bekväm. Fan vilket jobb, bli utsatt så här utmanande. Men, en riktig polis står pall för sådant sa han sig själv och sträckte på sig.

– Har du medlemskort så kan jag stämpla det om du tänker titta in, sa hon och sträckte fram handen.

– Lite diskret sa Fredriksson, medan han visade fram sin polislegitimation, jag är ifrån polisen!

– Ja, jag ser det sa hon.

Han höll upp båda händerna som att för att försöka dämpa hennes reaktion.

– Polisen?

Hon såg lite undrande ut, nästan rädd.

– Korrekt! Men jag vill bara ställa en fråga, sa han.

– Vi brukar inte ha polisen här, fortsatte hon. Det här besöket kom lite plötsligt och oväntat.

Den här gången var det hon som höll upp bägge händerna som för att förtydliga, antagligen samtidigt som hon skakade på huvudet så hennes blåsvarta lockar yrde kring hennes huvud.

– Det gäller en brottsutredning, sa han lika diskret som tidigare. Jag undrar bara om ni möjligtvis har en medlem här på klubben som heter Olle Berglund. Han har ett medlemskort som är stämplat här hos er, sa han.

– Nu blev det lite mycket, sa hon igen. Jag vet inte…

– Som jag sa, det gäller en brottsutredning. Kanske jag ska säga en mordutredning, sa han för att vrida åt tumskruvarna en aning.

Fredriksson trodde hon skulle svimma. Han plockade fram den kopia på medlemskortet han fått av Berglund och visade henne.

– Jo, han känner jag allt igen sa hon. Det är en trevlig man. Ifrån Norrland, tror jag.

– Ja, det stämmer. Han är ifrån Norrland.

– Minns du då att han var här på skärtorsdagen. Det är stämplat att han var här då som du ser.

Hon tittade på kortet och kollade av med en almanacka och någon annan lista på förbokade besök.

– Stämmer sa hon. Han var här på skärtorsdagen och det var jag som jobbade då. Det är jag som stämplat, de ser jag på signaturen vid stämpeln. Vi har ju så förmånligt här på klubben att efter sex besök, är det sjunde gratis sa hon så säljande det bara gick med ett brett leende och lutade sig över bardisken. Kan jag intressera min herre för ett medlemskap med våra fina förmåner, kan jag det?

– Men, du vet inte när han gick härifrån, undrade Fredriksson och lät bli att kommentera hennes erbjudande om ett förmånligt medlemskap. Han försökte fokusera på orsaken varför han egentligen var här. Han tittade mekaniskt på klockan.

– Nej, tyvärr sa hon jag har inget minne av när han gick sa hon och log samt lutade huvudet på sned.

– Du kan inte tänka dig om det var efter en eller om det var två timmar... kanske var det tre timmar?

– Nä, tre timmar var det absolut inte. Jag vet bara, eller kommer ihåg rättare sagt, att han fikade här i bistron innan han skulle sno iväg till tåget, som han sa.

– Tolkar jag dig rätt nu, som om det lät att han skulle skynda sig iväg till tåget?

– Ja, så uppfattade jag det.

– Okej! Om vi till slut då bara, Fredriksson vände sig om mot de par som suttit vid ett litet bord då han kom, men de var borta nu. Skönt, nu behövde han inte viska längre. Jo, han stämplade in, om vi säger så 19:20 som vi ser på kortet. Var det film som kördes då eller var det någon av stripporna som jobbade?

– Film, sa hon kort och lakoniskt.

– Film, undrade Fredriksson?

– Ja, det är film till klockan åtta, sedan är det Miss Bette som har en show runt fem minuter och vid tio över åtta, rullar det några nya kortfilmer. Vanligt är att en del besökare brukar lämna klubben då en strippshow var slut.

– Jag förstår, sa Fredriksson och såg ut som han långt ifrån förstod. Han verkade upptagen av helt andra tankar.

Han tänkte, hur korta klänningar finns det egentligen? Hon måste ha kronisk, akut cystit?

– Sedan då, undrade han mer för formens skull och som polis i tjänsteutövning, och inte en biobesökare.

Han såg sig om i lokalen lite diskret för att memorera.

– Ja, då körs filmerna till klockan nio, då Nilla kör sin show på scenen.

– Och den tar i tid räknat, undrade Fredriksson?

– Ja, som för Miss Bette, tror jag. Runt fem minuter. Sedan är det dags att rulla filmer igen.

– Om jag fattar det rätt nu, så är det livestripp varje hel timma, eller?

– Bra, konstaplen!

– Och sedan tar Berglund, ja han som du ser på medlemskortet, en koppa kaffe här i bistron?

– Det tar sig, sa hon i den svarta korta textilen av den absolut minimalaste storlek han någon gång betraktat.

Fredriksson log, vek ihop pappret med kopian på Berglunds medlemskort och stoppade det på sig igen.

– Då ska du ha jättetack för informationen, sa han och var bara tvungen att tillägga, stå nu inte här och förkyl dig så du får, akut cystit.

– Att vad då, sa hon och såg frågande ut?

– Blåskatarr, sa Fredriksson och log.

Hon log mot honom och vinkade lite lätt med ett par fingrar. Hon tänkte säkert, han var i alla fall inte helt blind.

– Välkommen åter konstapeln!

Han vände sig om mot henne och vinkade.

Det sista hade han hört innan dörren slagit igen bakom honom och duggregnet stänkte i hans trötta ansikte. Skönt att komma ut och få svalka av sig, var hans första tanke. Som att duscha synden av sig.

När han närmade sig hörnan vid Bryggargatan, såg han samma nattfjäril han bytte ord med på ditvägen. Hon kurade under ett rosa litet paraply. Hur har en sådan som hon det egentligen tänkte han. Vad är det för liv hon lever? Om det var en dyster tanke, var hans tanke om Berglund betydligt trevligare och mer positiv.

Nu kunde Svanstrand skriva av honom också ifrån misstänkta. Vem ska vi nu spana efter? Vi måste nog backa, och se vad vi missat på vägen. Starta ifrån början, tänkte han när han närmade sig sin parkerade bil.

Jag måste göra ett PM på detta i morgon. En slags tidslinje så vi ser att det fungerar i tid. Kanske man skulle provgå sträckorna han gått, men… det är nog att överdriva. Vi kan med säkerhet, anser jag och säkert även Svanstrand nu, avskriva honom från vidare intresse från vårt håll både vad gäller inblandning i arkivet och uppe vid Östermalm. Han skulle helt enkelt inte hinna med denna tidtabell vi nu har. Det finns vittnen både på Café Norr samt sexklubben Klara.

På morgonen stoppade Fredriksson ett A4 ark i den gamla skrivmaskinen och skrev ut tidsschemat.

26

PM: 27.04.78 Kl:08:12

S. Fredriksson kriminalinspektör

Tidschema, O Berglund den 19 april 1978

16:00 Berglund lämnar KFM för att ta T-banan

16:30 Anländer till tjänstebostaden Vasagatan

17:30 Berglund har städat, duschat och packat sin väska

17:40 Promenad till Café Norr på Centralen

18:50 Berglund har avslutat sin middag

19:15 Promenad till Klara Norra Kyrkogata, sex-klubben Klara

19:20 Berglund har fått sitt medlemskort stämplat i klubben Klara

21:15 Runt denna tid går Berglund mot Centralen

21:30 Anländer vid denna tid till Centralen

21:45 Tåget avgår till Vännäs

– Ja vad tror du, sa Sivert nästa morgon när han placerade sitt PM framför chefen. Vill man, skulle man kunna göra en tidslinje. Men varför dramatisera?

– Detta ser onekligen gediget ut, Sivert. Bra jobbat! Men, hur vet vi dessa hållpunkter. För vi har väl inga vittnesuppgifter som bekräftar detta?

– Ja, jag tog mig ju en sväng ner till klubben Klara i går kväll. Det duggregnade så uppfriskande. På tal om det, har vi några som kollar upp nattfjärilarna och deras torskar i området?

– Vilket område tänker du på då, sa Svanstrand?

– Ja, runt Klara kvarteren.

– Tror Norrmalm, kör en sväng där ganska ofta med sin buss om jag inte är fel underrättad.

– Jag tänkte närmast på prostitutionsroteln, förtydligade Fredriksson. Det var lite trafik där igår kväll, därför jag undrade, fortsatte han.

Svanstrand sträckte sig efter sina ciggaretter och strax lämnade han en snygg rökring hans läppar och steg sakta mot taket. Snurrade stolen ett kvarts varv mot fönstret för att blicka ut, så vände han huvudet mot Fredriksson.

– Låter som om du vill att vi skall glömma Berglund, sa han och log?

– Ja, verkar inte det naturligt? Men, jag har bara en sak kvar och de ska ske tidigt i morgon bitti då tåget ifrån Umeå, via Vännäs ankommer spår åtta vid Stockholms centralstation.

– Jaha du, varfor detta nu då om man får fråga?

– Det får du. Jag skulle gärna vilja titta på den postvagn Berglund och hans kollegor färdas i hela natten. Hur ser deras arbetsplats ut, hur förvaras posten man sorterat hela natten?

Då har vi i så fall kört allt i botten vad gäller Berglund.

– Låter som en väldigt bra tanke, Sivert. Kör på det. Är Berglund med på tåget då tror du?

– Ja, jag har mina aningar om det. Han skulle kunna få visa mig runt hur det går till och vad de gör på sin nattliga resa. Ja, i rent studiesyfte förstås.

– Blir övertid igen väl, Sivert?

– Ja, det blir ju det, men vad ska vi göra? Vi måste väl agera när det är läge, eller?

– Självklart, Sivert. Absolut!

– Från det ena, till det tredje Sigge, men utanför protokollet … har du handlat hem vitt vin och räkor nu, ja utifall att, liksom?

Svanstrand såg konfunderad ut som om han inte hängde med, eller kanske inte ville förstå.

– Vitt vin och räkor, undrade han?

– Ja, om fru Gustavsson skulle ha vägarna förbi, tänkte jag. Det vi snackade om tidigare. Din pigga granne som du ligger bra till hos?

– Du menar Britta?

– Ja, så var det hon hette ja, Gustavssonskan. Är det framkört och klart?

– Har faktiskt inte tänkt på det, sa Sigge med en rynka i pannan som skvallrade om att han nu tänkte intensivt. Man kanske skulle göra den där framstöten? Jag hade snackat om lördag, väl?

– Bravo, nu börjar du tända Sigge, nu börjar det hända.

– Då är bara frågan, vad för sorts vitt vin?

– Det kommer man hjälpa dig med på bolaget.

– Kan man det?

– Fråga bara vad man ska ha för vitt vin till räkor. Tänk på att fråga en kvinnlig expedit, helst. Kvinnliga expediter utgår genast efter vad de själva skulle kunna tänka sig och vad de själva tycker om för typ av vin. Jag tippar hon kommer föreslå ett superfräscht vin som jag tror heter något liknande, Muscadet Sèvre et Maine sur Lie, för runt nittio spänn. Det har du råd med. Det är för övrigt ett franskt vin. Se bara till att köpa färska räkor av bra kvalisort. Du kanske får ta dig en sväng till Östermalmshallen men har du fru Gustavsson på gaffeln, kan det vara värt denna lilla utflykt. Det är ju ändå lördag. Och du! Man behöver ingen elegant korkskruv. Bara vrida av kapsylen. Ett tips bara på vägen, kom ihåg att dra moturs när du ska öppna den väl tempererade vinflaskan. Och tänk därför på att plocka ut vinet ur kylskåpet nån halvtimma innan, så hinner det bli perfekt tempererat.

Svanstrand satt bara stum och lyssnade på Fredrikssons utsagor om vin.

– Vad har du lärt dig allt de här, Sivert?

– Sa jag inte tidigare att jag har gjort en studieresa till Frankrike och Paris. Där fick man en lektion i både det ena och det andra Sigge.

– Okej. Vi får se hur det blir. Om, det blir, sa Svanstrand. Du, vi har en radda frågor nu som jag hoppas vi kommer få svar på vid mötet. Men jag tror inte vi ska räkna med något ifrån husisen på Råstensgatan ännu, även om jag har en magkänsla av att det inte är en massa bråte att kamma igenom. Tror det istället är ganska spartanskt i denna våning. Bara att hoppas på att det finns något att bita i. Den inre spaningen har ju gett vid handen att Stengren varit gift tidigare och har därifrån en dotter som bor i Paris sedan många år. Hon bodde till en början i England, i Manchester, men flyttade senare alltså till Paris. Hon arbetar som art director med eget företag och har två minderåriga söner. Kanske vi ska lyssna med henne, om hon vet något om sin mamma. Det får dock dröja till efter husisen hos hennes framlidne mor så vi inte kackar i eget bo, eller hur man nu säger.

– Okej, detta låter ju både bra och intressant. Kanske jag måste resa till Paris för att tala med dottern, sa Fredriksson som såg glad ut vid den exponerade tanken.

Jag lägger upp det i agendan. Vi får inte glömma denna bit, Sigge?

27

Morgonen efter, vid Stockholms centralstation, väntade Fredriksson in tåget ifrån Umeå som skulle rulla in på spår åtta. Han hade genom en tjänsteman vid SJ tagit reda på att postvagnar alltid var kopplade i slutet av tågsettet. Först var det personvagnar, sedan avslutades tågsetet med någon vanlig godsvagn och sist alltså hängde postvagnen. Så genom denna information hade han av förklarliga skäl vandrat till slutänden av perrongen. Där stod han nu och blickade bort mot i första hand Karlbergs station, men något tåg var inte på ingående. Nåja, tänkte han. Med en sådan lång resa, måste det vara oerhört svårt att spika ankomsttid. I medvind och hemlängtan, tänkte han lite humoristiskt, kanske det kan komma tidigare också än angiven tid.

I högtalarna ropades det ut något meddelande om ett tåg ifrån Hallsberg som skulle komma in på spår 1 och så sa man något om tåget ifrån Umeå, men det var i stort sett omöjligt att höra vad som skrapades fram i högtalarna. Det mesta ekade och skrällde. Men, han fick en pejl på att det var tio minuter försenat på grund av ett tidigare växelfel i Gävle.

Jaha ja, se där. Han vandrade tillbaka över perrongen mot den stora vänthallen för att köpa sig en kopp kaffe. I den stora vänthallen var det mycket folk i rörelse som vanligt. Han kunde också se på en tavla att tåget ifrån Umeå, var c:a 10 minuter försenat.

Han tittade på kioskens löpsedlar om det hänt något så de skulle få mer att göra. Men, det var i andra länder polisen fått en del att pyssla med. Jaha ja, tack för kaffet tänkte han och satte sig vid ett litet bord utanför tidningskaféet.

Strax efter, kraxade högtalarna igen och förklarade att tåget från Umeå, var ytterligare trettio minuter försenat.

Han köpte sig en morgontidning för att läsa om ett tillslag polisen hade gjort i Frankrike mot en knarkfabrik. I övrigt bladade han bara lite förstrött. Plötsligt...

Pling – plong...

Tåg från Umeå inkommer nu på spår åtta... spår åtta!

Det var den skrapande högtalaren som förkunnade nu så gott den kunde och om nu någon kunde uppfatta, att nu var tåget på ingång men Fredriksson var redan på väg längs perrongen med långa kliv till dess slutände, där postvagnen någonstans, slutligen skulle stanna hade man berättat.

Undrar ja hur Berglund kommer ta mitt välkomnande?

Fredriksson fick sällskap av personal från Postens Stockholm 1 vid Vasagatan, som kom för att ta emot den post som Berglunds kollegor sorterat under resan. Berglunds post, till KFM, skulle man också ta hand om men frakta till Södermalm där KFM låg. Själv skulle han ta sig dit på egen hand under förmiddagen. Det skulle bli en liten slummer i tjänstebostaden först, sedan skulle han upp för att hjälpa till på Kronofogdemyndigheten.

Fredriksson hade nästan prickat rätt, för under lite gnissel, så stannade postvagnen nästan exakt där han stod. I den allra sista delen av postvagnen, fanns en dörr av personal karaktär. Strax intill dörren fanns ett par fönster. Annars var det bara en enda lång gul vagn med postens emblem på sidan och en större skjutbar port i andra änden av vagnen.

Han beslöt att avvakta vid den mindre personaldörren medan han såg att postens tjänstemän fylkades borta vid den andra dörren, skjutporten. En truck kom körande på perrongen mot postvagnen. Med en invand manöver vände den runt på den relativt smala perrongen och hade två ganska stora paketvagnar efter sig. Vilken liten kurvradie trucken måste ha, och inte utan att Fredriksson blev imponerad av chaufförens framfart på det smala utrymmet han hade att köra på. Han var ju långtifrån ensam på perrongen. Resenärerna som kommit med Norrlandståget, hade börjat stiga av och rörde sig nu på platsen bärande på väskor och annat resgods. Det formligen myllrade av folk. Förvånansvärt många kom med ryggsäckar.

Så öppnades dörren framför honom precis där Fredriksson hade hoppats. Och där stod han ju, Berglund, det Norrländska lugnet personifierat.

Berglund hade genast sett den person han hade haft för avsikt att ringa igår för att förklara de där hålltiderna den 19 april. Han hade känt sig glad, han hade antagligen även sett glad ut.

– God morgon Berglund, hade Fredriksson sagt, och sträckte fram handen för att handhälsa. Välkommen till Stockholm!

– God morgon och tack kriminalinspektör'n, hade Berglund glatt svarat.

Vilken tur jag har, tänkte han. Här skulle jag ringt konstapeln, och så står han här och välkomnar mig till Stockholm! Nu kan jag tala med honom på ett helt annat sätt. Vilken trevlig början på dagen, tänkte han igen och kände sig rörd? Vad falls, en vuxen man ifrån de Norrländska skogarna och det vindlande älvarna, står och lipar på en järnvägsstation?

– Tack! Vilket fint mottagande, sa han och mönstrade Fredriksson. Vad är det som gör mig den äran att jag förtjänar denna älskvärdhet, fortsatte han lite högtidligt?

– Jo, jag är lite nyfiken på postvagnen, sa han. Hur det ser ut, hur ni kan stå, eller hur ni gör, när ni hanterar posten medan tåget rusar fram i natten?

– Då ska det bli mig ett sant nöje att få vara er guide ombord på postvagnen, sa Berglund medan de äntrade vagnen.

I andra änden av vagnen lastade man nu ur plastback efter plastback med post och mindre paket liksom korsband.

– Här har vi lite personalutrymmen, sa Berglund och visade med handen i en talande gest.

Här fanns det några fåtöljer, ett runt litet bord, en diskbänk, ett kylskåp och en kaffebryggare. Ett litet pentry, helt enkelt. Efter en avbalkning med en vägg, fanns där en sovkupé för två personer som såg trevligt ut. Där hängde också ett paraply vid en liten hatthylla. Ytterligare en sovkupé för två personer med en överslaf och en underslaf samt ett litet bord. Sedan kom man in i själva posthanteringen. Det var en lång bänk med ett band som snurrade sakta runt när de arbetade. De var de själva som lastade bandet och sedan plockade ut brev för brev till rätt postort. Mängder med hyllor och fack på motstående vägg med plastbackar, allehanda verktyg och materiel.

– Så det är här ni står och vaggar fram under småtimmarna, sa Fredriksson som återigen blev imponerad av yrkeskunnigt folk. Jag har svårt att föreställa mig hur det egentligen går till, men jag nöjer mig med att få detta beskrivet för mig. Jag får ändå en bild av hur det kan gå till.

– Jo, sa Berglund. Det är här vi arbetar om natten.

– Buntbanden här, sa Fredriksson och pekade på en ansenlig mängd svarta långa buntband, är dessa till för att hålla ihop packarna med post i plastbackarna, eller?

– Stämmer precis det!

– Jag skulle faktiskt behöva ett sådant, tror du det är okej om jag nallar ett band?

– Absolut, det är ju statens egendom och du betalar ju skatt gissar jag, så detta band har du säkert redan betalat, om man säger.

– Tackar för det, sa han och kände sig lite nervös.

Fan, tänkte han. Nu när vi mer eller mindre avbokat Berglund från utredningen, då visar det sig att han har svarta långa buntband på sin arbetsplats att tillgå. Helvete!

– Jo, sa Berglund jag måste få berätta, sa han.

– Jaha?

– Ja, den där skärtorsdagen, vad jag gjorde av min tid innan jag tog tåget hem, sa han lite förläget.

– Jaha, sa Fredriksson. Du vill berätta att det är något där som inte stämmer, eller vad då undrade han?

– Exakt, sa Berglund.

– Vad är det då som är fel, menar du?

– Tiden jag var på klubben. Det var lite blockerat i skallen när du frågade mig så jag inte tänkte riktigt klart. Men så häromdagen stod jag och fiskade uppe i Vindelälven och fick tid att tänka. Då slog det mig att jag kom till klubben runt kvart i åtta och då var det film som rullade. Klockan åtta klev Miss Bette in på scenen för att köra sitt strippnummer. Man har denna show varje hel timma, så jag fick sitta där och kolla på film som jag sett tidigare. Man byter inte ut filmerna särskilt ofta tyvärr, som du kanske förstår. Det kommer ju ny publik hela tiden och de som aldrig varit där tidigare. Har du suttit där ett par timmar, har du sett rubbet. I vilket fall som helst så satt jag där och genomled en timma med repriser innan det var nästa showtime. Då var det Nilla som körde sin grej. Och då var klockan en bit efter nio. Detta varade väl tyvärr bara i fem minuter, så jag hade tid kvar innan mitt tåg skulle gå kvart i tio. Det fick bli lite fika i bistron ute vid entrén. Dom har som en liten servering där med små runda bord, där man kan sitta en stund och smälta intrycken och allting får liksom lägga sig, om du förstår vad jag menar?

– Jo, Berglund. Jag tror jag förstår vad du menar. Om du tog en kaffe där, kunde du inte sitta särskilt länge. Du fick ju inte missa tåget?

– Stämmer inspektör'n. Jag fick till slut sno mig på, ja jag sa det till henne som stämplade mitt kort när jag kom. Du vet hon stämplade ju mitt kort när jag kom och där stod väl tiden, vill jag minnas. Ja sa till henne, "nä du, nu får jag nog sno mig på till tåget"!

Sedan hade jag någon kvart på mig att gå och kom nog till Centralen runt halv tio, en kvart innan tåget skulle gå.

– Okej, sa Fredriksson. Tack för din komplettering. Den kommer som du kanske förstår att skrivas in i förhörsprotokollet.

– Jag förstår, sa Berglund. Men, inget till hustrun, väl?

– Som jag sagt tidigare, nej det kommer det inte bli. Inte i detta läge.

– Inget mer du vill se?

– Nej tack, Berglund. Du har visat mig er arbetsplats och jag fick ett buntband som minne. Tack för titten och god morgon!

– Tack själv inspektör'n, god morgon!

Fredriksson stegade på mot tunnelbanan för att åka upp till sitt kontor och se till att SKL i Linköping får ett buntband till att kolla upp. Det var väl förjäkligt. Han stämmer av tiden på sexklubben nära nog på pricken med de jag fick reda på av henne vid bistron inne på klubben, hon med den korta klänningen i svart sammet. Behöver jag inte komplettera förhöret med henne, om jag tänker efter? Tanken var inte färdigtänkt när han nästan blev överkörd av en truck med två postvagnar slängande efter sig. Med skickligt rattande, klarade det sig utan någon blodspillan. Undrar om de jobbar på ackord, eller har det bara nya lastningar och lossningar hela tiden så det gäller att ha plattan i mattan, avslutande han morgonens funderingar på centralen när han lämnade plattform 8, spår 8.

28

På Råstensgatan i Sundbyberg stod, samma morgon som kriminalinspektören Fredriksson befann sig på Stockholms Centralstation, en av polisens civila bilar. I bilen satt påläggskalven Janne Klinga och den erfarne teknikern vid husrannsakningar, Viktor Karlsson. Klinga hade fått förtroendet att ratta bilen.
Nu satt det mitt emot adressen Råstensgatan 5 i Sumpan.
Viktor satt och läste in sig på huset och omgivningarna som gammal rutin och ohejdad vana. Han följde en ung kvinna med blicken. Hon drog en barnvagn nedför backen mot pendeltågsstationen. Inte för att det var något speciellt, det var bara den där observanta polisblicken, som arbetade.
Klinga hade fått uppdraget att läsa in sig på de material de hade fått för dagens uppdrag. Det var några ark text och en kopierad karta över lägenheten. Han vände blicken mot det aktuella huset som för att stämma av med det han läst. Ett hus byggt i mitten på -40 talet, som såg välskött ut. Relativt stort utan att vara pampigt. Kunde väl kanske rymma ett trettiotal boende eller något sådant.

– Okej sa han och vände sig mot Viktor. Tror du vi kommer
behöva fler väskor än de två vanliga, undrade han?
– Nä, sa Viktor. Knappast! Tror detta blir en ganska händelse-
lös husis som man kan gäspa sig igenom. Men, den måste
göras och den måste göras efter de regler vi har.
– Jag förstår, sa Klinga och nickade.
– Behöver vi ytterligare material, är det inte många meter ut
till bilen, förtydligade Viktor. Ta och lägg vårt P-tillstånd i
rutan så vi slipper böter. Dom är ganska pigga lottorna här ute
i Sumpan. Tror man har någon intern tävling, "dagens rekord"
och "veckans lotta". Men, det går så mycket snack också, så
om detta är sant eller inte, har jag ingen aning om. Men jag
skulle inte bli förvånad. Dom gillar att jaga våra bilar, det är
som någon sport de också. Tio poäng för att lappa en snut-
häck, helst civil, sådant ger bonus.

Det var gles trafik denna morgon både vad gäller bilar och
gående. Man satt och väntade att klockan skulle bli nio innan
det tog sina väskor och knallade över gatan och in genom
porten. Ingen portkod eller portnyckel behövdes då. Men,
naturligtvis hade de både portnyckel och kod. Man såg till att
ha dörrnyckeln, det var bara en, nära tillgänglig för att snabbt
öppna och stänga dörren till Stengrens lägenhet. Viktor hade
varit i fastigheten dagen innan för att kolla in var lägenheten
låg mer exakt och på hur många trappor, samt vad som stod
på dörren. Allt i den vägen, var kirrat.
Det kom en sopbil ganska lägligt när de skulle kliva över ga-
tan, så slapp de snubbla över den senare. Det tillhörde ett
källarkontor till lägenheten också, så detta utrymme fick man
inte missa.

– Det finns ett källarkontor också, sa Viktor.

– Jo, jag har sett det i pappren, detta utrymme sparar vi till sist.

De såg ut som två försäljare när det korsade Råstensgatan för att kliva in i porten. Det var en ganska bred trottoar och sedan en liten plattsatt gång in till porten med gräsmattor på var sida.

– Efter dig, sa Viktor och petade upp porten medan han mekaniskt såg sig om, vänster, höger!

– Åh, monsieur jag ber, sa Janne lite teatraliskt och menade att Viktor borde ha företräde som den härförare han var.

Sedan tog det trapporna till Stengrens dörr. Viktor ställde ner sin väska och satte nyckeln i låset. Då hände det man hade hoppats slippa.

– Det är ingen hemma där, sa en herre som öppnat dörren med ett sådant där öga i, mitt emot Stengrens dörr.

Viktor vände sig långsamt om liksom även Janne hade gjort, för att se vem som hörde av sig. Det var en herre i ljusblå långärmad skjorta, mörka byxor med smala hängslen som höll dem uppe. Längst ner ett par bruna slipper tofflor. Begynnande sliten hårväxt, kunde kriminalarna också konstatera. Man läste in sig på en vittnesbeskrivning så en aning arbetsskadade var de. Att Viktor var så, föll sig naturligt med många år i den så kallade branschen, men att Janne, gruppens påläggskalv och lärling, också visade sådana tendenser var aningen anmärkningsvärt. Gott gry i den konstapeln tänkte Viktor igen. För övrigt var det en liten uppnäst herre med en borstig mustasch, hade det observerat. Han påminde om någon han trodde sig känna igen, men kunde inte komma på vem. Skit samma tänkte han och sneglade på Jannes reaktion över grannen.

– Nej vi känner till det, sa Viktor till den förmodade grannen och tog ett steg fram mot mannen och visade sin polislegitimation. Polisen, sa han!

– Polisen, uttryckte grannen förvånat?

– Vi är här, min kollega Klinga och jag, sa Viktor och visade med handen mot Janne, för att se om vi kan få någon idé vart er granne tagit vägen.

– Jaha ja, sa grannen. På så vis. Men det har inte varit någon här sedan före påsk.

– Känner ni er granne fru Stengren, undrade Viktor?

– Känner och känner, sa han och rättade till hängslena. Jag vet vem hon är. Verkar vara en mycket ensam människa även om jag stött på en del karlfolk i trappan.

Grannen lät inte särskilt förtjust i springet, som han kallade det utanför protokollet. Han hade sedan rättat sig att det varken var något spring, eller att det var fler än en karl han sett gå in till fru Stengren.

– Tack för upplysningarna, sa Viktor. Vi kommer kanske återvända till er med en del frågor om fru Stengren.

– Ni kan möjligtvis inte beskriva den mannen ni sett och som kan vara en bekant till fru Stengren, undrade Janne?

– Nej, det minns jag nog inte sa han.

– Ja, fortsatte Janne, eftersom ni verkar ha bra ordning på minnet, så tänkte jag att ni kanske mindes honom?

– Nej, sa grannen igen. Inte just nu i varje fall.

– Vi kanske får lov att återkomma lite senare i så fall, hängde Viktor på.

Han tänkte att detta är något för utredarna att syssla med så det får möjlighet att ställa frågorna i rätt ordning. Det har de både betalt för och är utbildade på. Vi ska inte sno deras kneg. Dom öppnade dörren medan de såg grannen försöka kika in samtidigt genom att böja sig fram och ögonen påminde om ett periskop.

– Du sa Janne. Den gubben tror jag bor vid sitt dörröga. Jag lovar han kommer hänga där vid dörren till dess vi går.

– Då kanske vi ska passa på att smita ut när han är på muggen, sa Viktor och log lite elakt. Jag menar, även en sådan som han, måste väl besöka figgan för att lätta på trycket? Antecknade du hans namn, Janne?

– Noop, jag tänkte låta inre span fixa den biten. Bara göra en slagning via datorn vem som bor mittemot Stengren på denna våning. Det tror jag inrespan klarar, sa han

– Right, sa Viktor och gjorde tummen upp!

Man ställde ner sina väskor på hallgolvet. Satte på sig blå skoöverdrag men nöjde sig med det. Janne hängde av sig sin äkta bomberjacka på en krok i hatthyllan till höger innanför dörren. Viktor avvaktade så länge och behöll sin jacka på.

Dom såg sig omkring där de stod. Det var helt klart välstädat. Det såg mycket fint ut, men kanske aningen asketiskt och avhållsamt möblerat ut, de det såg ifrån hallgolvet.

– Det är nästan tomt, sa Janne. Men, lättstädat.

29

– Vi tar väl och stiger på, sa Janne frågande till Viktor?

Viktor var ju en van kriminaltekniker och var den som skulle gå i fronten för dagens husis. Janne var bara en lärling och påläggskalv men hade gått den långa vägen. Först polishögskolan och så på ordningen. Han kan nog bli en riktigt skaplig tekniker med tiden, tänkte Viktor. Han har rätta tänket samt klarsynt blick och är inte dum i hela huvudet.

– Ja vi kliver väl på, det har du rätt i när vi ändå är här.

Två rum och kök med matplats samt ett mindre badrum berättade kartan. Hur perfekt som helst om man var unkis, tänkte Janne. En väldigt liten hall, eller tambur och ett inte helt oväntat litet, föga rymligt, badrum men med plats för både toalett och ett sittbadkar och en mindre tvättmaskin. Med tvättstället, modell medium, var det inte mycket plats kvar.

– Undrar om man fått välja, sa Janne. Jag menar, sittbadkar eller dusch?

– Jag tror denna valmöjlighet är standard.

Jo, i många fastigheter är det nog så. Men nu är här ett sittbadkar. Man kan utläsa en del om den person som bor här, eller bodde här, genom just denna lilla detalj. I det här fallet ett sittbadkar, filosoferade han. Det är exempelvis ingen som är ute och springer i skogen eller tar raska promenader som har ett sittbadkar. Ja, det finns såklart undantag. Detta är mer en livsnjutare som tappar upp lagom varmt vatten med, om det är en kvinna, lite doftande i vattnet. Själv ligger jag nog mer åt just ett badkar. Att få sjunka ner i lite väldoftande vatten och drömma, glömma och lindra en värkande rygg, det sätter jag stort värde på. Och jag somnar ofelbart varenda gång. Vaknar när det börjar kännas lite ruggigt. Jag är en typisk livsnjutare och hamnar i den höga stapeln som utgörs av livsnjutare. De där med, nig, sitt och kuta runt, det överlåter jag till dem som inte kan sitta still och bara vara. Jag tror att fru Stengren var en livsnjutare.

– Fru Stengren, undrade Janne, med betoning på *fru*. Hade han glömt att läsa igenom alla de papper de fått med sig om lägenhetsinnehavaren?

– Ja, fru Stengren har varit gift tidigare och har en dotter som jag tror bor i Paris. Tror att det står i våra papper att hon har ett eget företag inom branschen Art Director. Fru Stengren har varit en parant kvinna och var så fortfarande om man läser vad hennes arbetskollegor sagt och berättat om henne.

– Aha, det ligger till på det viset, sa Janne?

– Yes!

När man tog sig försiktigt vidare i lägenheten, konstaterade man att det var sparsamt möblerat. Bara det allra nödvändigaste som det verkar. Rummen var nästan lika stora. Det ena var sovrum, men de behövde man inte vara en tekniker för husrannsakningar att konstatera. Där stod en säng prydligt bäddad med blommigt överkast och ett par kuddar i samma sorts blommiga tyg. Ett nattygsbord med bordslampa, en byrå samt en garderob. Vid sidan stod stolen öglan, ifrån IKEA. Inga gardiner i fönstret och ingenting på fönsterbrädan. Bara persienner som stod halvt uppvridna så solens strålar kunde titta in.

Rummet vid sidan, till höger om sovrummet, var vardagsrummet där en teveapparat tog sin plats mitt emot en mindre soffa med lite volang nedtill. Här fanns ett kort sideboard vid sidan om soffan, men helt utan prydnadsföremål, inget barskåp. Det som hängde på en vägg till vänster då man kom in i vardagsrummet, var en inramad affisch föreställande katedralen i Paris, Notre Dame. I högra hörnet nedtill stod med spretig stil, Ylva Stengren – Delon.

– Jaha, sa Janne. Då vet vi nu vad dottern heter också. Då har vi alltid funnit något vid vår husrannsakan.

– Jag tror även detta står i våra papper, men är inte säker på långa vägar. Tror någon av tjejerna vid inre span, har kollat upp de där med dottern och Sivert har hängt på om det ska bli någon form av förhör i Paris, upplysningsvis, med denna Ylva.

– Det är de intressanta med detta jobb, sa Janne.

– Rätt sa Viktor. Hela tiden händer det något.

– Ja, och oftast har man inte någon aning om när var hur eller varför, det hander. Spännande, konstaterade Janne vidare.

Man fortsatte sin stilla rundvandring i lägenheten och kom fram till köket. Ett avlångt smalt och trångt kök som gjort endast för en person i taget.

Trist byggarkitekt, han skulle nog behöva byta typ av glasögon för att haft möjlighet att se verklighetens och dess kranka blekhet. Köket var inte prioriterat på dennes ritbord tydligen.

Där fanns vid matplatsen ett litet köksbord med två stolar. Stolarna var nog designade av Gillis Lundgren och kallades Ögla, och kunde införskaffas i Kamprads köplada, hade man kommit överens om. Inte särskilt bekväma att sitta på under en trerätters middag. Då får man ryggproblem samt sittsår, och träsmak av plywood, spånade man vidare.

– Då har vi två ställen kvar av större intresse än andra. Såg du förresten att muggpappret i badrummet hade en stämpel på rullens sida där det stod, Tillhör Stadsverket?

– Nej, sa Janne. Denna lilla pryl missade jag. Vad kan vi utläsa av det då?

– Tja, för det första att hennes arbetsplats hade varit där vi återfann henne i arkivet sammanpressad och kvävd mellan arkivskåpen.

– God tanke, Viktor sa Janne. Man måste tänka till. Se där, detta var något nytt att lägga på minnet. En kunskap som inte tynger på axlarna särskilt?

– Väger lätt och är något jag bjuder på.

– Såg du alla travar med papperhanddukar då?

– Pappershanddukar?

– Ja, som vi har på muggen inne på Kungsholmen, sa Viktor.

– Jaha, du menar sådana. Ja, jag såg några travar av något grågult med en bred banderoll om?

– Ja, det var av enlagers typ och sådana pappershanddukar som staten håller sig med av kostnadsskäl. Jag lovar att det även står på dessa, *Tillhör Stadsverket.*

– Då går vi in å och kollar detta också. Är vi på en husis eller, Janne?

Viktor och Janne gick in i badrummet igen. Där, låg på tvättmaskinen, en obruten förpackning papperhanddukar samt en öppnad så Janne behövde inte plocka bort den breda banderollen för att konstatera att det stod, Tillhör Stadsverket.

– Bingo, sa Janne med ungdomligt språkbruk och entusiasm!

– So far so good, sa Viktor och slängde sig med en engelsk fras och välanvänd klyscha. Vad kan vi utläsa av de vi hittat då, anser du?

– Ja, köksskåpen gapade mer eller mindre tomma liksom köksdelen i stort. Fanns inget användbart. Ingen disk, ingen soppåse som hade att berätta. Ingenting! Vi har ju kvar byrån i sovrummet och det lilla sideboardet i vardagsrummet, dessa kan ju rymma något ur utredningstekniskt intresse för oss. Två intressanta platser alltså. Vi har sett en litografi signerad Ylva S. På baksidan satt ju ett klistermärke som berättade lite mer än signaturen. Ylva Stengren – Delon Art Director Paris.

Här hade vi alltså namnet på Stengrens dotter som sagt var. Det tycker jag var intressant. Det bekräftar vad inre span plockat ut åt oss.

Sedan är det ju de där med pappershanddukarna och toalettpappersrullarna vi hittade i badrummet och städskåpet i hallen. De var ett ordentligt lager av Stadsverkets materiel som fanns lagrat där. Det bekräftar egentligen bara att det är hos rätt Stengren vi är. Hon vad anställd på statsverket Kronofogdemyndigheten. Kvitton på det, fanns ju. Nu har vi ju detta också på ett antal bilder för säkerhetsskull.

Man hade gjort vad man kunnat den första dagen

– Men inget bekräftar att pappersmängden hon har, kom just ifrån Kronofogdemyndigheten, bara att den tillhörde Statsverket.

Man plockade ihop sina saker och utgick. Janne kunde inte låta bli när det stod i trapphuset på väg ner, att vinka åt grannens håll.

– Vem vinkade du åt, sa Viktor? Så sken han upp i ett snett leende. Jag förstår.

Janne log nöjd som en tonåring.

– Hoppas han inte tog illa upp bara, eller att han just satt på figgan med ett knepigt Sudoku, fortsatte Viktor.

– I morgon är det först briefing before take off, sa Janne och lät som om det var han som var kaptenen som talade till sin besättning innan start.

Viktor såg sådär brydd ut igen när han hörde Janne.

– Ja, egentligen skulle jag bli flygkapten, sa han. Men, så blev det nu inte. Det blev polis. Uniform som uniform…

<h1 style="text-align:center">30</h1>

– Okej, då kör vi igång!

Svanstrand var lite på tårna den här morgonen. Inget fick felas och nu ville han öka trycket. Han ansåg det var för mycket logistik, men för liten fabrik.

– Föreslår att de som nu håller i den tekniska utredningen på Friggagatan kan starta dagens möte.

Det var en av mordutredarna Karlsson som chefade där uppe. Det var inte Viktor, för han var nu på en husis i Sumpan. Vad den här Karlsson hette i förnamn, hade Svanstrand inte riktigt kläm på så han kallade honom bara rätt och slätt för, Kalle.

– Vad säger du Kalle?

– Jag håller på att räkna lite på det, kan inte Emma börja och dra vad man kommit fram till rent rättsmedicinskt?

– Ja, då gör vi så sa Svanstrand och vände sig mot Emma. Har du lust att dra vad som finns att berätta om vårt brottsoffer?

– Visst, sa Emma. Vi kan ta hela den biten, absolut. Här kan jag väl bara säga att dödsorsaken är så att säga glasklar.

De flesta av mordutredarna nickade samförstånd. Det hade inte behövts någon rättsläkare för att berätta om modus operandi, eller hur offret hade tagits av daga.

– Alltså… återtog Emma efter en längre konstpaus.

Mordutredarna och span, skruvade en aning på sig där de satt. Man ville komma vidare. Möten var inget man skrev högt upp på sin önskelista och i deras fall var det lågt prioriterat, utom för någon bland teknikerna. Det fanns alltid undantag. Men man visste att dessa möten, trots allt, var nödvändiga. Det var då man kunde jobba åt samma håll, få målet utstakat med en tydlig kompassriktning.

– Det gäller således vår rättmedicinska utredning av vårt senaste brottsoffer med dödlig utgång. Vi talar då om kronoassistenten, fröken Karin Gunnel Beck – Horntygel, 42. Boende Friggagatan, Östermalm. Hon var något under medellängd med en vikt av 58 kg och utan några synbara sjukdomstecken. Brottsplatsen är ekvivalent med lägenheten som också var offrets bostad. Vi beräknar att döden inträffade den 19 april någonstans mellan klockan 18:00 och klockan 22:00. Vi kan inte spika närmare än så, vilket betyder att det även kan finns en tidigare tidpunkt än klockan 18:00. Offret har tagits av daga genom strangulation.

Carotiderna ockluderas därmed och inom cirka fem sekunder har offret blivit medvetslös för att strax hamna i coma och därefter avlidit. Det visar också frakturen på tungbenet. Om vi också ska röra oss vid modus operandi, så har gärningspersonen närmat sig offret bakifrån och lagt en snara runt offrets hals samt dragit åt, fruktansvärt hårt, så endast halskotepelaren hindrade från att dra åt buntbandet ytterligare. Offret har inte försökt avvärja dådet eftersom vi tror, och det visar på, att hon varit i sovande tillstånd i fåtöljen.

– Kan vi dra några slutsatser att dessa två dödsfall vi haft nu, det ena i Kronofogdemyndighetens arkiv, samt detta på Friggagatan, att dessa har någon form av samband, undrade Svanstrand?

– Det är inte jag den rätta att avgöra, sa Emma Winston. Det tror jag ni själva är mycket bättre på att bedöma än jag.

– Ja, sa Svanstrand. Jag tänkte egentligen bara högt.

– Om det inte finns några frågor, kanske ni ursäktar mig för jag har en del annat att stå i?

– Svanstrand tittade över sina styrkor och frågade även om det fanns någon som hade en fråga till rättsläkaren?

De flesta satt tysta, för att inte säga samtliga. Någon kanske begrundade det grymma i Winstons rapport.

– Det verkar vara munhäfta på samtliga, sa Svanstrand vänd till Emma Winston. Då ska du ha tack. Jag förmodar vi kan återkomma om det skulle dyka upp något. Hälsa Ekholm!

– Jo, sa Anton och hade som i skolan räckt upp handen. Är detta den officiella dödsorsaken, eller bara en preliminär?

Emma log en aning innan hon sa…

– Denna dödsorsak kommer ingen kunna ändra på. Den står därmed fast. Det är den officiella, ja.

– Hade offret några andra skador?

– Nej, inga andra skador. Hon verkade för övrigt helt frisk.

– Tack, sa Anton. Då har jag för nu inga fler frågor.

– Tack igen Emma, sa Svanstrand. Någon som ivrar för en bensträckare medan Karlsson räknar vidare så får vi höra om deras brottsplatsundersökning på Friggagatan just nu?

– Jo det är nog bra med en bensträckare så kan vi snacka lite om vad vi nyss fått berättat för oss sa Fredriksson. Vi kände ju till det mesta men inte allt fikonspråk som Emma serverade oss. Jag har aldrig läst latin, så det blev ju lite märkligt ibland med strangulation och sådant. Vi kanske även kommer få veta vad det var för tårta i tårtkartongen som stod där på golvet, fortsatte han?

– Ja, sa Tessan Lövgren – Kneck, där skulle man behövt någon tolk. Strangulation? Vad får dom allt ifrån?

– Ohoj, sa Svanstrand och höjde rösten för att försöka överrösta det vanliga sorlandet i lokalen. När alla reser sig samtidigt, utbyter mindre kommentarer med varandra och drar ut stolarna som på ett givet tecken.

Vad Emma egentligen sa, var att offrets hade strypts. När man dragit åt buntbandet, hindrades även halspulsådern att pumpa upp syre till hjärnan och då är det liksom morsning and goodbye.

Vi tar som vanligt en tolvminutare, så syns vi här strax igen med friska tankar, idéer och uppslag på vår fortsatta spaning.

31

– Du Sigge, sa Sivert när det blev ensamma i Sigges stora kontorsrum, hur gick det i lördags?

Svanstrand höll som bäst på att plocka upp en cigg för att blossa på under bensträckaren så han svarade ingenting. Men ciggarettändaren såg till att det började glöda om den där giftiga pinnen som stack ut mellan hans läppar. Så, nu kunde han svara och vände sig därför mot Fredriksson. Man kan ju inte göra två saker samtidigt, både svara och tända ett röka.

– Vad menar du då, sa han med oskyldiga blå ögon? Tittade på Fredriksson medan han blåste ut det första rökmolnet?

– Ja, med fru Gustavsson, sa Sivert med ett lömskt grin?

– Antar du menar Britta, sa han?

– Jo, så var det nog fru Gustavsson hette ja, Britta. Nå?

– Det blev exakt så som du flinar över, sa han.

– Men berätta, berätta, manade Sivert på sin chef?

– Jo, vid åtta tiden på lördagskvällen plingade Britta på min dörr. Hon hade tagit hissen hade hon sagt, så hon inte skulle bli så andfådd. Hon bor ju en våning under mig.

– Bravo, avbröt Sivert!

– Det fungerade precis som du sagt. Vitt vin och räkor var så att säga inkörsporten, Sivert.

– Ja, jag sa ju det!

– Hade haft vinet i kylskåpet, men tog ut det halv åtta för att det skulle få en perfekt temperatur. Jag hade ju läst hur man skulle göra med servering av vitt vin och vilken temperatur detta skulle ha. Det kan vara olika temperaturer för olika sorters vitt vin, men det är marginella skillnader. Inget att engagera sig i, det är bara överkurs och för nördar.

– Så nu är du vinkännare?

– Nä, inte direkt men jag känner Gustavssonskan lite bättre nu förstås tack vare vinet. Hon berättade att hon var narkossköterska på Södersjukhuset.

– Se där ja! Kan du bli lite ompysslad om du är förkyld eller har fått någon sådan där influensa.

– Jag behöver väl för fan inte bli sövd för den sakens skull, nu får du kanske tänka till.

– Tja, varför inte? Ligga på uppvaket hemma hos henne när du är frisk?

– Nog med svammel. Räkorna hade varit väldigt goda och ett tag ångrade jag att jag inte köpte mer räkor än vad jag gjorde. Men, som du förutspådde, blev efterrätten också den rätta. Klockan fem på morgonen hade Britta vaknat bredvid mig och satte sig upp. Jag hade redan suttit där och funderade på vad som hade hänt. Skallen dunkade på ganska bra som en klar trea på Richterskalan. Vi hade gjort av med två vinare! Hon hade tyckt det kanske var bäst att tassa iväg innan grannarna vaknade så man inte började prata en massa strunt.
Hon hade bara mött tidningsbudet i trappen.

– Jaha ja. Och vad står det i hyresstadgan om detta då? Får man ha kvinnliga nattgäster på rummet?

Sigge hade bara tittat på Sivert som om han inte var riktigt navlad och skakade på huvudet. Han tänkte, de är som förskoleungar hela bunten. Bara en massa flamsande.

– Ja, om man har sömnproblem, då är ju en narkossköterska alldeles utmärkt att ha på rummet.

Sigge sträckte sig efter askkoppen för att fimpa och tittade på klockan.

– Är det redan dags, hade Sivert frågat?

– Inte riktigt än.

– Hur kommer du gå vidare med detta, undrade Sivert?

– Vad då, gå vidare?

– Ja, med syster Britta?

– Syster Britta?

– Jamen, sa du inte att hon var narkossköterska?

– Jo!

– Då så, hur har du tänkt gå vidare? Snacka om sängfösare.

– Vet inte om jag kommer gå vidare.

– Äh, kom igen nu kommissarie Svanstrand. Berätta nu för farbror Fredriksson?

– Ja okej då. Vi ska gå på Skansen nästa lördag och sedan ska vi sitta i publiken på en TV-inspelning på Cirkus alldeles bredvid. Britta hade biljetter till inspelningen men ingen att gå med så hon frågade om jag ville följa med.

– Ja men det är väl alldeles utmärkt, Sigge? Tror inte du behöver köpa räkor den här gången. Det var väldigt vad det lät familjärt plötsligt.

Fredriksson började plocka ihop sina papper, snart dags!

– Nja, jag behöver inte köpa hem någonting. Britta ville att jag skulle komma ner till henne. Det var hennes tur att bjuda, hade hon sagt.

– Sigge, det här är bara för bra för att vara sant. Låter som en kärleksnovell i någon veckotidning.

– Stopp, stopp, stopp! Sa Sigge med bestämdhet. Nu ska vi inte rusa iväg här.

– Jag skojar lite Sigge. Jag är bara glad att din date fungerade så väldigt bra.

– De var inte ”min” date, det var fru Gustavsson som hängde på.

– Och du var så svår att övertala?

– Det kan väl hända. Hon ser både väldigt trevlig ut och är minst lika trevlig, samt har en massa god humor.

Svanstrand tittade på klockan igen och såg att det nu hade gått sexton minuter, istället för de tolv han hade talat om som bensträckartid.

– Kom, hade han sagt åt Sivert. Det är dags, vi är till och med nästan fem minuter sena.

– Tänkte på en sak, sa Fredriksson och såg lite fundersam ut så där som man gjorde på den svart/vita tidens tid. Men Sigge, sa inte du något om puritan och renlevnadsman samt hade gått i söndagsskolan i Mjölby?

– Äsch, sa Sigge. Det var då de. Det blåser andra vindar nu.

– Ja, det gör visst de.

Kriminalkommissarie Pierre Sigurd Svanstrand och hans närmste man, kriminalinspektör Sivert Uno Fredriksson, Svängde runt hörnet på korridoren och stegade med stora kliv mot sammanträdesrummet längre bort i korridoren.

– Tror du det blir kvarsittning, sa Sivert och log?

– Kvarsittning? Vad menar du med det?

– Kvarsittning för försen ankomst, minns du väl?

– Jaha, du menar så? Skulle det vara så att vi får några gliring-
ar, så talar jag om för dem att vi har några vakanta platser som
fotpatrullerande konstaplar här på Kungsholmen. Det tror jag
täpper till näbben på de flesta.

– Okej, make my day, Sigge!

32

– Är alla tillbaka, undrade Svanstrand?

– Yes, alla har varit tillbaka sedan fem minuter, sa Anton och log. Välkommen, kommissarien.

Svanstrand hade tittat extra på Anton med onda ögat och nöjde sig med det. Anton hade satt upp båda händerna som, ursäkta chefen… det var inte meningen, bara på skoj.

– Kan vi nu överlåta ordet till någon av våra båda tekniker, Karlsson brothers?

– Ja, det ska bli mig ett sant nöje sa Wilbur Karlsson, en av de två med namnet Karlsson. Jag kan berätta för er vem som vann gissningstävlingen vilken sorts tårta det fanns i tårtkartongen. Princess eller gräddtårta var ju förslagen som hade haglat i lokalen tidigare.

– Jag anar, hade genast Anton sagt, som kände sig segerviss och var den som gissat på prinsesstårta, en tolvbitars…

– Då kan jag säga såhär, återtog Wilbur. Ingen vann! Det fanns ingen tårta i kartongen.

– Nä hä, sa Tessan. Vad fanns det där då?

– Okej, håll i er!

Alla satt spända och med en aning frågande fåra i fysionomin.

– Berätta innan jag hinner gå i pension, sa Fredriksson?

– Där låg, tremiljoneretthundratusenkronor!

Tystnaden var som i Bergmans film med samma namn. Man tittade på varandra som om, hörde jag rätt? Skämtar han, är det dolda kameran, innan Tessan hysteriskt började fnissa.

– Det är inte sant, sa hon. Säg att du skojar?

– Ledsen att jag gör er besvikna ni som gissade på sort av tårta. Men det var långt ifrån en tårta alltså, Anton.

– Och där har den stått på golvet i en olåst lägenhet under hela påskhelgen. Vi har travat runt och inte velat flytta på den?

Det blev en närmast underlig stämning i gruppen plötsligt.

– Wilbur återtog rodret och skrev med en svart tuschpenna på blädderblocket 3.100.1000:- svenska kronor...

Tusenlappar, buntade snyggt och prydligt med banderoll om.

– En snabbfråga bara, sa Svanstrand. Var kommer dessa pengar ifrån? Någon? Fundera!

– Nämen, sa Anton. När man var så inställd på den där prinsesstårtan, kan man bara inte ställa om sig helt plötsligt på att där låg istället drygt tre mille? Det är inget man tar in sådär bara rakt upp och ner. Detta måste sjunka in och lagras någonstans i det undermedvetna innan man kan kläcka någon som helst form av hypotes.

– Det var inte heller min mening att ni skulle berätta förekomsten av pengarna. Det var mest för att väcka tanken. Detta tåls nämligen att fundera över. Drygt tre mille, som Anton sa, i en tårtkartong blir lite för mycket även för en krimi-

nalkommissarie, som ni kanske förstår. Vi är allihop bara
människor som man inte trycker på en knapp för att starta.

– Bra chefen, sa Wilbur. Det fanns däremot en del spår efter
en prinsesstårta i tårtkartongen, eller om jag ska säga så här
mer korrekt, det fanns spår av grön marsipan på ett par ställen
i kartongen, så med logiskt tänkande, har det varit en prin-
sesstårta i denna lilla kartong. Storleken på kartongen, skvall-
rar om en 12-bitars tårta, hur som helst. Så, egentligen var det
inte en så liten kartong. Nästan rätt Anton.

– Ja, gott folk sa Svanstrand. Då har vi fått något nytt att bita i
eller sätta tänderna i. Var kommer dessa tre mille ifrån?

– Rätta mig om jag har fel, sa Anton Franke, kriminaltekniker
och mordutredare. Men har inte det figurerat en tårtkartong
ända sedan arkivet hos Kronofogdemyndigheten?

– Det stämmer precis sa Fredriksson. Redan innan vi hittade
ett lik i det där arkivet i underjorden, så tror jag vi har dryftat
en tårtkartong och även talat med expediterna i konditori
Kjellgården som var de kondis man handlade kaffebröd i. Vi
kanske får backa våra tankar, eller titta igenom de material vi
har ifrån utredningen på KFM.

– Jo, sa Tessan. Men vad har denna tårtkartong att göra med
de tre mille vi nu fått på halsen?

– Elementärt, min käre doktor Watson, sa Fredriksson igen
och kände sig lite som Sherlock Holmes, medan han tittade på
Tessan. Tårtkartongen var för att förvara alla slantar i. För att
ha något att bära hem stålarna i. Hade hon burit en attaché-
väska i mörkt oxblodsfärgat skinn, kanske någon skulle fattat
tycke för väskan och ökat på statistiken för väskryckare även i
Östermalm, eller på dess väg dit.

– Rätt så, sa Janne Klinga. Tessan och jag kollade ju upp hissen ute i garaget och vägen både upp och ner utan att finna något anmärkningsvärt. Men längst ner i garaget där det mynnar ut vid Katarinavägen, ligger ju en bensinstation och vi frågade där om man sett något anmärkningsvärt den 19 april på skärtorsdagens eftermiddag.

– Det finns med i utredningen, lade Tessan till.

– Killen vid macken hade bara skakat på huvudet. Men så sa han att det faktiskt hade varit en ensam kärring som kommit gående nerför garaget. Det var inte särskilt vanligt, hade han sagt. Ingen man skulle vissla efter direkt, hade han lagt till.

– Varför hade han nu kommit ihåg den kärringen då, undrade Svanstrand?

– Jo, vi hade frågat samma sak och då sa han att det verkade ju lite konstigt att komma knallandes ut ur garaget med en tårtkartong i nypan.

Finns ju inget konditori i garaget, hade varit hans syn på saken. Han hade kliat sig i skägget, mindes Tessan och sedan hade han sagt, att nä, något annat hade inte hänt. De var kärringen med tårtkartongen, sa han. Ja, och så en jävla massa bilar som for in och ut och en del som skulle fylla på med soppa.

– Som sagt. Vi kanske får kolla i tidigare förhörsprotokoll och utredningar om arkivet hos den statliga myndigheten, KFM som Tessan nämnde sa Svanstrand. Vad är det vi har? Jo, vi har två buntband av samma fabrikat som återfunnits vid båda brottsplatserna. Vi har plötsligt drygt tre miljoner som förvarats i en tårtkartong inköpt i närheten av Kronofogdemyndigheten. Vi har en blå skyddshandske funnen vid den senaste husisen samt ett skoavtryck som är bra och klart användbart detta ur den tekniska delen. Vi inväntar även rapport ifrån husrannsakan ute i Sundbyberg där vårt första brottsoffer hade sin lägenhet.

Vi har också frågor om hur man kom in i arkivet utifrån det stora garaget när det låg en träregel som spärrade dörrarna på insidan i arkivet. Den måste ha lyfts bort av någon ifrån insidan således. Denna del luktar lite inside. Någon på insidan har hjälp någon på utsidan. Sedan har regeln spänts fast mot väggen med ett buntband. Även här är frågan öppen, varför? Det var ett buntband av samma tillverkning och typ i alla delar som det band vårt andra mordoffer blev strypt av på Friggagatan.

Är det någon fler än jag, som anser vi står och trampar på samma ställe? Det känns som om vi fortfarande befinner oss på ruta ett, trots en hel del matnyttigt. Men ändå inte mer matnyttigt än att vi står kvar på samma ruta, sammanfattade Svanstrand och ritade och berättade även med tuschpennan över blädderblocket. Någon?

– Du säger så många kloka saker Svanstrand, så man får svårt att tillägga något. Men mitt förslag är att någon, eller ett par, inte fler än så, tar och börjar om från början med arkivet och vad som framkom under den utredningen. Känns nästan som vi missade något där

– Ska vi säga att vi liksom gör eld upphör för idag, klockan är i alla fall nästan middagsdags hemma hos var och en av oss. Hög tid med andra ord att åka hem. Det är bara jouren som blir kvar. Vi kan väl synas i morgon igen efter att ha sovit på saken med en ganska omtumlande redovisning med brottsplatsundersökningen på Friggagatan av bröderna Karlsson, Wilbur och Viktor och den nätta summan pengar av dryga tre miljoner. Höger och vänster om och god middag!

– Vad tror du vi ska sätta för utredare som går igenom allt ifrån början, undrade Svanstrand sin vapendragare Fredriksson?

– Mitt förslag är Anton Franke och Janne Klinga. De har hela tiden bra idéer och jag tror de kommer se utredningen med nya ögon. De var inte så inblandade ifrån början vilket jag tror är bara bra.

– Två grabbar, sa Svanstrand med en frågad ton på rösten?

– Ja, sa Fredriksson med ett minst lika frågande röstläge?

– Tänkte på kvoteringen, sa Svanstrand. Du vet, facket är på om allting hela tiden. Det ska vara jämnställdhet och allt det där tjafset.

– Hänvisa till mig, Sigge. Vi bryter här sa han. Hulda väntar säkert med raggmunk och fläsk. Det vill man inte missa för alla lingon i Småland.

33

– Vad tror du om att jag reser till Paris och snackar lite med Stengrens dotter?

– Nja, vi kanske ska vänta till vad Viktor och Janne funnit vid husisen i Sumpan?

– Absolut, men sedan Sigge… sedan?

– Jo, så får det nog bli.

– Något säger mig att vi är på rätt spår. Spåret känns liksom om inte utstakat, så i alla fall lagt i rätt riktning.

– Jaha, jag som trodde du hade stängt spåret med Berglund i Vännäs. Du ivrade ju så in i vassen för hans oskuld. Har du bytt spår nu?

– Nej då, Berglund anser jag fortfarande som Norrlands lugna vrå och behagfulla vemod som bara, på sin höjd, förargar rödingarna i Vindelälven.

– Har vi fått svar från Linköping om det buntband du plockade med dig ifrån hans postvagn?

– Nej, det har du faktiskt rätt i Sigge, sa Fredriksson. Där var något jag missat. Fan också.

– Vi kanske ska invänta Linköping och deras analys.

– Klart vi måste. Visst är det väl underligt. Buntbanden har figurerat flitigt i vår utredning. Mitt tips och magkänsla, är att det inte är samma tillverkare av buntbandet från postvagnen som de två band vi har sedan tidigare. Det skulle liksom vara för bra för att vara sant.

– Tror inte vi ska jobba efter magkänslor. Åklagaren köper inte sådant. Hon vill ha bevis och utom allt rimligt tvivel. Bara du inte börjar spå i kaffesump eller anlitar den där sierskan Saida, menade Sigge. Finns väl förövrigt någon lappgubbe också som spår i maginnehållet på abborrar. Men då är vi hästlängder ifrån det vi är satta att utreda och arbeta efter. Du kanske ska gå hem och sova. Du jobbar ju förtusan nästan dygnet runt, Sivert.

– Du Sigge, sa Sivert utan att kommentera Svanstrands snack om långa arbetspass, vi inväntar nog besked ifrån SKL i Linköping, tror det är bäst så.

– Bra Sivert!

– Linköping borde väl hitta hudavlagringar i den där handsken Karlssons fann på Friggagatan. Var det en vänster eller höger handske, förresten?

– En vänster tror jag, sa Sigge.

– Vad säger det oss?

– Ja, att den vi söker är vänsterhänt, eller?

– Korrekt Sigge, du har inte lagt av dig trots att du fått det mesta tillskruvat av lilla fru Gustavsson.

– Jag tror att Viktor Karlsson och Janne Klinga har åkt ut till Sumpan idag också. De har, hade Viktor sagt, en byrå och ett sideboard kvar där de hoppas hitta en del.

– Där har du väl några som ligger i selen, Sigge?

– Exakt, det har du rätt i. Och vad bra att de dragit till Råstensgatan, då kanske de är klara till vårt möte i morgon. Då hoppas jag också ha besked om både den där ljusblå handsken från Friggagatan samt buntbandet ifrån Berglunds postvagn. Även om det inte är positivt svar om bandet, så är det likväl sådant vi kan skriva av och inte lägga mer energi på, funderade Sigge lite högt.

– Ja, är buntbandet av negativ art för oss, så tja…

– Just det sa Sigge, som nyss avbrutit Sivert. Om det är negativt svar vad gäller postvagnens buntband, då anser jag att Berglund kan sova lugnt i fortsättningen vad gäller hans eventuella inblandning. Han kan, med lite förnuftigt tänkande, inte vara den som befunnit sig på båda platserna. Hur visste han exempelvis var Horntygel hade bott? Nä, detta känns mer planlagt under en längre tid. Planlagt genom observationer. Inside! Men frågan är var slantarna kom ifrån, frågan är också om det var detta som är roten till det onda. Girighet, kanske?

– Hur menar du nu. Planlagt genom observation, sa du? Planlagt av vem och observation av vad, undrade Fredriksson?

– Det bästa är nog att vi inväntar Viktors och Jannes rön efter deras husis på Råstensgatan i Sumpan. Vi kan bara hoppas på något matnyttigt därifrån. Vad som framkommer där, avgör om du reser till Paris och pratar med Stengrens dotter.

– Jag fick lite info av Viktor ifrån Sumpan att de i stort inte hittat något som kunde vara intressant för oss. Inte mer än att det stämmer det som inre span luskat ut att Stengren har en dotter och att hon bor i Paris.

– Jaha! Nej, det kände jag inte till.

– Vad kände du inte till?

– Ja om den info du fått av Viktor, sa Sigge och tog sig om hakan.

– Kändes inte så betydelsefullt, sa Sivert. Man kan inte gå och hela tiden återberätta vad den eller den har sagt om det inte är av viktig karaktär.

– Det kan jag hålla med om. Men ändå, berätta?

– Jo som sagt, i Stengrens vardagsrum hängde en litografi av storleken som en affisch föreställande Notre Dame katedralen i Paris. Den var signerad, Ylva S. På baksidan av litografin, satt en tryckt lapp där det stod, Ylva Stengren – Delon Art Director.

– Se där, sa Sigge. Det var inte dåligt.

– Nej, det var intressant i sig. Mest intressant var att det stod hennes namn, Ylva Stengren – Delon Art Director. Hon verkar ha ett eget företag i Paris och en ateljé, så det är nog inte svårt att hitta henne. Inre span hade plockat fram detta också, men nu fick vi ju detta vidimerat också genom denna litografi.

– Detta kändes bra, Sivert. Ett fall i rätt riktning. Ytterligare något som pekar på att vi är på rätt spår. Jag har, för din information, talat med och kopplat in, Ekoroteln för att de ska titta på de där dryga tre miljonerna och var de kan komma ifrån. Gissar de får börja kolla upp internrevisionen på den stora myndigheten. Men inte vet jag och det tänker jag inte heller rota i. Jag förväntar mig bara en rapport ifrån dem och det ska väl inte behöva ta resten av året.

– Bra jobbat, Sigge. Det kan ju vara en lösning på våra mord beroende på vad man kommer fram till naturligtvis.

– Ja, nu känner man sig som en ballongförsäljare.

– Ha, nu talar du i gåtor gamle vän?

– Ja, en ballongförsäljare håller ju i handen ett knippe snören till varje ballong. Man måste följa snöret upp till rätt ballong innan man fimpar snöret för att rätt ballong ska flyga upp till väders och lyckliggöra oss i bästa fall.

– Ja, lite så är det väl. Vi har många trådändar att följa, många att dra i, för att se vad som rör sig i andra änden, funderade Sivert.

Bakom skrivbordet satt kriminalkommissarie Svanstrand med handen om hakan som om han funderade. Så lutade han sig tillbaka och blåste en snygg rökring igen. Han var mästare på att lägga snygga rökringar. Han vände sig om mot fönstret.

– Vi får invänta morgondagen Sivert. Åk hem och sov nu. Jag sitter kvar en stund.

34

– Ska vi klampa på direkt eller avvakta morgonrusningen, undrade Janne där de satt i sin bil på Råstensgatan?

Dagen till ära hade man lånat en bil ifrån span för att det inte skulle se så tjatigt ut. Denna gång en liten vit skåpbil som det stod Lindgrens Läder i alla väder på, utefter hela sidan. Det var ju vårlikt i luften men för ovanlighetens skull, så regnade det bara lite lätt.

– Samma väskor, undrade Janne sin vana trogen?

– Precis, sa Viktor. Kolla, nu kommer hon med barnvagnen igen. Henne jag såg igår, minns du kanske? Full rulle nerför backen mot pendeltåget. Kanske ska till dagis först och sedan flänga iväg på knoget.

Janne följde henne nu också, så som Viktor gjorde med blicken. Hon korsade Prästgårdsgatan i en blink och någon bil hade tutat. Om det var på henne eller av annan orsak, lät Janne bli att fundera över. Det var inte hans bord. Han hade bara hört att någon använt signalhornet.

– Tror du gubben har kollen på oss nu, sa han?

191

– Ja, det tror jag, sa Viktor.

– Fick koll på vad gubben heter genom inre span, sa Janne. Dom hade gjort en slagning på Råstensgatan 5 och vilka som bor där.

– Jaha du, och han heter, undrade Viktor?

– Han heter Toivo Turesson, 75, ogift med mellannamnet Sebastian och har bil, en Fiat Uno. Ingen hund, ingen katt och är socialdemokrat. Pensionär och har arbetat som hisskonduktör vid Katarinahissen. Innan dess något inom flyget.

– En vanlig grå undersåte alltså, funderade Viktor högt?

– Ja, en sådan du vet som inte har någon hobby utan vankar mellan köksfönstret som vetter mot Råstensgatan där han har koll på allt och alla. Och så kutar han till dörrögat för att kolla vilka som rör sig i trapphuset. Så tror jag hans dagar förflyter.

– Låter upplyftande, muttrade Viktor igen. Men då får han i alla fall lite motion. Kom nu, så går vi in så får vi se om han är på hugget och dyker upp i dörren som förra gången. Att det är rätt gubbe, är ju klart. Det stod ju redan innanför porten, T. Turesson stod det på samma våningsplan som U. Stengren.

– Du Viktor, om han inte kommer ut nu och snackar, kanske vi måste plinga på hos honom? Ja, för att se om han minns något av den mansperson han sa sig ha sett som besökte Stengrenskan? Något kanske han minns? Lång, kort, tjock, smal, glasögon, rödhårig... ja du vet vad vi söker. Vore perfekt med ett lite ovanligt signalement. Inte som, av medellängd, varken tjock eller smal, normal hårfärg, inga glasögon, gråmelerad ytterrock...

– Jaså, är det ni igen? Det var ett fasligt springande för den där skökan, sa han med en sned grimas som talade sitt tydliga språk. Vad gäller det nu då, sa han med näsan i vädret och med uppfodrande blick?

Fru Stengren verkade inte vara herr Turessons idol. De båda teknikerna och brottsutredarna hade alltså tur som tokiga, för de hann inte fram till Stengrens dörr, innan grannen hade öppnat sin dörr. Men, det var ju väldigt passande.

– God morgon herr Turesson, sa Viktor artigt. Jo, så bra att vi träffade er igen.

– Jaså, vad är det nu då? Här får man stå till pass minsann!

– Jo ni verkar ju ha så bra iakttagelseförmåga och jag tänker på vad ni sa igår. Herr Turesson hade ju sett en mansperson stiga in till fru Stengren vid något tillfälle.

– Ja, det springer så mycket folk både bittida och sent, så det gäller nog att se om sitt hus för säkerhets skull, ska konstapeln veta. Han slängde en barsk blick på Janne.

– Jamen så bra, herr Turesson. Så bra att ni håller lite ordning och reda här i huset.

– Tror herr Turesson möjligen ni skulle kunna minnas något hur denne mansperson, för jag har för mig ni sa det var en mansperson, såg ut?

– Korrekt! Jag ser visserligen dåligt men jag är inte helt blind!

– Minns ni då något om klädseln?

– Nja, se det vet jag inte riktigt?

– Jag menar, hade han överrock, en jacka eller kavaj kanske rent av?

– Ja se överrock, det var det inte. Och ingen hatt heller, det verkar vara fult att bära hatt idag. Annat var det på min tid.

– Ska vi fundera på då om det var en jacka eller en kavaj, kanske?

– Ja se kavaj var det inte heller. Det var ju innan påsk, så då kunde man inte bara ha en kavaj inte. Det skulle bli för kallt och dragit även om man hade haft en väst under.

– Vad tror ni det var för färg?

– Färg, det vet jag då rakt inte heller. Vad ni frågar? Tror det var svart. Och nej, det var nog en jacka ändå. En svart jacka, vit skjorta och svarta byxor. Ja, nu när jag får tänka efter. Så var det. Svart slips, var det också.

– Var han lång eller kort?

– Ja han var väl sådär som han, hade Toivo Turesson sagt och pekat på Janne.

– Janne, hur lång är du?

– Längden ifrån lumpen var, 179 cm men det var innan man fick på sig stridssele och annat utrustning, då blev man nog bara 178.

– Okej, Janne. Tack!

– Hade den där besökare till fru Stengren någonting att bära på, då? Blommor eller liknande eftersom han skulle besöka en dam?

– Dam? Nej sköka säger jag. Han hade en systempåse och medan han stod och väntade att Stengren skulle öppna, kunde jag nog ana mig till att det var två vinflaskor. Inte ölburkar, gud bevare mig.

– Hårfärg då? Svart, eller sa Viktor och log lite pojkaktigt?

– Jag tror faktiskt det var svart, när konstapeln nu säger det så? För det är väl ändå konstaplar ni är inom polisen?

– Jag är kriminaltekniker inom polisen och min kollega här, är kriminalassistent, också inom polisen i Stockholm på Kungsholmen, hade Viktor förklarat.

– Jaha ja, sa Turesson. Så det kan bli ändå. Jag har kaffet på. Om det skulle passa konstaplarna så går det bra att stiga på. Det kanske inte skulle sitta i vägen med en kopp kaffe?

Viktor och Janne hade tittat på varandra med olika budskap i blicken. Ja för Viktor, nej ifrån Janne.

– Det skulle sitta fint, sa Viktor. Man tackar!

– Då så. Sa Turesson. Stig på, stig på, vet ja i den enkla enkelheten, som man säger.

Janne hade blängt surt på Viktor för själv var han inte ett dugg intresserad av något kaffe hemma hos gubben.

Men Viktor hade blinkat menande med ena ögat och nickat inåt gubbens lägenhet. Så det var väl bara att hänga på, hade han tänkt.

– Tackar, hade Viktor lite överdrivet artigt sagt, tackar.

35

– Ja, sa Turesson. Här bor jag.

Man hade satt sig i Turessons kök med fin utsikt åt gatan där de såg sin bil parkerad. Lindgrens Läder för alla väder. Men, det var ju för tusan oskyldigt, om han hade koll på bilarna nere på gatan. Man kan väl inte klandra honom för att han tittar ut genom fönstret? Istället kanske de nu fick några upplysningar om Stengren. Det var det som hade avgjort för Viktor, medan Janne kunde vara utan fikat hos gubben. Men det var innan han fattade vad Viktor avsåg med fikastunden. Fan vad smart han är, tänkte han. Mycket att lära där.

– Jaha, där nere är väl Råstensgatan, hade Janne sagt lite undrande och kikat ut mellan fönstrets pelargoner?

– Ja nickade Turesson. Det är rätt. Nedåt backen åt höger, så ligger pendeltågsstationen Sundbyberg.

Man hade onekligen bra översikt av Råstensgatan och vad som händer och sker därute. Janne såg också att till vänster om den vänstra pelargonen, vid en av bordets fönsterplatser, troligen vid den plats som farbrorn satt normalt, där stod en i det närmaste, professionell kikare på fönsterbrädan.

En sabel hade hängt på väggen i hallen, det hade man noterat då det klev in hos Turesson. Kanske hade han varit polis tidigare och Viktor kom sig för att fråga, såklart.

– Herr Turessons sabel som hängde i hallen, är det ifrån tiden som konstapel inom polisen, undrade Viktor?

– Polisen? Nej tyvärr.

– Jag tänkte på den där sabeln i hallen?

– Sabeln fick jag när jag fyllde femtio år av arbetskamrater.

– Jaha ja, sa Viktor. På så vis.

– Tyckte den kunde få hänga där och avskräcka dörrförsäljare, sa den numera lite mera talföre Turesson.

– Vad har herr Turesson arbetat med då undrade Janne efter att ha smuttat på kaffet och nästan bränt sig på läppen.

– Jag har arbetat inom flygvapnet, sa han utan en viss stolthet då han sa, flygvapnet.

– Vad var det någonstans då, undrade Janne direkt? Han hade ju gjort lumpen i just flygvapnet ute i Hägernäs vid Täby.

– Då, på den tiden arbetade jag som lärare inom flygradarskolan. Där skulle man gå om man ville, som det hette, bli Radarobs som då hade sin utbildning vid flygflottiljen F2, eller som man också sa, Kungliga Roslagens Flygflottilj. Den låg i Hägernäs på vägen innan avtagsvägen mot Vaxholm. Där var sjöflygplan stationerade. Bland annat de där Catalina kärrorna som var med i sökningen efter den där DC-3:an som ryssen sköt ner utanför Gotska Sandön. Det stod mycket om den händelsen i tidningarna på den tiden. Man kallade händelsen för Catalina-affären i alla tidningar. Alla besättningsmedlemmar omkom vid nedskjutningen.

Det var då det, men de där kommer ni säkert ihåg. Annars var det intressant att arbeta med utbildningen av radarobservatörer och se hur hela radarsystem byggdes ut och många nya radarstationer byggdes. Vi var ett led i Stril-60 och ingick i deras stridsledning. Väldigt intressant, ska jag säga.

– Jag gjorde min militärtjänstgöring vid Hägernäs, sa Janne. Minns att vi sa då, Kungliga Roslagens Air Force om F2.

– Se där ja, sa Turesson och undrade om det fick vara en kopp till?

– Nä tack, hade Viktor skyndat svara. Vi ska ju arbeta vidare så vi kan inte fika hela dagen. Får jag bara fråga, var herr Turesson civilanställd, eller stammis?

– Jag var civilanställd med en civil grad av kapten.

– Det var gott med en kopp kaffe så här på morgonen, sa Janne nu mera talför liksom vittnet de satt hos.

– Det var ju trevligt, hade han sagt. Riktigt trevligt. Lycka till med det, vad det nu är ni håller på med, sa han.

Man hade rest sig och gick ut i hallen där sabeln hängde. Det var kanske ingen klenod, och kanske skulle kosta ett par hundra på någon auktionskammare, men den värmde på sitt sätt, Turesson.

– Kom att tänka på, sa Turesson…

– Ja… undrade Viktor?

– Jag mötte den där mannen när jag väntade på hissen. Då tänkte jag, hur reslig han var. Jag kände mig ynka liten. Så jag har väl sett honom några gånger, det har jag.

– Något annat särskilt ni lade märke till? Hade han mustasch, glasögon, skägg, haltade, långhårig, flintskallig, välklippt eller något sådant?

– Välklippt var han väl, men annars vet jag inte. Jo! Han bar på en systempåse!

– Vill jag minnas ni berättat att han bar på vid ett annat tillfälle också, när vi undrade?

– Ja, det stämmer. De gånger jag såg honom, hade han alltid en systempåse med sig.

– Tack då herr Turesson för era upplysningar. Dom kan vara värdefulla för oss. Det vet vi inte idag, men kanske i morgon.

– Jag heter annars Toivo, som den där skådespelaren vid Kungliga Dramaten, han Toivo Pawlo. En alldeles utmärkt skådespelare.

– Viktor, sa Viktor och sträckte fram handen.

– Tackar, sa Toivo.

– Janne, sa Janne Klinga och handhälsade även han.

– Tack ska konstaplarna ha, god morgon!

Så gick Toivo till sitt igen och tittade troligen och för säkerhetsskull, i dörrögat att de där konstaplarna verkligen gick in i fru Stengrens lägenhet också. Ja, så det inte bara var prat, tänkte han säkert. Ja, för säkerhets skull.

36

Viktor och Janne stegade in i Stengrens lägenhet och satte fart mot sovrummet och den byrå som stod där och väntade på deras nyfikenhet. Men vänta, vänta, hade Janne sagt.

– Tror du Toivo kollade i dörrögat när vi gick in? Han kanske trodde att vi skulle göra något annat. Han har koll på oss, den gamle uven.

– Ja, ja. Men nu gör vi gör så här, sa Viktor. Jag tar byrån, och du kör igenom sideboardet i vardagsrummet. Okej?

– Helt okej för mig sa Janne och gick ut i vardagsrummet.

Det var lätt att föra en konversation mellan de båda rummen så man kunde, om man behövde, diskutera en del saker som om de stod bredvid varandra. Det var ju som sagts, en ganska liten lägenhet.

– Rätta mig, Viktor, men visst har vi tagit badrumsskåpet?

– Finns inget att rätta. Badrumsskåpet är avprickat ser jag i protokollet. Gör inget att vara observant. Det brukar annars vara en bra fyndplats. Men det är så jäkla spartanskt tvärs igenom så det finns inte många stenar att vända på.

– Tack!

Tystnaden blev total under en längre stund under deras arbete. Det enda, om man lyssnade ordentligt, var en gammal väggklocka med qvartsur, annars hade den väl stannat eftersom ingen skruvat upp klockan på drygt en vecka. Kanske skulle det visa sig att den slog också.

– Hur går det Janne?

– Finns inte ett skit av intresse för oss. Hur går det själv då Hjortfot?

– Vad då Hjortfot?

– Har jag inte hört talas om någon sådan indian som hittade en massa saker.

– Nä Hjortfot Janne, han var stigfinnare. Den seriefiguren läste man om som grabb i serietidningen Tomahawk. Det var två knipsluga indianer. Hjortfort och Sittande busken. Gissar det hade försvunnit när du lärde dig läsa någon gång i tonåren.

– Ha, ha…

– Du Janne, är du bra på medicinburkar å sådant?

– Vet jag inte direkt, hur så?

– Jag har hittat lite burkar i en av byrålådorna, i övrigt var det av mager sort, som allt annat här.

– Jag stänger butiken här nu, och prickar av sideboardet. Var god dröj, jag är strax på väg för undsättning.

– Bra gör så, jag inväntar din ankomst.

– Okej, boss!

– Kolla på de där, sa Viktor och pekade i den undre byrålådan. Jag har sett pillerburkar tidigare, kan jag berätta. Men dessa är inte vanliga Alvedon, om du förstår vad jag menar.

– Jag fattar!

– Har vi några plastpåsar, ämnat för Linköping?

– Jag hämtar i väskan!

Medan Janne gick iväg till det andra rummet där han hade sin väska, riggade Viktor upp en kamera för att plåta. Man vet ju inte vad det ska vara bra för, men en plåt är bättre än ingen ansåg han. Någon kanske säger, det där låg inte i min låda, de där har jag aldrig sett tidigare.

– Här, sa Janne och sträckte över en påse.

– Vad tror du det kan vara, funderade Viktor högt och försökte läsa vad som stod på burken. Någon receptinformation fanns inte fastklistrad på burken om föreslagen dosering och inte heller vem preparatet var avsett för. Är det smuggel?

– Ja, det hade ju varit förträffligt.

– Absolut, sa Viktor!

– Verkar som om fru Stengren var en kroppsbyggare, om man tänker på innehållet sa Janne när han kikade över axeln på Viktor. Ser ut som AAS, sa han vidare.

– AAS?

– Ja, Anabola Androgena Steroider, förklarade Janne för en häpen kollega.

– Viktor hade satt på sig glasögon och höll i burken med sin behandskade hand. Klomifen, läste han och såg aningen konfunderad ut. På den andra burken han tog upp, stod det... det var lite avskavd text just vi preparatets namn och fabrikat... Modafinil, ansåg han att det stod.

– Vad har man sådant till om man inte lyfter skrot, undrade Janne?

– Dessa burkar gör sig bäst i att undvikas helt och hållet.

– Den där burken då, sa Janne och pekade på en orange burk?

– Kanske ifrån Holland? Orange burk och vit text...?

– Det står, Alprazolan Krka. Låter som något polskt istället, eller vad säger du?

– Hur många är det av varje sort, tror du, undrade Janne?

– Vi får skicka rubbet till Linköping, sa Viktor som just för tillfället hade tankarna på annat håll. Du får hämta tre större plastpåsar.

Det är minst tio burkar av varje sort. Har herrskapet haft fest, tror du?

– Ja, om man tänker på vad Toivo sa, om gubben som kom med systempåsar varenda gång, som inte innehöll bara en butelj, eller öl.

När Janne kom tillbaka med plastpåsarna, fyllde Viktor dem raskt med runt tio burkar av samma sort i påsarna. Han skrev noteringar om dem på påsens etikett, samt förseglade.

37

– Något annat innan vi stänger butiken, undrade Janne då Viktor förseglat de tre påsarna med de olika preparaten.

– Ja sa Viktor, gubbens systembolags påsar tillsammans med dessa piller, det kan inte vara särskilt hälsosamt. Olagligt?

– Kan det vara så att fru Stengren förvarade dessa steroider åt han med systemkassarna? Var är påsarna och tomglasen?

– Kan jag få en av de där mindre påsarna du hade, sa Viktor och vände sig mot sin kollega med utsträckt hand.

– Finns det mer piller?

– Piller vet jag inte direkt, men det är en almanacka. Sådana kan innehålla både lågt och högt, sa Viktor. Jag såg en anteckning när jag bladade lite lätt om något med förkortningen BB, troligen initialer, men det kan vara mer avancerat än så. Typ Brigitte Bardot, till exempel.

– Vem?

– Brigitte Bardot!

– Någon badtvål eller dusch schampo, det låter så?

– Bra gissat, men fel naturligtvis.

204

– Men berätta då för en ignorant?

– Brigitte Bardot är en fransyska. Hon var väl aktiv som skådis från början av femtiotalet till början av sjuttiotalet. Knappa tjugo år. Hon var den tidens sexsymbol. Hon hette egentligen, ja om du vill höra alltså…

– Ja, för fan, kom igen!

– Hon hette egentligen Brigitte Anne-Marie Bardot och föddes, tror jag, i Paris. Gift flera gånger och en sådan där som värnar om hundars rätt till rastgårdar. Hon slutade och drog sig tillbaka redan då hon var 40 år. Hade fått nog antagligen. Men hon prydde nästan varje omslag på den populära tidningen Bild-Journalen under hennes verksamma år. Alla blonda tjejer på den tiden, för fröken Bardot var blond, skulle se ut på samma vis. Samma höstack till frisyr och samma typ av väldigt ljust rosa läppstift till vitt. Filmerna, tja en del fick bra kritik, medan andra var det sämre med.

– Jag har aldrig hört talas om henne. Minns bara en som låter som om det vara samma typ, men hon heter Samantha Fox.

– Ja du Janne, du har mycket kvar att lära. Men vad tror du om de där förkortningarna, BB?

– Ja, om det inte är den där tjejen du snackar om, Brigitte Bardot alltså, så har jag inte kommit så långt i tänket. Det kom lite plötsligt. Vad tror du själv?

– Det lär väl inte vara aktuellt för fru Stengren, ja inte längre i varje fall. Jag tänker då på Barn Bördshuset. Man får kanske spåna lite… Björn Borg, Bagar Berta, Berthold Bodén, Boris Becker, Bolibompa, Bergström & Bodén…

– Jag har inte en susning. Något för Sigge Banan att bita i.

– Det finns mer kufiska prylar.

– Vad då till exempel?

– Bland annat står det på ett ställe den 17 april, till exempel… Blåkulla?

– På tal om Blåkulla, höll jag på att säga, ser du vad som står på hennes nattygsbord, sa Janne?

– Jo jag såg det, men vad då? Vad är det för märkvärdigt med en Dalahäst?

– Inte vet jag, jag bara reagerade på den. Fick någon vibb som jag inte har någon koll på just nu.

– Då tar vi en bild så blir du nöjd. Kan du ha över sängen.

– Bra, jag tänker ta med den i en plastpåse. Skickar vi till SKL så får vi se om de hittar några fingrar.

– Tänker du så, får du ta i kusen med handskar och på yttersta delen av ett bakben. Den är ju en blanklackad så fingrar lär det finnas. Frågan är bara vems?

– Vems, löser sig säkert. Såklart hittar vi fru Stengrens, men det kanske finns han med systemkassen också.

– Tror, eller tycker rättare sagt, vi har gjort en del fynd och spaningsbara fynd till på köpet. Bara den där almanackan ger ju ett visst hopp bara vi lär oss tyda förkortningarna och an- nat. Ta bara en sådan sak som "Blåkulla", vad?

De båda kriminalteknikerna och mordutredarna Viktor och Janne Klinga, börjar slutföra sin husrannsakan och städade upp lite efter sig. Det var inte särskilt tillrört, men de ville lämna lägenheten som de fann den. Asketiskt och långt ifrån det där hemtrevliga som de båda var vana vid i sitt eget bo- ende. Detta var torftigt, spartanskt och trist, men det kanske bli så om man lever ensam. Vad ska man då med en massa pynt och annat?

Tror hon inte fixar lite extra till jul en gång hade Janne sagt när de stängde dörren och låste.

Janne hade tittat på Viktor då han låste dörren. Blinkade med ena ögat som inte var synligt ifrån grannen Toivos dörröga.

– Ska jag vinka idag också, tycker du, viskade han?

– Nej, skit i det. Kan bara se uppkäftigt ut. Försök se neutral ut istället och låt honom vara ifred.

– Ja ja, men det kliade i fingrarna det gjorde det.

– Du, sa Viktor. Jag ger kanske inte så mycket för hans vittnesmål och signalement.

– Inte, varför då?

– Hur pålitligt är ett vittne som varje gång vi talat med honom ökat ut sin berättelse till en detaljrik amsaga som en rövarhistoria. Vi kanske ska tänka på det att ta hans signalement för vad det är.

– Det stämmer när du nu säger det, sa Janne. Från början kom han inte ihåg någonting. Om han hade överrock eller jacka, de mindes han inte först. Jag menar, det är en jäkla stor skillnad på en överrock och en jacka, eller?

– Rätt! Det var så jag menade. Plötsligt kom han också på att han bar på en plastkasse ifrån Systembolaget, halleluja!

– Jag kollade dalahästen. Det satt en lapp under magen på hästen där det stod, Nusnäs Mora! Den var 30cm hög.

– Ska vi ta hissen, den är faktiskt uppe? Kanske Toivo som kört upp den åt oss? Det är ju bara Stengren och Turesson på detta våningsplan, sa Janne.

– Sagt och taget, grabben!

De åkte hissen ner med sina väskor efter väl genomfört jobb.

Nu skulle de sammanfatta detta inför morgondagens möte med spaningsgruppen.

Möten duggade tätt i det här läget.

– Vi får bara se till att skicka ner våra påsar till Linköping innan vi gör kväller, sa Janne när de landade på NB, öppnade hissdörren och bar ut väskorna i husets entré.

– Ser ut som vi fått en P-bot, sa Viktor när det kom ut till bilen på andra sidan gatan. Plockade bort avin från vindrutetorkarbladet och kollade. Men det stod bara, "hoppas ni haft en bra dag" underskrivet, Lisa?

– Lisa undrade Janne?

– Ha, sa Viktor. Är du född igår? Jag börjar faktiskt bli lite orolig för dig. Tycker du att du mår bra, och så?

– Lägg av för fan, Vikke!

– Det var bara en P-Lisa, eller Lapplisa, som knäppte oss lite fint på näsan. De hade koll på bilen och visste att det var en av spans privata tjänstebilar och därför satte *Lisorna* denna lapp som ett kvitto att man avslöjat oss, på vår framruta. Säkert har de gått härifrån och fnissat förtjusta.

– Låter ju kul.

– Måste snacka med span om denna bil som redan är känd till och med hos lisorna ute i Sumpan. Men, vad är det Janne?

– Äh, måste bara vinka åt Toivo innan vi åker. Han har säkert oss i kikaren. Vinka du med, Vikke, ser trevligt ut.

– Äh, nu far vi sa han som fått flabben i kläm, men vinkade ändå genom den nervevade rutan. Tror du Turesson blev glad nu, Janne?

– Absolut!

38

– Blir vi inte fler, undrade Svanstrand där han stod längst fram i sammanträdesrummet och blickade ut över sina styrkor. Är det den här styrkan som återstår? Har ni gett upp, pappa lediga, mamma lediga, semester eller vad fan handlar det om. Vi har två spaningsmord och min spaningsstyrka krymper istället för att fyllas på. Kanske får ta ett snack med min chef om förstärkning.

– Men Svanstrand, nu är det så här idag. Vi kan väl köra ifrån det utgångsläget så får vi se var vi hamnar?

– Ja, Fredriksson. Vi tar vad vi har. Det kanske räcker. Beror till stor del på vad ni vaskat fram.

– Valfri börjar! Eftersom jag ändå snackar, kan jag berätta att vi fått svar från SKL vad gäller buntbandet och den blå handsken. Buntbandet 760 X 9 mm och svart som vi hämtade i den postvagn Berglund arbetade i på väg från Vännäs till Stockholm. Ett buntband som han hade haft tillgång till, var denna gång av märket Kleiber och tillverkningsland, Tyskland. Alltså, inte av samma typ som tidigare.

Detta för med sig av naturliga skäl att vi inte längre ska lägga något krut på att jaga Berglund eftersom det inte finns något som pekar på att han skulle vara den våldsverkare vi söker. Snarare pekar det på dess raka motsats, vilket är tacksamt.

– Som du vet Svanstand, har jag aldrig haft den vildaste tanke om att han skulle vara vår man.

– Bra, bara det inte var din magkänsla Sivert. Alltså, inget mer krut på postiljonen.

– Vi ska lägga undan mappen ”Post-Olle” sa Janne Klinga, trots att han kan ha hämtat ett buntband från något annat håll och inte ifrån sin egen postvagn och därmed snitslat vägen åt oss, eller?

– Korrekt, Janne. Finns en del som är vakna sa Svanstrand och tog sig om hakan.

– Tack!

– Vad gäller den blå handsken, sa Svanstrand och tog sig om hakan på nytt, finns det möjligen en del att fundera över. Det är alltså en ljusblå vänsterhandske av storlek Large och den ingår i gruppen, puderfri. I handsken var det ju en liten reva som om man fastnat i en spik, eller liknande. Kanske finns ett motsvarande sår hos användaren? Ovanlig skada på en latexhandske. Det man hittat i handsken, var ointressant och av mickroskopisk mängd. Det fanns inga spår av Alprazolan.

– Och det är, undrade Tessan Lövgren Kneck, den enda kvinnliga kriminalassistenten för dagen?

– Det är, sa Svanstrand, ett ångestdämpade och lugnande läkemedel. Läkemedlet, Alprazolan Kraka, kan vara beroendeframkallande och biverkningar som humörsvängningar och agitation är vanliga. Naturligtvis är sambandet med alkohol inte att föredra. Samma gäller i kombination med andra preparat.

– Då handlar det bara om att hitta denna person.

– Så enkelt att det skulle vara klappat och klart, kanske är att ta i. Men ja, något åt det hållet handlar det om Tessan.

– Vi har egentligen fått lite mer kött på benen och har därför en del att jobba med, sa Fredriksson.

– Och, hängde Svanstrand på, som nu verkade lite mera positiv och inte hängde med huvudet på samma vis längre, vi har ju både Viktor och Janne här och kommer direkt ifrån husisen i Sumpan på Råstensgatan, väl?

– Stämmer på öret, hade Viktor sagt och log.

– Har ni något för oss också av det goda att rapportera?

– Det får vi se, sa Viktor. Vi har skickat några läkemedelspreparat till SKL, så i det fallet får vi vänta igen. Men, jag kan väl säga så pass att en del burkar var av typen AAS, eller Anabola Adrogena Steroider. Med tanke på vilken typ av substanser det fanns i den blå handsken, är det ju intressant. Vi har också en vänstertumme på diskbänken och ett halvskapligt avtryck av en sko ifrån hallen.

Vi har även skickat en dalahäst, till SKL för att dom ska få chansen att hitta fingrar och kanske annat på denna kuse. Det var en dalahäst av storleken 30 cm hög, och sådana betingar ett pris av runt femhundringen. Den var sprillans ny. Så vi hoppas man ska finna andra fingrar än fru Stengrens på denna dalahäst. Den var tillverkad förövrigt i Nusnäs, Mora.

Till teknikerna inom en annan grupp, har vi en almanacka med en del konstiga förkortningar och andra hieroglyfer. Här,

som med allt annat vi rör i, gäller det bara att hitta den gemen-
samma nämnaren, så är vi i hamn.

– Har du något exempel ur almanackan, undrade Svanstrand?

– Ja, vi kan väl ta ett väl uttalat ord som, *Blåkulla.*

– Är väl förknippat med påsken, på något vis.

Något med påskkärringar minns jag som liten. Man klädde ut
sig och målade rosor på kinderna med läppstift.

– Jo, men det var bara ett av de ord, som fanns i almanackan.
Jag bladade bara på måfå och då kom Blåkulla upp, sa Viktor.
Men, man funderar ju exempelvis även över LYD och en
adress, faktiskt i Montmartre, eller i varje fall ett gatunamn.

– Det är i Paris vad, undrade Tessan?

– Stämmer! Montmartre är ju den kända kullen och konstnä-
rernas bohemiska mecka. Det står i almanackan, L'Atelier Y -
Delon Rue Durantin 39 Montmartre, Paris.

– Vi kanske är i mål om vi tyder denna almanacka rätt. Kanske
dags att ta ett snack med dottern, undrade Fredriksson? Som
du minns Svanstrand, har jag mina kontakter, sa han och log.

– Janne Klinga undrade om dessa kontakter var vid den upp-
lysta röda kvarnen, Moulin Rouge?

– Kan du fundera på Janne, sa Fredriksson och log brett.

Dags igen kanske för ett litet snack med Berglund, funde-
rade Sivert och denna tanke delgav han även Sigge, som hade
nickat.

39

– Berglund, sa Berglund och höll sin telefon intill örat medan han klev ut på farstubron, som han kallade den för.

– Hej! Fredriksson här. Hur är läget? Står du och kastar efter röding, eller?

Fredriksson, tänkte Berglund och en oro spred sig genom kroppen. Vad vill han nu då?

– Hej!

– Är du ute och fiskar eller ligger du i hängmattan?

– Mer åt hängmattan, än fiskandet sa Berglund avvaktande.

Han tänkte mer på att ville han något, den där kriminalinspektör'n, så får han väl kläcka ur sig det.

– Jag har tänkt lite, sa Fredriksson i telefon. Både på den där ångloksbiffen du talade dig varm för, samt ditt fiske med fluga efter röding.

– Jaha, är det någon form av förhör?

– Nej, nej! Står sig ditt tips fortfarande vad gäller ångloksbiffen?

– Jo!

– Har SJ ångloksbiff vid varje avgång, tro?

– Jo! Men låter fan som ett förhör ändå.

Det var ett jävla tjat om ångloksbiffen, tänkte Berglund. Har han någon mental rubbning eller annat problem kanske, funderade han vidare. Men är man från Stockholm så är man väl. Då kan man nog tänk, ångloksbiff… vars ä' dä?

Han såg sig om så han kunde tala fritt i telefon ute på bron och inte oroa hustrun, hans.

– Jo Berglund, jag har köpt ett sådant där flugspö men vi har ju inga älvar här nere, så man undrar ju, hur gör man?

– Om man inte har älvar i Stockholm, va ska du då med ett flugspö? Fång flugor?

– Ha ha, ja spyflugor! Nämen, Berglund. Jag tänkte ta tåget upp till Vännäs så du skulle kunna visa hur man gör för att få napp, liksom. Å då tänkte jag att man skulle ta en sådan där Ångloksbiff i restaurangvagnen som du rekommenderade.

– Men vars har tagit åt dig? Åka hit upp frivilligt, är inte vant av Stockholmare. Men… jomen visst. Du kanske bryter någon vall eller så.

– Tänkte ta kvällståget och är i Vännäs när rödingen är på hugget. Sedan måste jag ta kvällståget hem igen redan på kvällen.

– Ni är fan tokig!

– Men vad tror du?

– Att ni är tokig ni som stressar sådär.

– Ja, det kan väl hända.

– Jag skulle vara tacksam att ha dig som handledare, eller vad sägs?

– Jo, nog skulle jag kunna det.

– Jag har lite gamla prylar sedan jag var i Enafors och bodde på vandrarhem. De grejerna kanske duger?

– Vars fiska ni då, i Enafors?

– Tror älven hette, Enan, kanske?

– Jo, kan va så, men där finns ingen röding.

– Minns inte om vi fick någon fisk då, jag tror inte det.

– Nä hä...

– Tror du dessa grejer funkar även idag, har nytt spö?

– Hur länge sedan är de då?

– Kanske åtta år sedan.

– Åtta år... har du kollat rullen?

– Rullen... nej, det har jag nog inte gjort.

– Gör det. Du kan välja mellan ett tunt fett på evighetsskruven, eller en olja. Det är mest tycke och smak det handlar om. Jag servar mina rullar hela tiden så jag får aldrig problemet. Men om du nu inte använt grejerna på runt åtta år, ska du nog ta och se över rullen. Kör med en olja tycker jag, så här i början. Jag kör alltid med ett tunt fett för min årliga service. Du kommer antagligen kasta kortare, om rullen kärvar en aning. Med ett fiskande med fluga, vill man kunna lägga stora slingor.

– Bra, tack! Vad säger du, har du tid för att lära en Stockholmare hur man gör för att fånga en röding?

– När kom du?

– Jag har bokat biljett för i kväll, så i arla morgonstund dagen därpå, står jag på perrongen vid Vännäs station.

– Då plockar jag upp dig. Kan vara bra att få anledning att stiga upp tidigt.

– Men, du jobbar inte i morgon?

– Nä, men jag kommer åka med det tåget du skulle fara hem med. Då jobbar jag i postvagnen.

– Oj, då kanske jag jäktar på dig och det är inte min mening.

– Hä, jäkta på mig? Du låter som rolig du.

Fredriksson tänkte att, vad lustigt det blir. När han är på hemmaplan, har han en dialekt. När han är uppe i Stockholm och jobbar, byter han till att tala som vi gör i Stockholm, men utan våra speciella slanguttryck. Man hör att han inte är ifrån Stockholm, men det kan vara svårt att identifiera hans dialekt till varifrån han kommer.

– Då gör vi så, Berglund. Jag ska lämna in rullen hos Rull-Trim som är en firma som fixar vad som behövs. Dom får bara en timma på sig, sedan måste jag jobba lite till innan jag drar. Det är möten mest hela tiden. Mycket snack och liten verkstad, brukar man säga ibland.

– Är det en arbetsresa, eller bara helt privat, undrade Berglund?

– Helt privat. Ha ha, du behöver inte oroa dig, Olle. Säg Sivert så blir det privat som bara fan. Ha ha.

40

– Stig på, stig på, manade kriminalkommissarie Svanstrand sin spaningsstyrka av vana och mindre vana mordutredare.

– Du kanske skulle bli kofösare, eller en sådan där attraktions-utropare på Kiviks marknad, *Kom och se, kom och se, damen utan underkropp...* föreslog Fredriksson som hastat in på mötet. Han var lite sen, men ändå en av de första i gruppen som tagit plats kring det stora runda bordet. Hans samtal med Berglund hade dragit ut på tiden och sedan så skulle han lämna in fiske-rullen för snabbservice, tog också sin tid. Allt har sin tid.

– Välkomna idag igen, log Svanstrand. Inga preludier, utan vi kör direkt. Vad finns att rapportera, någon hugad?

– Jag kan börja, sa Sivert. Kan bara rapportera vad som är på gång för min del. Jag ska dra upp till Vännäs där Berglund bor och lyssna med honom hur det var när man byggde arkivet. De tidigare hyresgästerna av denna lokal, var ju en Bergström & Bodén med sin begravningsbyrå och det var en bisättnings-lokal.

– Bisättningslokal, sa Tessan och såg illamående ut.

– En lokal där kistor står och väntar på vår herre, liksom.

Efter detta ska jag förhöra Ylva Stengren, dotter till den Stengren vi fann i arkivet kvävd mellan två arkivskåp som stod sammanpressade.

Det är väl fortfarande inte helt klart om det är mord, eller vållande till annans död eller rent av en olyckshändelse. Det sista kan vi väl i och för sig stryka direkt. Ja, brottsoffret hade ju tydligen klubbats med tvärslån till dörrarna, en skaplig men lätthanterlig träregel. Vi har ju funnit hudavskrap från offret på denna träregel. Det ska bli väldigt intressant att höra vad offrets dotter kan tillföra vår utredning.

– Får jag hoppa in här, sa Svanstrand. Senast sa vi att vi skulle lägga mappen med "Post-Olle" åt sidan och inte bränna mer energi på denne man ifrån Vännäs. Detta gäller inte längre.

Vad Sivert ska tala med Berglund om, är hur man byggde arkivet, hur tillgången var på nycklar, när den där träregeln kom till eller om den funnits där hela tiden. Alltså, Post-Olle är ej avskriven ur utredningen, nu hoppas vi han kan hjälpa till med vår utredning genom att berätta om arkivets uppbyggnad. På vilket sätt flyttade begravningsbyrån ut ur lokalen osv. Det måste väl ha cirkulerat en hel del nycklar kan jag tänka.

– Så ligger det till, avrundade Sivert. Och om man tänker på den där dalahästen och möjligheten att hitta fingrar på den, vi gjorde ju detta själva, så var det en stor provkarta fingrar vi fann. Dessa fingrar, har egentligen inget med våra brottsoffer att göra. Fingrar finns troligen både av tillverkaren, butiksbiträden, Stengren och kanske ytterligare några. Intressant, att den är nytillverkad, samt var, hästen är tillverkad. Stengren hade tydligen kontakt med någon ifrån Mora.

– Vi tar en bensträckare på tolv minuter innan vi avrundar, sa Svanstrand. Tolv minuter från nu!

Korridorsnacket tog genast fart som vanligt. Det blev ett väldigt minglande runt kaffeautomaten och någon försvann ut på muggen för att antagligen låta sitt vatten.

Sigge och Sivert drog som vanligt in på Sigges kontorsrum så han kunde tända ett röka.

– Vad tror du, Sivert?

– Tror om vad?

– Ja rent generellt om våra två senaste fall?

– Om man tänker efter, så tror jag vi närmar oss vårt mål, det vill säga att vi sätter någon i finkan snart.

– Inte utan att jag har din magkänsla där, sa Sigge och tog sig om hakan samtidigt som han lät en snygg rökring lämna sina läppar i ett fulländat runt O…

– Du berättar kanske efter bensträckaren vad vi kommit fram till om gärningsmannen, eller?

– Det har du rätt i. Höll faktiskt på att missa detta. Hur fan dum får man bli? Det kan ju vara en bit ytterligare på väg. Och, nu kom jag på en sak till.

– Jaha, det var ju trevligt. Att du ska handla hem vitt vin och räkor till på lördag?

– Ha, ha! Right!

– Nämen, allvarligt. Vad kom du på?

– Jag satte ju Anton Franke och Janne Klinga på att gå igenom materialet ifrån början.

– Stämmer när du nu säger det. Minns jag såg det i ett PM. Men om vi tar Janne Klinga, så har ju han och Viktor kört med husisen på Råstensgatan.

– Ja, rätt igen Sivert.

Sigge funderade på att tända ett röka till, men avbröt.

– Då kan vi höra Anton efter rasten vad han eventuellt hittat när han tittat tillbaka från utredningens början. Det gäller ju egentligen "bara" att hitta något där som vi missat. Och jag vet sedan tidigare att Anton är en jäkel på att hitta rätt.

Alla satt kring "rundabordet" när Sigge och hans vapendragare Sivert återvände. Anton satt redan och antecknade i sitt block medan Tessan bladade igenom de PM hon hade hämtat under rasten och nu fördjupade sig i.

– Trevligt att se hur ni engagerar er, sa Sivert. Flitens lampa lyser över er, även om det är släckt.

– Dom kanske vädrar morgonluft Sivert. Morgon luft!

Svanstrand ställde sig upp…

41

– Då kör vi igen, sa Sigge.

– Jag tänkte berätta vad jag hittat då jag gick igenom utredningen från så att säga, the very beginning sa Anton.

– Och, sa Svanstrand lite uppfordrande?

Samtidigt undrade han om de skulle vara någon slags gissningstävling, han var i alla fall ingen jävla Truxa, vilket han behöll för sig själv.

– Kommer till det, sa Anton och blängde lite surt på Svanstrand. Jag vet att vi har ett kvitto från den där killen som sysslar med posten, Post-Olle, väl? Berglund, för all tydlighet. Han har visat kvitto på återlämnade av två nycklar till den dörr som man kan låsa upp utifrån garaget och som gick en gång i tiden till företaget Bergström & Bodén Begravningsbyrå. Sedan finns det ett kvitto på nycklar som är tecknat av begravningsbyrån genom en Bodén. En Berthold Bodén. Här finns däremot inget kvitto på återlämnande av nycklar.

– Men, sa Fredriksson, jag har för mig man skulle byta lås när arkivet stod klart?

– Korrekt, sa Anton. Men av någon anledning blev det aldrig så. Tydligen kom då denna träregel som skulle spärra dörren från insidan av arkivet.

– Något annat, undrade Svanstrand?

– Jo, sa Tessan. Kan man inte göra en kopia av nyckeln innan man lämnar tillbaka den?

– Om den inte är spärrad av någon anledning, ja, sa Svanstrand.

– Alltså, även om man har lämnat tillbaka kvitterade nycklar, kan man ha en kopia i sin ägo ändå, eller?

– Ja, det antar jag sa Svanstrand.

– Vi har nog koll på det övriga så vi kommer nog inte mycket längre där, ansåg Anton.

– Nog? Undrade Svanstrand.

– Ja, det är mest en reservation om jag skulle missat något likt förbannat, sa Anton och prövade ett snett leende denna gång riktat mot Svanstrand.

– Fredriksson undrade genast, vem har kollat upp den där Bodén?

– Det vill jag minnas står skrivet i något PM, tror jag. Men är inte säker, sa Tessan och började blada igenom sina papper hon hade framför sig. Flyttade inte dödgrävarna sin verksamhet till Solna eller Hagalund?

– Då kan jag berätta vad vi har kommit fram till vad gäller gärningsmannen, medan Tessan letar bland sina papper, sa Svanstrand. Jag ska inte dra den bokstav för bokstav, vår sammanställning kommer att finnas tillgå senare. Jag drar bara en del intressanta prylar. Men, jag kan säga att så här låter många sammanställningar.

Jag tycker själv det är en övertro med sådana här hopkok, liksom motivbilder.

– Finns det något där som kan vara av intresse för oss i vår jakt efter gärningsmannen?

– Vi kan bara suga i oss av de vi sammanställt från det vi vet om gärningsmannen och sedan filtrera så bra ni kan. Vi finner att det handlar om en välväxt troligen muskulös man, för vi anser det är en man av den armstyrka som vi tror oss veta att förövaren har. Han kan vara våldsbenägen och verkar vara labil. Vi tror att han med största sannolikhet är bosatt i området och då menar vi Stockholm och är väl orienterad i de områden som vi för vår del är intresserade av. Trolig bostad är just på Östermalm. Det är en man som är tablettmissbrukare och kan blanda läkemedel med AAS. Alkohol och steroider leder sedan till ökad aggressivitet, har man kommit fram till vidare. Så långt om detta.

– Jo, chefen, undrade Tessan och sträckte prydligt upp handen, medan Anton sjönk ihop och stönade hörbart.

Var det någon han tyckte kacklade en massa skit, var det Tessan. Nu fick han också vädra sina fördomar i tanken.

– Ja, sa Svanstrand vänd mot Tessan?

– Jag undrar bara om ekoroteln hos länskriminalen hittat de där slantarna? Och just nu, hittar jag tyvärr inte de där PM om nycklarna.

– Slantarna, undrade Svanstrand och tog sig om hakan?

– Ja, de där pengarna som låg i tårtkartongen?

– Ja, bra Tessan. Bra fråga! Det kanske Fredriksson kan berätta om som hade kontakt med EKR om detta med dina slantar.

– Ja, sa Fredriksson.

Nu bladade Fredriksson igenom sin pappershög…

– Jag talade med dem så sent som i går eftermiddag. Man har gått igenom detta med revisorerna på RSV, och samma sak har man gjort på KFM och deras revisorer. Inte någonstans hittar man en saknad på dryga tre mille. Vi står också utan den minsta ledtråd var pengarna kommer ifrån, avslutade han och bladade ett tag till bland sina papper..

– Kan slantarna vara tvättade på något vis, undrade Tessan igen?

– Möjligt, men inget som ekoroteln i så fall har hittat spår efter, sa Fredriksson.

– Vems, ursäkta jag frågar igen, men vems är dessa tre mille i så fall?

– En bra fråga till, sa Svanstrand och tog sig om hakan. Bra!

– Någon som har en idé, eller förslag om ägaren?

– Tror det är mina stålar, sa Fredriksson och log. Det fattas ungefär denna summa i min portmonnä.

– Är detta i så fall något som ligger på vårt bord, undrade Anton? Knappast, skulle jag vilja säga!

– Rätt Anton, sa Svanstrand. Inget vi behöver lägga energi på. Det blir väl stärbhuset som får lite mer att röra sig med ett tag framöver och kan tacka fröken Horntygel för. Det måste för dem vara som en skänk ifrån ovan. Jag har för mig hon var engagerad och en flitig besökare i Engelbrektskyrkan, så den där skänken ifrån ovan, kan noga äga sin riktighet.

42

Kriminalinspektören Sivert Fredriksson, brottsutredare grova brott, var ute i god tid. Han tog en sväng så lik den han anade Berglund brukade ta innan han klev på tåget hem igen till Vännäs. Först trappan upp till Café Norr i Stockholms Centralstation, det caféet som låg mot Klarabergsviadukten, för lite kaffe innan det bär iväg mot de norrländska skogarna och vattendragen. Han bar på en stor ryggsäck som han ställde på golvet, invid bordet. Han hade samma utsikt också, förstod han, som Berglund brukade berätta om. Snett ner, ifrån där han satt, såg han järnvägsrälsen och såg tåg komma inrullande. De tåg han skulle resa med, var inte aviserat ännu på den stora informationstavlan. Rälen, det blankt nötta stålet, blänkte i alla lampors sken och en del färgades av de signaler som berättade för lokförarna vad som gällde. Räler som nyss blänkte rött, blänkte nu gnistrande vita. Han var benägen att hålla med Berglund som kunde sitta där på caféet och fascineras av allt som hände där nere. Det var som ett tivoli. Ständigt nya åkattraktioner, kulörta lyktor som blinkade och ändrade sken.

Det var signaler från rött till vitt och ibland grönt sken.

Fredriksson lät sig underhållas. Han förstod nu till hundra procent hur lätt tiden rann undan för en som kunde följa alla det där tågsignalerna och förstod vad dessa innebar. Från grönt fast sken, till blinkande grönt sken, till vitt. Vad alla dessa signaler betydde, förstod inte Fredriksson av naturliga skäl. Men, intressant ändå, hade han tyckt.

Han satt där som fängslad av det för honom, nya. Det gav ett visst lugn, avstressat lugn och som spred sig över honom som en värmande pläd.

Han böjde sig fram, såg sig om instinktivt som den polis han ändå var, för att observera omgivningen. Ingen verkade ägna honom den minsta blick. Han gick trappan ner till planet för alla spår. Det fanns rulltrappa, men den fick vara. Sköt upp en svängdörr och klev ut på en perrong. Åt vänster, såg han att Spår 1 låg. Han skulle vidare till Spår 8.

Väl framme vid rätt perrong och spår, kom ett väsande tåg in. Det var ett blått Rapid lok som drog en lång radda vagnar. Han läste av vagnarna för att söka sig fram till sin vagn som var en 1:a klass vagn. Tågsettet hade stått borta vid Karlberg för att städas och alla sovvagnar skulle förses med nya sängkläder. Restaurangvagnen skulle få nya varor och allt skulle där få en uppfräschning. Nu var vagnarna genomgångna och redo att ta hand om nya resenärer. Han fann raskt sin vagn. Och, märkligt nog, han brukar inte ha sådan tur, där precis invid hans vagn stod det med vita bokstäver i versaler, Restaurangvagn följt av en korslagd kniv och gaffel... det gick helt enkelt inte att ta fel. Så nära, för bra för att vara sant! Nu skulle bara loket kopplas loss och kopplas på i andra änden av tågsettet.

Han slog med handen på sina fickor som en teatralisk gest för att kolla om han hade några kronor så han kunde köpa en lott för det gäller att passa på när man har tur, tänkte han.

Hoppas samtalet med Berglund i morgon kommer flyta lika lyckosamt.

När han hade passerat Gävle och tåget gjort ett kortare uppehåll, tog han sig fram mot den hägrande Ångloksbiffen. Han hade lämnat sin plats och steg nu in i en välkomnande restaurangvagn.

Han uppsökte ett av de tre borden som var lediga, med plats endast för två personer och slog sig ner.

Tittade igenom Menyn och beställde av en ur serveringspersonalen, Ångloksbiff, en sexa Norrlands Akvavit samt en starköl.

– Någon särskild sort? Vi har Eriksberg, Norrlands Guld och så har vi Carlsberg. Ibland kan det finnas ytterligare några sorter. Norrlands Guld är annars populär, förklarade man.

Man hade således räknat upp vad som fanns att välja bland ombord på tåget denna dag. Fredriksson hade missat att kolla det själv på listan i Menyn. Vilken miss, tänkte han!

– Ja, då tar vi en Carlsberg Svart, sa Fredriksson.

– Svart, frågade servitören?

– Svart ja, sa Fredriksson. En Carlsberg Sort Guld 33 cl.

– Ja, naturligtvis, sa servitören. En svart burk, ursäkta mig.

– Jag som ska be om ursäkt sa Fredriksson, som inte uttryckte mig korrekt.

Han tog upp sin polisiära anteckningsbok, den var ju med naturligtvis, han kunde ju inte åka naken. Gjorde en del noteringar. Ute var det svart.

Precis lika svart som den burk man nu serverade honom tillsammans med en sexa Norrlands Akvavit och en skapligt stor biff med massor av lök i en väldoftande sky och ett hasande örtsmör med vitlök. Vid sidan av, en karott med smörslungad potatis och klippt persilja. Bara anblicken av det uppdukade, var en poäng i sig. Detta skulle han låta sig väl smakas av. Det hade han bestämt sig för innan han högg in på anrättningen.

Går inte att beskriva i ord hur det doftade, knappast hur det smakade heller. Fredriksson sände en tacksamhetens tanke till Berglund som tipsat honom om denna Ångloksbiff.

Han tog sig tillbaka efter välförrättat värv till sin fåtölj i 1:a klassvagnen och sjönk ner, mätt och belåten i sin fåtölj. Sedan hade han somnat.

43

Polisen i Mora var på väg till ett idrotts evenemang för att förhöra en Berthold Bodén, en av ägarna till Bergström & Bodén Begravningsbyrå, som skulle befinna sig där.

Man hade uppträtt civila för att inte dra en massa uppmärksamhet. Det hade ju ändå bara handlat om ett mindre förhör och rent upplysningsvis. Det blev en kortare åktur från Mora Centrum, till Gesunda sporthall och SM i armbrytning.

Den de sökte, skulle endast utgöra en ur publiken. Bodén hade själv ett förflutet inom armbrytningen men byggde mer muskelmassa än teknik. Därför blev hans karriär inom sporten ganska kortvarig.

– Jag söker en Berthold Bodén, sa en av de civilklädda poliserna till en ur funktionärsleden vid tävlingen.

– Vem, hade man undrat med ett frågande uttryck mellan ögonen och lyftade ögonbryn?

– Bodén, en gammal armbrytare, förtydligade polisen?

– Ett ögonblick, sa funktionären och böjde sig fram mot en ålderman i föreningen Gesunda Brytarklubb.

– Vem var det ni frågade efter, sa mannen som nu vände sig
till poliserna?

– Berthold Bodén, fick han upprepa igen.

– Jaha ja. Jo, jag har sett honom här. Han är en gammal mäs-
tare i sin gren med, plus 70 kilo vänster, sa den gamle uven
och såg nöjd ut.

– Plus 70 kilo vänster, undrade polisen igen?

– Ja, det är den klass han tävlade i. Man ska väga minst 70 kilo
och vara vänsterhänt.

– Aha, på så vis. Ni vet möjligtvis inte var jag kan träffa ho-
nom någonstans?

– Jo, gå bort till den pub vi har där borta i hörnan. Det hänger
en stor dalahäst ovanför puben. Ni kan se den härifrån ganska
tydligt.

Jo, det gick inte att missa denna enorma dalahäst som häng-
de där borta i taket. Det var någon sak i uppblåsbar plast. Så
de båda dalapoliserna stegade bort mot puben. Det var glest
med folk i lokalen. Mest armbrytare hela bunten som man
gissade. Utövningen var troligen inte så väldigt utbredd utan
de var nog bara en enda stor familj där alla kände alla i stort
sett.

Man stegade fram till bardisken för att beställa var sin coola
och samtidigt fråga vem Berthold, var.

– Två iskalla Coola, beställde polisen som hette Ingvar.

Det fanns ett stort skåp med, som det såg ut, iskalla dricka.

– Femti spänn, sa killen som skötte utskänkningen.

Aha, ett sätt att få ihop pengar till sin idrott, tänkte Ingvar
som betalade och ställde frågan. Femtio bagare för två burkar.

– Var hittar jag Berthold?

– Bertan, ropade killen som skötte serveringen.

Han vände sig åt en man på hans vänstra sida som stod några meter bort utefter disken.

Mannen hade blängt på honom som ropade och sedan på oss. Det var ingen blick som berättade om att vi skulle känna oss varmt välkomna.

– En kille som vill snacka med dig, hade barkillen sagt.

Bara kanske fem meter från oss, stod han och måste hört att vi frågade efter honom. Han vände sig mot oss, en bredaxlad man med överarmar som mina lår, tänkte han. En t-shirt spände över hans biceps i syfte att exponera dem.

Ingvar och hans kollega stegade fram de få metrarna till Berthold som hängde där vid bardisken och undrade vad man ville honom, antagligen.

– Hej sa Ingvar och berättade vem han var och att han ville ställa några frågor rent upplysningsvis. Han kommenterade hans svällande överarmar. Det har gått åt lite tyngder för att bygga dessa muskler, sa han med ett snett grin, eller?

– Var det detta du ville fråga om, hade Berthold undrat?

– Ja, såklart bland annat. Man undrar ju hur mycket man måste träna för att uppnå detta muskelpaket? Måste vara massor av timmar vid skivstången?

– Massor, ja!

– Och svensk mästare å allt, imponerande.

– Gör polisen sig besvär med att åka från Mora och hit för att snacka om mina meriter?

– Nej, så är det ju inte tyvärr.

Ingvar kände sig underlägsen och fick tänka, här frågar jag!

– Och då gäller det, sa Berthold Bodén?

– Min fråga gäller rent upplysningsvis, var du befann dig den 19 april det vill säga på skärtorsdagen i år?

– Varför vill du veta det?

– Vänligen svara på min fråga, sa Ingvar.

– Om jag nu inte har lust med det då?

– Då kommer du inse att det hade varit bekvämare att svara här i Gesunda, istället för på polisstation i Mora.

Nu hade Berthold gått för långt i sin kaxighet. Det är inte alla han skrämmer iväg med sina blottade muskler. Han såg ut som han började inse detta förhållande och beslöt att hänga på andra armen mot bardisken.

– Det är du som väljer, fortsatte Ingvar nu lite uppfordrande.

– Vad vill du veta?

– Det jag frågade om alldeles nyss, sa Ingvar med tillkämpat lugn. Var du befann dig den 19 april, på skärtorsdagen i år?

– Hur fan ska jag komma ihåg det, menar du?

– Ja, det kanske är lite knepigt för det är ju lite drygt en vecka sedan.

– Antagligen tränade jag. Även om man inte är aktiv längre, bör man träna men trappa ner träningsdosen.

– Och, var gjorde du det då?

– I en träningslokal på Östermalm i Stockholm.

– Fanns det någon mer där som kan bekräfta att du var där?

– Nej ingen så vitt jag minns.

– Och där var du hela dagen?

– Nä, det kan jag inte tänka mig.

– När var du i träningslokalen då?

– Från ettiden till runt klockan sex, kanske?

– Sedan då, vad gjorde du sedan?

– Åkte nog till mitt företag, men är inte bergis.

– Var har du ditt företag?

– De ligger numera i Solna, men tidigare låg de inne på Södermalm i Stockholm. Bergström & Bodén Begravningsbyrå. Jag och min kollega Bergström, sköter de mer praktiska. Bär på kistor och sådant. Bra träning för mig. Din kollega då, kan han bekräfta att det var så?

– Det vet jag inte. Jag tror inte han var kvar i vår bisättningslokal, vi slutar klockan arton men har naturligtvis en viss form av jourverksamhet. Men Bergström är lite knepig. Man blir nog så i detta yrke. Han knaprar något lugnande och tar en krök. Funderar på att flytta till Spanien.

– Från det ena, är du höger eller vänsterhänt?

– Vänster, hur så?

– En fråga jag vill ha svar på bara. Och, jag måste bara fråga om det här med armbrytning. Visst är det väldigt mycket teknik i det, eller måste man ha en stor muskelmassa som du har med armar som stolpar?

– Handlar om teknik. Muskelmassan är till för att skrämmas en del.

– Hur är det annars med utrustning. Kläder, skor och sådant?

– Man har vad man tycker sig känna sig bekväm i. Jag brukar ha ett par avlagda spikskor jag hade en gång då jag friidrottade. Jävligt sköna och nätta som ett par strumpor, eller handskar. Jag har bara skruvat bort spikarna. Man kunde byta längd på spikarna därför var de lätta att ta bort. Nötte man ner spikarna, monterade man nya i skruvhålen i skosulan. Vid brytning, gav de extra bra fäste. Använder dem ibland idag.

– Tack, det låter ju intressant.

– Spikskor så man hinner med bussen, sa Berthold.

– Hur är det med alkoholen, då?

– Jag är nog inte mer annorlunda än andra.

– Hur menar du då?

– Blir lite vin då och då. Men det är mest för att hålla nerverna i styr. Jag har lite ångest och sådant som jag inte har en aning om var det kommer ifrån?

– Inga steroider för att bygga muskler som var så poppis förr?

– Man har provat, vore fel att säga något annat.

– Men inte idag?

– Kanske har någon burk kvar, men vet inte. Steroiderna kommer ifrån någon öststat, om jag inte minns fel.

– Tack så länge och hoppas vi nu inte sabbat din dag. Jo, nu när vi ändå är här, vet du var man kan handla äkta Dalahästar?

– Jo, det finns en kille som heter Nisse Olsson i Nusnäs som pysslar med hemslöjd. Han täljer riktigt fina kusar, jag har handlat där själv av honom. Nisse, en trevlig mas. Men honom trodde jag ni kände till. Ligger väl kanske inte så centralt i Mora kanske. Kolla på tillbakavägen.

Poliserna hade lämnat Bodén åt sitt öde och sina tankar. Det såg ut som om han fått något att tänka på. Polisen som frågar om skärtorsdagen?

– Vad har du där, undrade Ingvar och nickade åt sin kollegas hand. Har du börjat samla burkar?

– Nä, men det var den burk Bodén höll i, sa han.

– Smart, då kan vi låta våra tekniker leta fingrar på den och det måste bli hur bra som helst. Skickar vi till Stockholm som en bonus.

44

Konduktören ombord på tåget, kom traskade igenom alla vagnar. Drog kupédörrar åt sidan där så fanns och gastade, nästa Vännäs... Vännäs!

Han passerade hojtande Fredriksson där han satt och sov i sin fåtölj istället för att ha utnyttjat den sovvagnsbiljett han hade, för sin sömn. Sivert tittade istället yrvaket upp där han suttit och kände sig stel i nacken, armarna och benen. Och frös lite, de gjorde han också. Han kanske skulle hoppat över de där nubbarna han tog till sin Ångloksbiff kvällen innan? Nä, de skulle jag definitivt inte, sa han till sig själv. Norrlands Akvavit, var en trevlig uppfinning tänkte han och huttrade till.

Han tog sig till toaletten för att försöka fräscha upp sig så gott det nu gick med tvål och tandborste inför mötet med Berglund, eller Post-Olle.

Berglund hade stått på perrongen nu i drygt en halvtimma då tåget var försenat ifrån Gävle.

Han var lite spänd över att träffa kriminalinspektör'n igen. Men det ger sig säkert. Tåget kom nu inrullande på SPÅR 1.

Det hade inte varit många som klev av vid Vännäs. Olle hade genast känt igen Sivert, kriminalinspektör'n. Han vinkade välkomnande!

– God morgon kriminalinspektör'n, sa han och log.

– God morgon Olle! Allt väl?

– Jo! Och resan har gott bra?

– Ja väldigt bra, om jag nu bara inte somnat i fåtöljen där jag satt. Jag hade ju sovagnsbiljett, men efter den där Ångloksbiffen och ett par Norrlands, somnade jag som ett timmerbröt.

– Jaså, det blev en biff ändå. Visst var den väl bra?

– Lika gött som att solen är på väg upp nu, Olle!

– Okej, kriminalinspektör'n, då är det väl lika bra vi tar älgtjuren vid hornen, eller i vårt fall, rödingen med flugan?

– Ja, vi har ju inte hela dagen på oss. Vad trevligt det ska bli!

Olle satte sig vid ratten och lotsade ut dem ifrån stationsområdet. Det var inte så svårt, de var ju bara Olle och Sivert i Olles Volvo och bussen som skulle in mot själva byn. Olle styrde istället åt andra hållet, norröver.

Han valde att åka upp dit där han tog en fjällröding senast. Sedan var det bara att hålla tummarna att det blev en röding även denna gång. Sivert hade varit så säker på fångst, så han hade handlat upp sig på en batteridriven kylväska. Han skulle ju hem också, som han sa.

Älven forsade och myggen inade. Man vadade ut ett par meter och Olle pekade och förklarade var Sivert skulle lägga flugan.

– Vad ska jag visa dig för hur man gör, sa Olle. Du landade flugan exakt på rätt ställe som jag peka ut.

– Sivert bara vände sig mot Olle och log, det kanske räcker med att du står bredvid, sa han.

– Ja, inte mig emot, sa Olle.

– Oj, hörde han Sivert säga när han började veva in linan med något som plaskade våldsamt i vattnet efter linan.

– Jaha, det ser ut som det blev en kort fisketur, sa Olle och skrattade. Nya flugspöet kanske var ett trollspö, sa han och skrattade förlösande igen.

Sivert hade landat en fjällröding på 1,7 kilo, hade det visat sig. Han var nöjd. Olle var nöjd och började dona med en kaffepanna ovanför en liten eld han snabbt ordnat. Nu skulle det bli kokkaffe över öppen eld. Det var ingen åskvärme, så den lilla elden kom väl till pass. Trots att solen gått upp även denna dag, lyste den med sin frånvaro och det var istället mulet samt kommit lite lättare regnstänk. Skulle sitta fint med kokkaffe och lite renskav. Olle hade skaffning och skulle karva ur ett renstycke han hade med sig i sin ryggsäck.

– Jaha, sa Sivert. Det är så här ni lever och mår bra. Inte utan att man känner sig lite avundsjuk, Olle.

– Inte ofta vi har det så här.

– Trodde jag ni hade som vardag?

– Nej, tok heller då arbet man.

– Och när du jobbade med det där arkivet åt Kronofogdemyndigheten uppe i Stockholm, då kunde du bara drömma dig bort till detta?

– Ja, så ungefär.

– Hur gick det till egentligen det där byggandet?

– Gick till?

– Ja, någon måste ju varit den som basade, liksom. Idag heter det väl produktionschef, eller något sådant.

– Den som höll i tåtarna, det var jag.

– Då var det du som hade kontakt med besiktning, brand-
myndigheter och så vidare, förstår jag. Ja, för att nu inte tala
om fastighetsägaren och hyresvärden?

– Har du läst på, undrade Olle?

– Nej, men det är så jag tänkte nu. Vem fick du nycklarna av
som hörde till denna lokal, eller fastighet?

– Det var fastighetsägaren. Jag fick två nycklar som jag kvitte-
rade. Sedan minns jag en dag då vi jobbade i lokalen hur dör-
ren öppnades och en gubbe, ja han sa så, "jag är en gubbe"
ifrån den begravningsbyrå som låg här tidigare. Vet inte, eller
minns inte vad han hade där att göra. Men, han måste haft en
nyckel för det var ju låst. Det var en lång senig typ, lite äldre.
Plötsligt var han borta. Vi skulle byta lås när vi var klara, men
det blev aldrig av. Det fanns konsoller för en regel tvärs över
dörren, så då lade vi bara dit en två tum, fyra hyvlad som var
färdigmålad. Grå, tror jag.

– Hade han hetat, Bergström eller Bodén, tror du, han som
kom?

– Nä, de vet jag inte. Jansson, kanske? Han var som sagt bara
lång och smal, senig liksom... och äldre.

– Nej du Olle, det blir väl inte roligare än så här och inga barn
gjorda heller. Så klockan visar på att det inte är så lång tid kvar
innan man ska sätta sig på tåget för returresan. I morgon ska
jag fara iväg till Paris.

– Paris, då blir det väl lite kabaré å sånt, sa Olle och flinade. Ja,
kanske något åt min klubb Klara, kanske det kan bli?

– Vi får se, jag reser i tjänsten, och då finns det inte utrymme
för sådant. Men jag kan ju inte göra något åt om det är Can-
can, under middagen. Men, skulle inte du med samma tåg?

– Jo! Men vi hinn, sa Olle medan han hämtat vatten ifrån älven i sin kaffepanna för att hälla över glöden som nu endast var kvar efter den lilla värmekällan.

– Det får bli en Ångloksbiff på tåget, log Sivert?

– Det kan du nog notera någonstans, ja, sa Olle.

Man körde tillbaka den slingrande vägen mot station. Olle ringde hem för att säga god natt till sin hustru för nu skulle han strax kliva ombord på tåget. Jodå, hade han sagt i telefon, den där kriminalinspektör´n fick en röding med sig hem till tokholmen. Han fick den på första kastet. Sedan kok vi kaffe å som prata lite.

45

Fredriksson stod nu för att checka in till sin flight SK573 till Paris. i Arlandas stora A-hall. Hans flyg stod vid terminal 5 och skulle lyfta klockan 09:25 mot Charles-de-Gaulle flygplatsen utanför Paris.

Det skulle bli transfer in till Paris med buss och hans hotell på knappa tre mil ifrån flygplatsen som låg nordost om Paris.

Han hade gott om tid på sig innan det var dags för att få gå ombord.

Han gick igenom de material han hade om Ylva Stengren, deras brottsoffers dotter. Han kunde snart varenda fråga i kronologisk ordning som föll sig naturliga så han slapp bläddra i sitt anteckningsblock. Allt skulle ske avspänt. Trevligt att förhöra någon som inte var misstänkt, men kanske kunde lämna sådana upplysningar som skulle föra deras utredning framåt ytterligare ett steg. Han var onekligen spänd på att få träffa denna Art Director, som de hette. Hon bodde ju, eller i varje fall hade sin ateljé, i konstnärskvarteren uppe vid Montmartre.

Montmartre, som jag ska till, sa han för sig själv, hmmm…

Han försökte följa med fingret på kartan, 27 Rue Durantin. Vi får se vad vi hittar där. Om vi hittar?

En titt på den stora anslagstavlan som hela tiden uppdaterade sig, visade nu att hans flight, SK573 var försenad till 09:45.

Fredrikssons språkkonst var inte särskilt utvidgad i det franska idiomet, men det funkar nog med engelska. Måste bara ta mig till hotellet först.

Hotellet ja, var låg det nu då? Oj, 32 – 34 Rue Bergere och för enkelhetens skull, hette det Hotell Bergére. Praktiskt! Ett kort stenkast ifrån varietéteatern Folies Bergère med galanta damer, paljetter och plymer. Kan han tipsa Sigge om, med sin Britta.

Nu var klockan 09:45 och kärran, som väl var en Airbus A319 vad han förstod, taxade gungande över betongskarvar ut mot banänden på bana noll ett.

Allt gick undan. Nu var man på väg upp, kände han. Som att åka hiss sittandes i en fåtölj.

Plötsligt var det som att åka hiss igen, men nu på väg nedåt. Det ryckte och skakade lite samtidigt som man liksom studsade nedåt i olika luftlager.

Flygplatsen Charles - de - Gaulle, såg enorm ut. Och väl genom gate och passkontroll, så förhöll det sig så också. Han hade bara sin lilla väska som handbagage, så strax stod han på trottoaren utanför ankomsthallen. Skulle han ta buss, som han planerat, eller taxi? Det blev taxi så slapp han sedan leta upp hotellet på egen hand.

Rue Bergere, var en smal gata, som egentligen alla gator i Paris inre kärna. Ja, utom då boulevarderna förstås, som var pampigt breda ofta kantade med höga plataner i riklig grönska.

Sivert öppnade dubbelfönstret med franska fönster, vad annars, ut mot en gård två våningar ned. Hela gården var beklädd med rosor och en trädgårdsmöbel i vitt med många delar sträckte ut sig över klinkergolvet i terrakotta. Möbeln verkade vara av smide till stora delar, som det såg ut från fönstret. Han stängde balkongdörrarna igen och lät de tunga tjocka gardinerna falla tillbaks och utestänga både ljus och gatans ljud. Han strippade för att kliva in i duschen innan han skulle bege sig ut för att hitta ett ställe som såg ut att kunna leverera en hyfsad middag till aftonen utan att skinna honom in på bara lädret. Jag ska nog fråga Stengrens dotter var man ska äta om man är i Paris. Bra tanke där Fredriksson, sa han till sig själv. Lysande rent av, funderade han på sitt hotellrum. Oj, han blev vimmelkantig. Hotellen stod liksom spön i backen uppblandat med teatrar, matställen, muséer, varietéer samt ännu fler barer, caféer och krogar. Parisaren syntes för honom som en mycket nöjeslysten och hungrig företeelse. Hans promenad var mer som en flanörs, en turists iakttaganden av arkitektur, mademoiseller, trafik, cyklar och patrullerande gendarmer med sina små kastruller på huvudet.

Han passerade på vägen till Stengrens dotters ateljé på Rue Durantin, den anrika och kända kabaréteatern Moulin Rouge. Anade att hans utflykt inte skulle innefatta ett besök på denna teater. Priset var ganska högt även om biljetten innehöll ett glas champagne. Kostnaden skulle inte täckas och rymmas under det traktamente som han kvitterat ut. Och, det var ju en tjänsteresa så han nöjde sig med att ha sett den stora kvarnen live, så att säga.

Plötsligt stod det, Rue Durantin på en gatuskylt.

46

Sivert tyckte 27 Rue Durantin var ett litet bohemiskt mysigt ställe. Skulle kunnat vara någon bistro där eller liknande. Hennes butik, där hon sålde litografier och annan konst, var inte mycket bredare än dörren in till ateljén. Det var smala skyltfönster på var sida om den vinröda dörren och ovanför den hängde en skylt där det stod, L'Atelier Y-Delon i vitt, säkert handmålat, på en svart bakgrund. Proffsigt snyggt! Det var en snygg designad skylt. Jag skulle kunna tänka mig köpa skylten, för den var ett konstverk i sig, tänkte han.

Dörren in till L'Atilier Y-Delon, stod välkomnande öppen, så Fredriksson klev in. En liten pinglande klocka hördes pingla.

Sivert möttes genast av en hund som gav skall i något rum innanför, i verkstaden, eller vad man nu skall kalla det för.

I själva butiken, hängde en hel del litografier och annat inom samma bransch. Vid en disk kunde han köpa vykort av dessa litografier. Han såg sig om, icke helt ointresserad. Det han kände, var en sorts bekantskap med miljön. Fanns drag av klubben Klara.

Klara var ju den där sexklubben där Berglund hade gottat sig, enligt honom själv den 19 april och där Fredriksson hade talat med en ur personalen för att kolla Berglunds alibi.

Pärldraperiet var därför bekant. Bara inte Stengrens dotter klev fram i samma skepnad som tjejen på sexklubben nere i Klarakvarteren. Även om han inte skulle haft något emot den uppenbarelsen igen.

Så blev det nu inte.

Den som kom ut från rummet innanför, var en bohemisk natur i vita snickarbyxor och uppsatt hår där en lång pensel, skjuten tvärs hårknuten, höll den på plats. Hon hade en blå bommullsskjorta med uppkavlade ärmar samt var barfota. Snygg, sa han för sig själv. Jävligt snygg!

Hon tittade på Fredriksson storögt och värderade honom uppifrån och ned.

Som om hon avgjorde vad det var hon såg. Var det fågel, eller fisk eller kanske något mittemellan?

– Jag söker Ylva Stengren – Delon, sa Fredriksson?

Hon hade tydligen beslutat sig för att det var mittemellan. I alla fall till en början.

– Ja, det är jag sa hon med en fråga i samma andetag?

– Jag heter Sivert Fredriksson och är ifrån Stockholmspolisen sa han och visade sin polisleg.

– Jaha, sa hon när hon sneglat en stund på hans leg?

– Ja det gäller utredningen om din mors dödsfall i Kronofogdemyndighetens lokal. Jag skulle vilja höra en del om din mors leverne och så vidare.

– Jag vet inte om jag har något att säga om det och inte heller om jag har någon särskild lust heller, sa hon.

– Nej jag förstår. Men vi som utreder om det kan ligga något brott bakom din mammas dödsfall, tycker det finns en del som vi ville få klargjort och hade hoppats du kunde räta ut dessa frågetecken åt oss. Annars hade jag inte gjort denna utflykt till Paris.

– Vad tror du om ett litet lugnt matställe för lite lunch, jag menar du ska väl äta du med?

– Det kom bara lite plötsligt. Jag har inte hört någonting ifrån polisen i Stockholm och så står du bara här plötsligt, en kriminalinspektör som utreder min mammas hädanfärd. Okej!

– Men vad bra. Får jag säga Ylva, för det skulle underlätta? Jag heter som sagt Sivert, och det kan du säga också för enkelhetens skull. Vi behöver väl inte vara så högtravande?

– Då drar vi iväg några hundra meter härifrån till ett lite avspänt ställe där vi brukar ta oss ett glas rött. Man kan sitta avskilt inne, eller välja att sitta vid uteserveringen.

– Vad väntar vi på, undrade Sivert?

– Mig, sa Ylva och log för första gången.

Ylva hade valt en enkel sallad med olika ostar samt ett rött vin när vi slagit oss ner i Le Café Qui Parle. Själv hade han tagit en klassisk fransk entrecôte med råstekt potatis och såklart, sås bearnaise. Han tänkte fuska med att ta ett glas rödvin, men avstod då han ju ändå var i tjänst.

– Trevligt ställe de här sa Sivert när de rotat sig i ett av de många små hörnen i restaurangen. Som gjort för min utflykt till Paris. Värd varenda krona, även om vi inte fått in maten ännu.

– Du hade undrat något Sivert, påminde Ylva?

– Jo, det är väl några funderingar jag har.

– Du menar om mamma?

– Just det. Hur var din mor, vad hade hon för bekanta?

– Mamma var nog kanske lite egen på flera vis. Vi hade jätte-
bra kontakt när vi talade med varandra på telefon, men jag
hade svårt för hennes liv ändå. Hon valde kanske sina be-
kanta, för bekanta det hade hon även om kanske andra sagt
något annat.

– Hon hade flera bekanta, sa du? Hade hon någon manlig
bekant?

– Jo hon hade flera manliga bekanta, för mamma såg inte så
tokig ut. Tvärt om, hon såg riktigt bra ut med former på de
rätta ställena utan att de rann över, om du förstår vad jag me-
nar?

– Jag förstår. Men, hon var inte sambo med någon eller så?
Ylva såg sig om i lokalen medan vi fick in det vi beställt.

– Nej, fortsatte hon. Inte vad hon berättade för mig i alla fall.
Den hon hängde ihop med senast kunde hon gärna hoppa
över ansåg jag. Hon var nog lite särbo med honom, en kille
som jobbade inom begravning, någonting.

– Han visste om att mamma arbetade på Kronofogden, så jag
fick för mig att det var därför hon var intressant för honom.

– Hur menar du då?

– Ja, han hade det tydligen lite visset med ekonomin så fogden
var efter honom och han trodde mamma kunde liksom
glömma en del hon såg om hans skulder eftersom det var på
den avdelningen mamma jobbade. Hon kunde se att han dök
upp i rullorna. Hon skulle liksom lägga handlingar i cylinder-
arkivet, kasta krav och sådant hon såg, menade han.

– Du menar att din mammas särbo var skuldsatt?

Ylva hade nickat och såg sig om igen. Hon vinkade åt en bekant antagligen. En av kyparna, som det verkade.

– Jag trodde att jobbade man inom begravningsväsendet, hade man väl stadiga inkomster, sa Sivert?

– Trodde jag med, men någonstans sket det sig. Mamma hade ju kläm på hur ett och annat funkade på avdelningen och det berättade hon för honom.

– Vad tror du detta gav för uttryck då?

– Ja inte vet jag. Vet bara hur mamma berättade för honom hur man kunde snatta lite pengar utan att det märktes. Ja, hon hade en kollega på jobbet som hade snattat under flera års tid. Det måste varit hundratusentals kronor. En flyttkartong, tror jag mamma sa att det var.

– Så du menar att detta berättade din mamma för dig?

– Oui, mon petit inspecteur criminel. Mamma hade räknat sedelbuntarna en gång, för det låg i sedelbuntar i kartongen snyggt och prydligt. Det handlade då om över två mille men det var några år sedan! Kollegan var ändå religiös, hör och häpna? Ja, hon räknades i alla fall som så för hon snackade alltid om kyrkan och drack ingen sprit eller rökte. Hon var för övrigt fröken, men det sista kanske inte hör hit.

– Detta var intressant för din mammas särbo, menar du?

– Visst, absolut.

Oj, tänkte Fredriksson. Varför har vi inte plockat in den där dödgrävaren tidigare? Vilken bra relation mellan mor och dotter. Litade till hundratio på sin dotter när hon berättade vad hon gjorde. Det är ju tur att hon ansåg de där historierna som hennes mamma berättade om var pengarna fanns i det där arkivet, var ren fiction. Hon trodde aldrig på det där.

47

– Sedan berättade alltså din mor detta för sin särbo?

– Ja, så har jag uppfattat det.

– Du minns inte vad han hette den där särbon?

– Han höll på med någon sport, eller något liknande. Han åt piller för att bygga muskler, sa mamma. Tror han var någon gammal Nalen raggare från början. Hade ägt en Ford Impala, sa morsan. En amerikanare, du vet. Nej nu sa jag fel. Chevrolet Impala var det. En 62:a sa hon. Men jag är inte så bra på bilar å sånt, sa Ylva. Han var lite egen den där snubben, och det tände morsan på. Begravning, amerikanare, resligt potent maskulin. Mogen kille som det var lite stake i, kunde hon vräka ur sig ibland.

– Men det var inget du höll med om?

– Nej, jag försökte få mamma på andra tankar än denna övervintrade Nalensnajdare. Jamen du hör väl, bowling? Spela kula i vuxenklassen?

– Ja, var och en kanske idrottar med de den tycker om och är givande för sitt ego?

– Han var ett stort ego hela han.

Han ville att mamma skulle hjälpa honom att komma över den där flyttlådan. Själv hade han en nyckel kvar till arkivet, berättade han för mamma. Men hon måste bara visa honom var, i det stora arkivet lådan stod. Men, jag trodde aldrig på de där.

– Nä, nä, jag förstår, sa Fredriksson. Men, något måste ju ändå ha hänt?

– Mamma gick sin väg, var envis.

– Du skulle nog ha berättat detta för polisen då man meddelade dig din mors dödsfall.

– Ingen frågade, man bara sa att mamma råkat ut för en olycka på sin arbetsplats. Jag tänkte att, det var ju ledsamt såklart, men jag utfrågades inte om någonting vad gäller mamma.

– Är det något mer du skulle kunna berätta, eller något du tror skulle vara bra för polisen att veta?

– Nej, det tror jag inte. Jag har nog öppnat de kranar om informationsflöde jag hade.

– Varför tror du din mamma var särbo med denna man och inte sambo?

– Oj, det har jag ingen som helst kommentar till för det vet jag ingenting om. Möjligen var de särbo, om vi ska skaka ur den sista droppen, för att mamma var bisexuell. Hon visste inte riktigt på vilket ben hon skulle stå.

– Ändrar detta du nu berättat om din syn på händelsen som kan vara något annat än en arbetsplatsolycka?

– Ja, med min nuvarande vetskap, så vill jag se till att den som berövade min mor hennes liv, ska fan ta mig få sota för det.

– Så det du nu berättat för mig, skulle du kunna återberätta i ett bandat förhör med någon av våra brottsutredare menar du?

– No problemas, kommissarien. No problemas!

– Men vad bra, då var min resa till Paris väl värd varenda skattebetalares krona.

Fredriksson lutade sig tillbaka i sin stol och lade armarna på armstöden, sträckte ut sina långa gängliga ben och suckade. Han tittade på Ylva Stengren – Delon, deras brottsoffers dotter och suckade igen. I tankarna var han redan på morgondagens möte med spaningsstyrkan. Detta var ett genombrott som han trodde skulle lösa både Stengrens dödsfall i arkivet hos fogden samt det brutala mordet på Beck – Horntygel uppe på Friggagatan, Östermalm. Dom hängde ihop!

Han kände sig totalt avspänd. Alla pusselbitar i hans huvud hade trillat på plats. Han skulle nu snabbt tillbaka till sitt hotell och ställa sig i duschen i flera minuter och bara låta vattnet strila över kroppen. Låta all uppbyggd spänning rinna av honom och ladda för den sista kvällen för denna gång i Paris med en skaplig köttbit på Brasseri Bofinger. Ingen halvbränd entrecôte som man påstod var stenkolsgrillad. Det såg mer ut som om han fått stenkolsbiten istället. Det var något sotigt elände som smakade som nedbrunnen lada. Det franska köket, aha. I kväll skulle Frankrike få chansen att revanschera sig.

– Ylva undrade, är vi klara då?

– Vi är jätteklara, Ylva. Tack för ditt trevliga lunchsällskap. Hade inte kunnat få något bättre, sa Sivert och log så hans enda smilgrop framträdde tydligt. Det var länge sedan.

– Vad kommer hända efter detta nu då, undrade Ylva?

– Du kommer tillsändas en önskan om besök i Stockholm för ett förhör av den sort som en åklagare trängtade efter. Så om du skriver ner din hemadress här, sa Sivert och föste över sitt anteckningsblock samt penna till Ylva, så kommer det nog inte dröja allt för länge innan denna önskan kommer skickas till dig. Sivert såg att hon var högerhänt. Bra!

– Okej, då avvaktar jag posten. Jag som trodde från början det var en vanlig arbetsplatsolycka mamma råkat ut för, men som nu verkar vara något helt annat.

– Hur åklagaren kommer rubricera detta, får vi se. Man vet aldrig med åklagare. Dom är lite come ci come ca, men man vet aldrig när.

– Tack för en trevlig och givande lunch kommissarien. Nu ska jag tillbaka till jobbet, och du flyga hem.

Ylva kramade Fredriksson och kysste honom på båda kinderna. Han hade läppstift kvar såg han, när han någon halvtimma senare klev in i duschen på sitt hotellrum.

48

Fredriksson svepte elegant ut genom den roterande dörren i hotellfoajén och styrde kosan mot de mathak han spanat in som verkade servera de han nu sökte.

Eftersom det var i Paris han befann sig, funderade han ett tag på sniglar eller grodlår, men övergav dessa liksom en lockande råbiff, för att välja ett säkert kort, nåja, som han trodde med en chateaubriand, pommesfrites och gorgonzolasås på den kvarterskrog han styrde stegen mot, Brasserie Bofinger.

Han tittade på klockan och fann att han lätt skulle hinna besöka varuhuset man bara måste besöka när man är i Paris, Lafayette. Om man tar Nordiska Kompaniet i Stockholm, det vill säga NK, så är Lafayette fyra gånger så stort, kanske. Och, han tänkte blidka hustrun då han kom hem, med en flaska parfym ifrån Paris. Men, hur väljer man parfym i detta varuhus där bara parfymeriavdelningen, som inte var mycket mindre än två fotbollsplaner och var inhöljd i en dimma av blandade dofter? Det var överfyllt med mademoiseller så Sivert hade svårt att slita sig från den ena disken, till den andra.

Till slut fick han bra vägledning av en mer mogen mademoiselle som förstod hans problem. Först hade hon tipsat om en liten adress uppe vid konstnärskvarteren i närheten av Pigalle, men sedan förstod hon att Sivert verkligen var ute för att handla parfym till sin hustru och ingenting annat. Snyggt inslaget fick han det också och blev av med sexhundrafemtio kronor. Som hittat, tänkte han. Undrar vad priset hade varit uppe vid Pigalle?

Helt klart var besöket omtumlande och något man bara måste besöka om man är i Paris. Annars har man missat något.

Detta måste han också tipsa Sigge om så han kan ta med sig sin nyfunna kärlek till kosmetikens Mecka. Paris om våren, kan väl inte vara bättre log han, för nyförälskade och amour...

Med en röd och vitrutig duk över bordet, slog Sivert sig så småningom ner på kvarterskrogen Bofinger och ögnade igenom menyn till dess han fann sin chateaubriand med pommes frites och gorgonzolasås. Ett glas husets vin fick duga och räcka, kanske. Han var ju inte i tjänst, gudbevars.

På hotellet skulle han knacka ner besökets intryck i ett PM för morgondagens möte. Mötet skulle i morgon starta efter lunch så han skulle hinna dit, det hade Svanstrand sett till.

Paris bättrade på sitt ryckte om matlagningskonst genom detta besök på Brasseri Bofinger. Han var ju inte ute på några större kulinariska äventyr, utan detta hade man kunna slängt ihop på sin egen snuthäck, Bakfinkan på Kungsholmen. Nu skulle han inta sovställning då han återkom till sitt hägrande hotellrum. I morgon skulle han upp och väcka tuppen, ta taxi till flyget efter en kontinental klassad frukost på hotellets veranda.

Undrar vad en sådan innehåller här i Paris, tänkte han?

En kontinental frukost varierar en del trots allt funderade han.
– Bonjour monsieur le commissaire.

Det var hotellstäderskorna som stod i grupp för att vänta ut hotellgäster som var tidigt uppe för att hinna med flyg och annat, så de kunde börja jobba med städningen.
– Bonjuor, sa Sivert och nickade medan han trixade ut sitt handbagage mellan deras städvagnar och gjorde en inbjudande gest mot sitt övergivna rum med den fria handen. Si bon, sa han lite och överrumplade sig själv, si bon !

Var kom de orden ifrån? Si bon si bon! Oj, det är ju från den där låten... med hon... Eartha Kitt. Måste varit då jag gick i kortbrallor, eller något liknande. Sivert kom på sig med att försöka nynna på melodin medan han tog hissen ner till entréplanet och verandan för att förhoppningsvis, avnjuta frukosten. Sivert tog aldrig något för givet.

Det blev kaffe, juice och baguette, vad annars, samt ost och jordgubbsmarmelad. Som lite extrasaltat smör, blev det en crossiant på toppen. Man var väl i Paris, mon dieu!

Taxin krånglade honom sedan genom alla Paris labyriner av gränder, gator, mopeder, cyklar och dubbelparkerade bilar. Hur chauffören lyckades, förundrades Sivert över.

Plötsligt, stod han utanför den väldiga flygplatsbyggnaden för att lokalisera sig. Han skulle behövt en kompass. Ett steg innanför glasdörrarna, berättade dock åt vilket håll han skulle för att komma till incheckningen. Han hade ju bara sitt handbagage, så det var inget krux på något vis. Passkontrollen mötte heller inga problem. Dom tittade bara upp lite extra när dom såg vem han var. Nickade och log. Han tog sig fram till sin gate och sjönk ner i en fåtölj med sitt anteckningsblock.

På andra sidan de stora höga glasfönstren, såg han ett plan ifrån SAS, rulla in. Troligen, hans flyg.

Han började med en komihåg lista vad han hade fått reda på av Stengrens dotter Ylva, för redan efter lunch, var det möte med spaningsstyrkan och brottsutredarna. Han trodde på ett mycket givande möte.

I taxfreeshoppen på flygplatsen som nästan var att likna med varuhuset Lafayette, hade han handlat en souvenir föreställande Eifeltornet i glas och var gjort som en butelj. Innehållet var Martell, en fin cognac. Den skulle han ge till Sigge och vara en liten fin vink om en utflykt över helgen till Paris med fru Gustavsson... fru Britta Gustavsson hon narkossköterskan.

Så i bagaget hem, låg en flaska parfym till sin kära hustru och en flaska i form av de berömda, Tour de Eiffel ämnad för kriminalkommissarie Pierre Sigurd Svanstrand. Vad annat kan man vänta sig av någon som var på väg hem ifrån Paris?

Därför var tullen i Arlanda heller inget att oroa sig för. En taxi in till Kungsholmen klarade av den sista lilla detaljen innan han så åter satt vid pulpeten på sitt rum för att rätta till anletsdragen innan mötet.

Men, vad är detta? Sivert tog upp en bunt litografier stora som vykort som Ylva hade på disken i sin butik. De var signerade Ylva Stengren – Delon.

Hon måste på något vis stoppat ner dem i hans väska på restaurangen... hmmm.

49

– Bonjour et bienvenue, sa Svanstrand och gjorde en gest med handen samt vände sig i nästa sekund mot Fredriksson och bugade lite lätt.

– Man förstår den fina inledningen. Merci monsieur, sa Fredriksson med lite fransk touch.

– Okej, vad har hänt sedan sist, sa Svanstrand? Sivert har bara varit borta i två dagar, men jag vet det har hänt en del. Vi har talat med Bergström, den andra delen av Bergström & Bodén, ni vet de där dödgrävarna?

Vi har låtit Toivo Turesson, grannen med Stengren i Sundbyberg, titta på ett urval av bilder där både Bergström och Bodén ingick i kollaget.

– Tänker på bilderna Turesson fick se, vi kanske skulle haft samtliga bilder bakifrån, för det var ju så denne granne hade sett besökaren till Stengren, funderade Janne högt. Ja, jag menar, bakifrån?

– Då kanske han hade pekat ut vem som helst, sa Tessan.

– Nä, ni konfronterade Turesson enligt regelboken, Janne.

Svanstrand var den som höll låda.

– Anton hade ju besökt dödgrävarnas lya i Hagalund efter detta. Han skulle ha ett litet snack med Bergström, eller som Anton kallar honom, "dimman".

– Ja, sa Anton. Vi har ju aldrig tittat på den där Bergström tidigare, men har ändå funnits med i marginalen hela tiden. Dock utan att sticka ut. Nu anser jag han gör det. Sivert hade ju också frågat vem som kollat upp denne Bergström. Vi skulle ju vända på varenda jävla sten. Så jag åkte ut till Solna och Hagalund för att kolla temperaturen på denna likbod.

– Berätta, sa Svanstrand och tog sig om hakan.

– Jo, jag träffade ju Bergström, en lite gänglig man som var av medellängd. Inte utan, verkade han lite störd och så luktade han sprit eller någon form av alkohol, helt klart. Han berättade att han hade funderat på att flytta till Spanien för sina luftrörs skull, påstod han. Han skulle kunna sitta vid en liten bodega och bla, bla, bla bla. Han hade en lång utläggning om hur det skulle vara där nere på solkusten och hur bra han skulle kunna må. Lite Sangria om dagen och han skulle må furstligt, påstod han vidare.

Dom hade kartongvis med buntband där jag snodde med mig ett då han inte såg. Jag kan lämna tillbaka det efter att Linköping gjort sin analys. Ja, man vill ju inte torska för snatteri. Dom hade också en massa kartonger med handskar, ljusblå gummihandskar storlek Large, samt svart bred tape.

– Vad har ni kommit fram till mer konkret, ja förutom att Bergström verkade störd på något vis, undrade Fredriksson?

– Jag kollade med vårdcentralen och vilka hans mediciner är. Det verkade inte vara särskilt sekretessbelagt hos vårdcentralen när jag visat mitt polislegg, utan då berättade man att Bergström hade ett antidepressivt läkemedel på sin receptlista tillsammans med en medicin mot högt blodtryck, som han tog. När jag sedan kände att han luktade sprit mitt på dagen, så började man onekligen fundera.

– Vad jag förstår, bröt Fredriksson in, är att kombinationen av antidepressiva mediciner och alkohol, inte är någon lämplig kombination, eller?

– Stämmer Sivert, sa Anton. Alla reagerar olika men i den kombination du nämnde, finns biverkningar av stora mått. En del riktigt farliga. Det har visat sig att alkohol tycks förstärka vissa av medicinens bieffekter och ger andra inte så trevliga reaktioner. Antidepressiva läkemedel kan alltså ge upphov till biverkningar som förvirring och aggressivitet om du tar dem tillsammans med alkohol.

– Det stämmer ju väl med vad Bodén berättade för masarna uppe i Gesunda om sin kollega på begravningsverksamheten. Man blir onekligen lite yrkesskadad av den hantering man har dagligen, så gott som, av avlidna människor. Det tar på psyket i längden berättade han då. Lätt att ta till kröken, menade Berglund, han armbrytaren, sa Svanstrand.

När Sigge Svanstrand tittade ut över sina mordutredare så var det just nu en febril verksamhet över anteckningsblocken. Svanstrand hade inte sett denna iver tidigare bland sitt manskap.

– Har du något mer från besöket i likboden, undrade Svanstrand och tittade bort mot Anton.

– Jag har sparat det bästa till sist, sa han och log.

– Låter spännande replikerade genast Svanstrand.

Han lutade sig framåt så han kunde stödja armbågarna på bordet och såg ut att vässa öronen.

– Ja, jag bad honom skriva ner sin hemadress om vi skulle behöva höra honom ytterligare, så jag sköt över mitt block och penna till honom.

– Han skrev namn och adress… med vänster hand!

– Alltså, sa Tessan. Bergström och Bodén är vänsterhänta båda två?

– Så rätt det bara går att ha. När han skrev, såg jag att han hade en lite rispa på översidan av handen. Ja, det var läkt och så, så jag frågade honom om han arbetat på egen hand? Han hade tittat lite på mig som om han inte förstod och sa bara, ja, jo… ja just det.

Hans rispa på handen stämmer säkert med den reva som finns på den vänstra gummihandsken.

– Nä, detta är för bra för att vara sant, grymtade Sivert. Båda dödgrävarna är vänsterhänta, båda knaprar antidepressivt och båda tar sig ett järn titt som tätt… ett ruskigt släkte.

– Ja, det är vad vi har att gå på. Nu har Linköping ett buntband jag nallade i deras verkstad också. Men, även om det är rätt typ och så, berättar inte analysen vem som dragit åt bandet så våldsamt om halsen på Horntygel, sa Anton. Buntbanden berättar inte vem som hållit i dem när de dragits åt.

– Jag ser att ni antecknar så det glöder. Låt det smälta in så får kanske Fredriksson vår globetrotter, berätta om sitt äventyr i det syndiga Paris.

– Syndiga? Fredriksson såg sig om och undrade med sin mimik vad Sigge menade. Allt för publiken.

– Berätta gärna på svenska, sa Tessan och log.

– Ja, jag träffade alltså Ylva Stengren – Delon, som är dotter
till framlidne Ulla Stengren. Där framkom en hel del. Bland
annat att Stengren, vårt brottsoffer, var särbo med Berthold
Bodén från begravningsfirman, han sysslade med armbrytning
därför hans väldiga muskler.
Hennes mor hade sitt kontorsrum mittemot Karin Gunnel
Beck – Horntygel. Så hon kunde se rakt in i Horntygels kon-
torsrum. Där kunde hon se hur Horntygel hanterade gäldenä-
rers pengar när de skulle låsas in i det kassaskåp Horntygel
hade på sitt rum.
– Oj, förlåt att jag avbryter, sa Tessan. Men jag tänkte bara på
den där lilla almanacksboken som Janne och Viktor fann vid
deras husis hos Stengren i Sumpan. Där hade det ju stått BB
och vi spånade om Brigitte Bardot och annat. Är det kanske
Berthold Bodén som menas med BB?
– Bra Tessan. Jag vill ha detta fört till protokollet.
– Var så god igen, om du inte tappat tråden, Sivert?
– Stengren såg hur Horntygel snillade undan pengar innan de
låstes in i kassaskåpet.
– Stopp, stopp! Viktor höjde sin stämma. Men vid revisionen
så fattades det ju inte en enda svensk krona?
– Nej just det, de var ju så och däri ligger poängen. Jag fick en
lång utläggning av Ylva om den saken och hur det låg till, allt
enligt hennes mor.
– Dra gärna den också Sivert, men det är dags för en ben-
sträckare. Ska vi säga 12 minuter som vanligt? Hämta gärna
kaffe det tänker jag göra. Först till kvarn!

50

– Då kör vi igen, sa Svanstrand och mönstrade sina styrkor. Tolv minuter är inte så lång tid när man har roligt. Var så god Sivert, fortsätt rapporten från ditt äventyr i Paris.

– Jo, som sagt. Inga pengar fattades vid revisionen, trots att Horntygel lade undan en slant ur potten, varje gång någon gäldenär var hos KFM och med kontanta medel kvittat sin skuld. Man lämnade gäldenären kvitto på sin gäld. Ett kvitto skrevs också på kontanterna och sattes som ett band runt sedeltraven. Horntygel var den som kvitterade och stämplade, innan hon lade pengarna i kassaskåpet. Detta då kronoinspektören som lämnat pengatraven till Horntygel, stod kvar och bockade av gäldenären i sin pärm. Det Stengren såg var hur Horntygel fingerfärdigt smusslade undan en bunt sedlar i sin långa slitna kofta innan hon skrev ut kvitto på de pengar som lades i kassaskåpet. Därför syntes aldrig att några pengar försvann på vägen. Det låg samma summa pengar i kassaskåpet som det stod på kvittot.

– Men, nu måste jag avbryta igen, sa Tessan.

– Kom igen Tessan, sa Sivert!

– Du menar att gäldenären blev lurad, fyllde Svanstrand i?

– Ja om gäldenären fick kvitto på den summa denne var skyldig staten exempelvis, men som sedan inte stämde med pengarna i kassaskåpet...

– Man kan säga så här, förklarade Fredriksson. Det fanns ett kvitto som var för gäldenärens räkning och då var ju denne nöjd. Men det fanns ytterligare ett kvitto som satt som ett band runt sedelbunten som låg i kassaskåpet och visade på en mindre summa än den gäldenären hade fått kvitto på. Mellanskillnaden hade fröken Horntygel snillat undan och hamnade så småningom nere i en flyttkartong i arkivet i berget.

– Aha, du menar så. Om en gäldenär betalade tvåtusen spänn och fick kvitto på det, så hamnade kanske bara tusen spänn i Horntygels kassaskåp med ett kvitto på just tusen kronor?

– Exakt, Tessan! Det har till och med jag fattat nu, sa Svanstrand.

– Sedan sa Sivert, så var det väl bara att kolla upp var Horntygel gjorde av pengarna, förvarade dem. Stengren började ana var kassakistan stod. Det fanns ingen som var så hemtam i det spöklika, som alla tyckte, arkivet nere i bergrummet som Karin Gunnel Beck – Horntygel. Där hade ju tidigare legat den där likboden med Bergström & Bodén Begravningsbyrå för bisättning. Stengren var själv nere och kollade i arkivet. Oftast, då Horntygel varit där, fanns det en glipa mellan arkivskåpsraderna Y och Z som Horntygel missade att liksom nollställa. Troligen tänkte hon att ingen åker hit ner, bara hon, då spelar det ingen roll hur skåpen står. Det var Stengrens lilla tur.

– Nu menar du Fredriksson, att allt detta, berättade Stengrens dotter för dig då du var i Paris i går, sa Svanstrand?

– Ja, absolut. Jag frågade henne om hon skulle kunna upprepa detta för en förhörsledare som bandade förhöret. Hon svarade direkt, "No problemas", för att använda hennes egna ord.

Att hon inte skulle vara trovärdig, står utom alla tvivel. Ylvas mor hade berättat för henne, hur särbon skulle komma över den där flyttkartongen och det löstes genom att Stengren skulle lyfta bort regeln som spärrade dörren på insidan. Hon hade redan antecknat var flyttkartongen stod, i vilken rad och på vilken hylla, på en papperslapp åt sin särbo.

Lätt att köra ner i garaget, man var ju van och var man skulle kunna parkera. Direkt utanför dörren till Bergström & Bodéns gamla Begravningsbyrå, reserverad parkering. Sedan var det bara att hala upp nyckeln och låsa upp. Allt var framkört och klart, kan man säga. Sällan var någon nere i arkivet, så det var bara att knalla in och hämta godsakerna, var det tänkt. Kom någon oförhappandes, kunde man alltid förflytta sig bakom arkivskåpen på sidan mot väggen, även om det var trångt där.

Mer än så kunde inte Ylva Stengren – Delon berätta, för mer än så hann inte Ulla Stengren vara med om i detta liv.

– Ledsen att behöva avbryta igen, sa Tessan. Men, från det ena till det andra som flickan sa, vem pekade Toivonen ut?

– Vad då Toivonen pekade ut, undrade Svanstrand som den fiollåda han ändå såg ut som med ett spretande stall som var hans väl tilltagna luktorgan?

– Jo men, Toivonen. Han grannen till Stengren i Sumpan… har jag sumpat något nu?

– Nejdå, troligen inte du, men jag. Berätta vad du menar?

– Vi konfronterade ju honom, vad heter han nu då…?

Toivo Turesson, ska det vara. Han fick ju se en massa bilder för att se om han kände igen någon på dessa bilder. Jag har inget minne att detta har gått fram på mötet?

– Någon som vet svaret på Tessans fråga?

– Svaret var enhälligt. Inte ett ljud! Det var bara Tessan som vågade fråga.

– Okej, sa en nu något irriterad Svanstrand som inte heller var den som frågat om resultatet efter konfrontationen.

– Janne, vem pekade Turesson ut av bilderna ni visade honom? Eller är det hemligt?

– Jo, sa Janne. Vi hade med oss tio bilder på gubbar vi har haft på vår agenda nu i lite drygt en vecka. Bland de tio gubbarna fanns bland andra, Berglund, han ifrån Vännäs. Där var såklart Bodén han med armbrytning och svensk mästare för vänster + 70 kg och där fanns hans kollega, en äldre gentleman med en del psykiska störningar och för mycket booze.

– Ja ja ja, sa Fredriksson. Kom igen, jag går snart i pension!

– Woops, sa Janne, tänkte inte på det. Den Toivo Turesson pekade ut, var inte Bodén, som vi trott hela tiden. Nä det var Bergström?

– Bergström, sa Fredriksson och Svanstrand i korus.

– Ska jag tolka det så som en kort rockad och den vi hela tiden trott på, var fel? Den Ylva berättat om och den Turesson sett i sitt dörröga, har varit Bergström? Tillåt en annan att bli religiös för mindre, sa Tessan.

– Ylva hade aldrig hört något namn på sin mammas särbo, bara de där med BB... sa Fredriksson. Anton som snackat med Bergström, vad heter gubben mer än, Bergström?

– Han heter Bjarne Bergström... vem sa BB?

51

Efter mötet satt Svanstrand nedsjunken i sin fåtölj på rummet medan Fredriksson satt på samma vis i besöksfåtöljen. De såg ut över plåttaken längre bort mot Fredhäll där solen gnistrade en aning i takplåten. En kärra på ingång mot Bromma Airport kom glidande och skulle strax slå hjulen i banan så ett blåvitt rökmoln av bränt gummi skulle sprida sig över sättpunkten. Sivert hade tänkt så, efter att nyss ha suttit på Charles de Gaulle flygplatsen och sett hur det gick till. Lukten av bränt gummi hade han aldrig känt av förklarliga skäl, men han kunde fantisera om hur det skulle lukta.

– Jaha, sa Sigge och blåste ut en rökring, en blåvit som skulle kunna vara en sättning av en kärra på Bromma Airport.

Vilken i ordningen en sådan ring lämnade hans läppar, var det inte lätt att hålla ordning på. Men lukten kunde han känna på nära håll och var något lättare att analysera. Bränt gummi, luktade det inte. Mer ett pyrande från en yllekofta eller halmmadrass, hur nu sådant skulle kunna osa.

– Jo som sagt, sa han efter en konstpaus...

Vi skulle nog behöva plocka in Bergström, Sivert?

– Håller med. In med gubben!

– Ja, vi har väl inte gjort något regelrätt förhör med honom. Vad gjorde han exempelvis den 19 april? Och varför hade han planer på att emigrera till solkusten i Spanien och sippa på Sangria om dagarna? Hur hade han råd till det?

– På tal om solkusten, höll jag på att säga, sa Sivert och krafsade i sin portfölj medan Sigge formade en ny ring som sakta steg upp mot taket och han följde ringen med blicken och med ett förnöjt leende.

– På tal om solkusten, sa så Sivert igen. Jag handlade en liten souvenir till dig i Paris, sa han till slut och överräckte Eifeltornet till Sigge.

– Men hallå, vad då?

– Jo, jag tänkte tipsa dig om en helgresa med ditt lilla kvitter fru Gustavsson, till Paris. Det är romantiskt där nu, sa Sivert och log. Våren i Paris går över det mesta. Beställ en teaterresa över en helg och du, jag menar ni, hinner även ta er upp i detta torn, sa Sivert vidare och pekade på flaskan som hade samma form som det berömda tornet.

Trottoarserveringar på någon boulevard, lyssna på det språk fransmannen talar så det låter som musik från amours pilbåge när han avlossat en pil i rätt riktning.

Svanstrand tittade på Sivert och växlade blicken mellan honom och Eifeltornet ett par gånger. Läste på etiketten, Martell finest cognac. Höjde så blicken igen mot Sivert.

– Tack, sa han. Det var generöst, men varför?

– Jag tycker som jag sa. Ta med lilla Britta på en utflykt till Paris. Ni kan lätta från Arlanda på fredagskvällen och landa igen på samma flygplats under söndagskvällen. Då har ni även hunnit med ett besök, med förbeställda biljetter naturligtvis, till antingen Moulin Rouge, den röda kvarnen uppe vid Montmartre, eller på Folies Bergère. Båda två med glassiga påkostade varietéshower. Ett måste om man är i Paris, Sigge. Jag tycker det var så trevligt och roligt att du trillat dit, så jag vill hålla grytan kokande. Första steget var ju vitt vin och räkor. Det funkade ju eller hur. Nästa steg är nu alltså Paris. Sedan kan jag ställa upp som best man när det är dags, Sigge.

– Snällt av dig Sivert. Du verkar veta hur man skall hantera ett sådant där vässbryne, eller hur man säger?

– Njaa, men jag tror mig veta åt vilket håll man skall dra den där slipstenen, Sigge. Men först, konsultera din lilla narkossköterska och lägg fram förslaget som din briljanta idé. Beställ biljetter till någon av teatrarna innan avresa, annars funkar det inte. Vi, hustrun och jag, har ju tidigare varit på Folies Bergère, och det glömmer vi aldrig. Men, inget av de man vill göra i Paris är på något vis gratis. Det tror jag är bra att ha med i bagaget, Sigge.

– Vi får se, Sivert. Vi får se, sa han begrundande och tog sig om hakan. Nu har vi ju lite annat vi måste reda ut. Jag ber att få återkomma i detta delikata, trots allt, ärende.

– Exakt, sa Sivert. Vi följer dagens agenda till att börja med. Vi plockar in armbrytarens kollega först och främst. Jag har ingen plan två, på lut. Men det känns som om ingen sådan behövs. Men, vad denne man säger kommer vi kunna ställa in kompassen efter. Jag tror han kommer snacka.

– Min tanke också, sa Sigge. Jag ska tala med åklagaren och se vad hon anser om att plocka in Bergström och samtidigt göra en liten husis om det nu är så nödvändigt. Vi börjar med åklagaren.

– Du Sigge, nu vet vi i alla fall var pengarna kommer ifrån.

– Gör vi?

– Ja, de som låg i tårtkartongen. Om det stämmer som Ylva sa och hennes mamma berättat, så var det kulorna som Beck – Horntygel nallat på ett avancerat men simpelt, enkelt vis. Med Ylvas vittnesmål, blåser vi Horntygels stärbhus.

– Visst, dessa kulor tillhör Stadsverket anser jag så här spontant. Men, problemet blir väl var någonstans man ska föra in dessa kronor när det är full balans på debet och kredit. Där har ju, vad jag förstått av ekoroteln hos oss, dubbelkollat. Så man kan inte bara lägga in drygt tre mille hur som helst, det skapar obalans. Man måste ha en förklaring vad det är för pengar annars börjar man fundera över penningtvätt. Det finns inga konton som saknar stålar på drygt tre mille, då kan man heller inte bara plötsligt lägga in dessa slantar någonstans. Beck – Horntygel, skulle säkert klara den saken, men nu har vi inte henne att tillgå, vi vanliga simpla amatörer.

Det kanske hamnar under allmänna arvsfonden? Som tur är ligger nu inte detta på vårt bord, så vi behöver inte bry oss över hövan, även om jag saknar dessa slantar.

Steg ett Sigge, snacka med vår åklagare. Vad är det hon heter nu, by the way?

– Hon heter, fan har du glömt det redan Sivert? Kanske inte var så bra den där resan till Paris att slå runt på Sacre Cour. Vi kommer också inom en kort tid få ytterligare en kvinnlig åklagare, då kommer du säkert ihåg dem. Den vi, eller jag ska kontakta, heter Ann-Sofie Hamilton.

– Hon är en gammal uv. En av de första åklagarna vi hade i landet, men nu börjar de små liven poppa upp som popcorn ur en kastrull. Ja, jag överdriver nog inte om hon är minst en femtionio år eller så, sa Sigge och log.

– Tack för den passningen.

52

Nu hade man Bjarne Halvar Bergström på häktet där man senare under dagen skulle förhöra honom, var det tänkt. Det var den vägen man normalt gick, men... Han var inte helt kurant av flera orsaker så till en början hade häktet uppsikt över honom i hans cell varje halvtimma.

När man tidigare under förmiddagen skulle hämta Bergström på deras företag i Solna, hade polisen funnit honom liggande på golvet med ett blödande sår i huvudet. I övrigt, hade Bergström varit indränkt mer eller mindre, av alkohol. En sönderslagen butelj hade legat bredvid Bergström på betonggolvet där det mesta från innehållet i buteljen hade flutit runt honom på samma golv. Den övriga drycken, som inte flöt på golvet, fanns troligen inombords, i Bergström. Ett svart buntband av till synes känd sort, fanns sammankopplat med två andra buntband, som han hade haft runt halsen. Av alla tecken att döma, hade han försökt göra allt för att hänga sig. Den tidigare krok som satt i taket ovanför där han låg, som han antagligen lagt ett buntband runt, hade rätat ut sig och räddat hans liv, när han sparkat undan pallen han stått på. Han hade troligen i fallet ramlat över pallen som låg där samt slagit huvudet i cementgolvet. Kroken såg nu mera ut som en lite böjd spik. Hans bedömning av krokens hållbarhet, var att den var aningen bristfällig minst sagt. En krok ifrån en vanlig klädgalge.

Allt tyder också på att han hade varit ensam i lokalen. Bodén, hans kollega, var fortfarande kvar uppe i Dalarna och bodde på hotell i Mora. Han har alibi för tiden då Bergström försökte förkorta sitt liv. Bergström hade luktat enbart sprit. Om han hade tagit sina mediciner också, återstår att se. Prover finns på labbet.

Man hade konstaterat att det var tre buntband sammankopplade men inget av dessa hade brustit av hans kroppstyngd, utan det var den klena krok som satt i taket, som hade rätat ut sig helt och hade på så vis räddat Bergströms sorgkantade liv.

Han hade blivit körd till akuten på Karolinska sjukhuset i Solna för att plåstras om och kolla upp om det förelåg någon hjärnskakning.

En lättare hjärnskakning hade Bergström nu ådragit sig och man beslöt därför på läkarens ordination, att vänta med förhör några dagar, troligen ända upp till en vecka. Låt honom helt enkelt få återhämta sig både från sina svarta tankar om att förkorta sitt liv, samt att läka ut den lilla hjärnskakningen han i samband med fallet ådragit sig. Sova och vila, gäller. Han vilar lika bra på ert häkte som på någon sal hos oss. Han är till och med säkrare för sig själv på häktet, svårare än så är det inte.

Häktesläkaren skulle se till Bergström kontinuerligt. En kurator var också inkopplad. Bergström själv, hade bett att få tala med den präst som jobbade där.

Kriminalkommissarie Svanstrand hade kallat ihop sina utredare och man körde sin rundabordskonferens. Precis som man brukade.

– Välkomna ska ni som vanligt känna er, började han och for med blicken runt bland sina närmaste medarbetare.

Jag kan börja med att berätta för er som eventuellt inte vet, att vi plockat in Bergström. Han på begravningsbyrån Bergström & Bodén. Han finns nu uppe på häktet och vilar ut efter ett resultatlöst försök att förkorta sin vistelse på denna jord. Han har i det misslyckade försöket ådragit sig en lättare hjärnskakning som gör att vi väntar några dagar med att förhöra honom. När, det är möjligt att höra honom, kommer vår läkare på häktet att få avgöra.

– Här kan man kanske säga att antidepressiva mediciner i kombination, som Sivert tidigare varit inne på, inte är någon bra kombination. Man blir, eller kan bli, lite nojig helt enkelt, sa Tessan.

– Jo, precis så är det. Då kommer man till det där läget att man inte vet riktigt varför man gör si eller så.

– Men detta är ett fall framåt, som jag ser det. När man nu tänker efter på de senast inträffade, känner i varje fall jag mig så som vi är inne på finalen i vår jakt. Vi är på upploppet efter den som på ett brutalt och ohejdat sjukligt vis, enligt mig, ändat livet på ett par av våra medsystrar, fortsatte Tessan.

– Halleluja, sa Anton och suckade!

– Om de nu har skett under inverkan av droger eller annat, så har gärningsmannen ändå ändat livet på ett par oskyldiga medborgare, går inte att komma ifrån, hängde Janne på. Men vet vi ännu egentligen något konkret?

– Stopp, stopp! Svanstrand höll upp båda händerna för att få hejd på alla spekulationer i klassen. Så här kan ni inte hålla på att gissa och spekulera, sa han. Är ni poliser eller ungar från dagis? Rättning i leden om jag får be. Nu ska vi först förhöra Bergström och se vad han har att tillföra vår utredning. Det enda jag anser man kan spekulera i, är om Berglund, Post-Olle ni vet, kan dra upp en fin röding igen år Fredriksson.

– Berglund anser jag nu kan fiska i lugna vatten, om ni nu hade någon fråga i avseendet. Så Anton, nu lägger vi farbror Berglund äntligen åt handlingarna, på kriminalkommissarie Svanstrands ansvar. Frågor på det?

– Har vi fått några svar ifrån Linköping än, chefen?

– Nej Tessan. Det har vi inte. Men vi har skickat ner ytterligare material till SKL. Det är ett skoavtryck ifrån Bergströms skor. Ni minns kanske att man funnit ett bra avtryck av en sko uppe på Friggagatan hos Horntygel. Vi har också gjort ett avtryck från Bergströms vänstra handrygg, eller handlov, vilket ni vill, där han hade ett sår drygt en vecka gammalt. Vi är ganska övertygade om att det stämmer med gummihandsken som hittades på brottsplatsen med en reva i. Några övriga frågor på det?

– När är det en bensträckare, undrade Anton?

– Tror vi inte kommer längre än så för tillfället som det verkar. Vad vi nu väntar på är när Bergström är i det skicket att vi kan genomföra ett förhör med honom. Vi har endast bevisning om att han exempelvis befunnit sig i lägenheten där Beck – Horntygel bodde. Både genom den ljusblå gummihandsken och så som jag tror, ett snyggt och prydligt skoavtryck. I övrigt finns inga bevis att det är han som tagit lägenhetsinnehaverskan av så att säga, daga. Bara än så länge indicier, men de är desto fler.

Kan vi avskriva Bodén då, han med armbrytarintresset? Både ja och nej. Först och främst måste man vara två för att dansa tango, för det andra måste man vara först till kvarn. Men, det drar vi då vi hört vad Bergström haft för sig den 19 april.

Om ingen annan har något att tillföra, tackar jag för uppmärksamheten. Ha en fortsatt bra dag! Nästa möte blir då vi hört Bergström.

53

En vecka går egentligen ganska fort om man tänker efter. På tok för fort, har jag fått för mig, en rent personlig tanke.

Kriminalkommissarie Pierre Sigurd Svanstrand som hade rorkulten i hand för att styra sin spaningsstyrka med brottsutredare och övriga medarbetare, hade nu fått klartecken att förhöra Bergström när han nu önskade enligt läkaren på häktet. Han, häktesläkaren, hade sett till att för alla eventualiteters skull, så hade Bergström körts till Karolinska Universitetssjukhuset i Solna igen, nu för att genomgå en röntgen av hans nacke som kanske hade fått sig en törn vid hans försök att öka på i statistiken för landets självhängare. Man ville inte få skit i efterhand för bristande undersökning av den omhändertagne.

Så nu hade Svanstrand satt en tid till klockan nio påföljande morgon. Där skulle han själv och hans vapendragare, kriminalinspektör Sivert Uno Fredriksson, sköta förhöret.

– Ja, sa Svanstrand när Fredriksson anlände klockan åtta med en ostfralla och en mugg kaffe i händerna.

Satte sig vid bordet i deras lilla fikarum där Svanstrand redan satt med sin fikakopp.

– Vi kör väl den lätta linjen i början för att mjuka upp hans munläder, om det nu skulle behövas. Allmänna snacket, liksom, eller?

– Rätt så Sivert, sa Sigge. Kan du läsa tankar också, undrade han vidare?

– Läsa tankar, undrade Sivert medan han tuggade på sin ostfralla?

– Ja, jag hade tänkt föreslå ett allmänt snack för att pejla läget med Bergström. Vi behöver inte avlossa några större bredsidor, utan vi kör vedertagen praxis.

Klockan var nu nio och då skulle häktespersonal ha installerat Bergström i det förhörsrum man hade bokat, av det förhörsrum som fanns tillgängliga denna morgon.

– Sivert tittade på klockan och nickade mot korridoren?

– Nej, han får sitta och svettas en stund. Sånt är bara bra. Han får hålla ut den där akademiska kvarten, sedan kan vi resa oss och då tar det ytterligare tre minuter. Svanstrand log, för ovanlighetens skull.

– Jaha, sa Sivert! Du träffade lilla fru Gustavsson tre trappor, i går kväll?

– Mmmm, log Sigge bara. Nu kan vi gå!

Bergström hade suttit nedsjunken på sin enkla stol, så nedsjunken man nu kan på en enkel stol som omedelbart lämnar en känsla av sittsår och en tydlig träsmak. Kanske är det polisens mening, att göra livet värre för de intagna och på så sätt får allt överstökat lite snabbare. Hur som helst var det en budgetvariant på dessa stolar. Svanstrand tänkte ta upp detta med sin chef senare. De som dock håller ut, är de grövre rövarna som inte säger halvsju under förhören som då blir ganska enformiga och enkelriktade. Men nu är de som det är. Svanstrand petade upp dörren med knät för han hade händerna fulla med pärmar och papper. Fredriksson bar på sin laptop för så att säga, syns skull. Allt för att sätta lite psykologisk färg på tillställningen. Bergström hade också storögt tittat på allt Svanstrand släpat med sig in och som han dumpat med en dov duns i bordet lite medvetet klumpigt.

– God morgon Bergström, och ursäkta oss att vi är lite sena.

– Vi ska försöka bättra oss, hänge Fredriksson på och fick genast onda ögat av sin chef.

– Ja, sa Bergström. Ni är lite sena. Jag ska komma ihåg det till mina memoarer.

– Ja, Bergström, gör så. Detta förhör är utan någon som helst misstanke om brott i detta läge. Det är bara en del i en förundersökning om mord.

Vi kommer banda förhöret. Är det okej tycker du?

– Tja, det är väl så, sa Bergström lakoniskt och håglöst.

– Du känner att du mår bra nu efter händelsen för en vecka sedan?

– Ja!

– Då startar vi förhöret med Bjarne Halvar Sixten Bergström 28-04-08 född i Katarina församling. Förhörsledare är kriminalkommissarie Pierre Svanstrand och förhörsvittne är, kriminalinspektör Sivert Fredriksson, berättade Fredriksson för bandspelaren.

– Den 19 april, som var skärtorsdagen innan påsk, vad gjorde du den dagen?

– Hur fan ska jag komma ihåg det, kom det hetsiga svaret?

– Funderar man ett tag, brukar man komma på saker och ting om vad man gjorde, eller underlättar för minnet vad han hade för sig den dagen. Det var alltså dagen före långfredagen.

– Nä, vad fan… just nu minns jag inte.

– Arbetade du eller var du kanske bara hemma eller så?

– Ja, när du säger det så, var jag nog på firman en sväng.

– Har du bil, eller åkte du kommunalt, promenerade, eller?

– Nä, bil var de inte. Jag hade ätit lite sill så man kunde ta sig en sup till lunch. Då kör jag aldrig, är du helt vrickad?

– Ja, en sup sa du, hur har du det med dina alkoholvanor, Bergström?

– Alkoholvanor? Det vet jag inte.

– Nej, man kan ju inte hålla reda på alla detaljer.

– Hade jag haft alkoholvanor, var det så? Om jag hade haft det, hade jag kommit ihåg det, sa Bergström och nickade bestämt. Alkoholvanor…

Man hade nu tröskat med Bergström i ett par timmar så det var kanske dags att ta rast. Det var magert så här långt det man fått veta av Bergström.

– Vad tror du om att vi bryter här för lite lunch, Bergström? Det är ju trots allt en hel del vi snackat om.

– Låter som en alldeles utmärkt idé, konstapeln. Alldeles utmärkt idé.

– Efter lunch kommer det vara ett par andra konstaplar som fortsätter förhöret. Dom brukar köra så det ryker, så det ska säkert gå bra. Men vi kommer att ses senare Bergström. Jo, en sak till. Var det du eller din kollega Bodén, som funderade på att flytta till Spanien?

– Du menar, Bertan?

– Om det är Bodén du nu menar med Bertan? Svar ja!

– Nä, det var nog jag, sa Bergström som tänkte dra till kanariefåglarna. Jag hade lite affärer på gång som kunde ge lite kosing. Men det sprack på mållinjen. Det blev fel hela vägen.

– Affärer, säger du? Vad handlade de om?

– Jag hade fått ett stalltips om snabba pengar, om man säger.

– Okej, men då säger vi så. Ett par andra konstaplar kommer efter lunch, men som jag sa tidigare, vi syns igen Bergström.

– Ja ni poliser har en del att syssla med, så mycket förstår jag.

– Jo Bergström, så är det.

Sedan avslutade Fredriksson förhöret med att han berättade för bandspelaren att klockan nu var elva och tjugo och man skulle bryta för lunch. Efter lunch kommer kriminalassistent Tessan Lövgren – Kneck och kriminalassistent Janne Klinga fortsätta pågående förhör.

När det kom tillbaka till Svanstrands kontor, frågade han Sivert vad han ansåg om farbror Bergström.

– Vad tror du, hur känns det i magtrakten förutom att du är hungrig?

– Han är knepig denne man. Man vet inte när han talar sanning eller svamlar. Hans svammel känns ibland som om det är ett planerat gaggande. Eller så är han så här förvirrad som han verkar ibland. Han brusar upp, för att sedan sitta och lalla. Kan det vara den medicin han tar och den kröken han kolkar i sig som är resultatet. Ha, vi har nog tre B-gubbar.

– Nu får du förklara, Sivert.

– Ja, det finns ingen glasklar A-gubbe att finka just nu.

Och därför kan man kategorisera dem som tre B-gubbar…

Berglund, Bergström och Bodén. Påminner också om den där almanackan som det stod, BB, i. Det kan ju stämma in på alla, eller i vilket fall på både Berthold Bodén och hans kompanjon, vårdiket Bjarne Bergström.

– Mot Bakfinkan, sa Sigge och pekade med hela handen!

– Tror möjligen det är strömmingsflundror, potatismos samt skirat smör. Men jag kommer skippa lingon, om du undrar, sa Fredriksson.

– Vad ska det vara lingon till, undrade Sigge?

– Till strömmingsflundrorna, sa Sivert!

– Nä, de var de jävligaste. Det är väl inte raggmunk? Lingon!

54

Olle hade dragit på sig sina vadarstövlar och stod en bit ut i den brusande Vindelälven med sitt spö och med en nybunden fluga. Det var något visst med flugfiske ansåg han. Mera sport, liksom. Och det fanns gott om tid att tänka.

Felet med Berglund var kanske att han tänkte för mycket. Han filosoferade över livet, döden, morgondagen, som inte kunde berätta något för honom. Kanske skulle han ta för sig av livet istället. Den här dagen var en av hans fridagar utan arbete. Men redan i natt skulle han vara på väg till Stockholm igen för att sortera posten in till arkivet på KFM. Som vanligt var det nattåget det handlade om. Det började bli aningen tjatigt att stå där på perrongen vid SPÅR 1 för att vänta på nattåget som kom ifrån Umeå och gjorde första uppehållet vid Vännäs. Samma slitna perrong, samma blankslitna järnvägsräls som alltid blänkte så förhäxande i skenet från lokets strålkastare. Det var alltid ett Rapid-lok som drog tågsättet när det var en lång resa som skulle företas. Tänkte han efter, så var det enorma krafter som sattes i rörelse när loket startade. Bara loket i sig, vägde 65 ton visste Olle. Sedan var det alla vagnar och med en fart av max 150 km/h så var det inte bara att bromsa om någon älg stod på spåret och kliade sig i skallen vars den skulle ta vägen efter fint bete. Älgen hann säkert inte uppfatta faran. Då blev det ofelbart extrapris på älgfärs hos handlar'n i Vännäs påföljande dag, finmalen.

När Olle tänkt denna sorglustiga tanke, ryckte det i spöet och det var dags att veva in dagens första röding, som han hoppades. Han hade inte behövt hoppas, det var en röding som hade varit sugen på den till synes läckra flugan. En fluga Olle bundit själv. Det var lite sport att binda sina flugor själv.

Nu var han tvungen att byta fluga. Man kan inte fortsätta med denna fluga som var lite tilltufsad och behövde torka för att kunna flyta snyggt igen. Sådant här fiske skapade mängder med utrymme för tankar. Olle hade kanske för mycket tid att tänka, för mycket tid att grubbla. Berglund hade börjat tuta! Det blev ofta numera några Norrlands Akvavit för mycket. Det hade blivit oftare och det hade blivit flera än de borde.

Hemma hade han sin hustru som var ofärdig och blev egentligen bara sämre. Hon hade flera besök av hemtjänst om dagarna som nu hade blivit än fler. Hon åkte in på lassarettet i Umeå för några dagar och så hem igen några dagar. De satt fast i ett sorts ekkorrhjul. För Berglunds del, blev det snarare en avkoppling att åka upp till Stockholm för att arbeta. Han kom ifrån det monotona som han ville skulle få ett slut men ändå inte. Han funderade också varför man inte hörde av sig från polisen så som det gjorde ett tag tidigare. Han undrade ofta över om han var misstänkt för något, men polisen sa att det var han inte. Men, han undrade i alla fall, oron gnagde.

Tystnaden var otäck, det var som att vänta på något som han antagligen inte behövde vänta och oroa sig över. Men, det visste han ju inte. Varför ville den där kriminalinspektör'n ha ett buntband ifrån postvagnen, egentligen?

Varför var det så noga vad han gjorde på skärtorsdagen?

Oron tog hela tiden överhand bland Berglunds tankar. Det var ju på skärtorsdagen det hänt en olycka i arkivet nere i källaren. Var han kanske misstänkt för slarv när man byggde arkivet för 20 år sedan med de där rullande skåpen? Men mest var han orolig egentligen för sin hustru Greta. Hon kanske skulle behöva komma in på ett äldreboende eller ett sjukhem i Umeå, tänkte han. Hon kanske skulle känna sig tryggare och han skulle definitivt känna sig mindre orolig... kanske?

Hur som helst var hans tankar dystra. Han tyckte inte det var roligt längre som det nu var. Att åka för att fiska, var ett andningshål han hade som för att komma bort, komma hemifrån. Ibland kände han sin skuld för att han besökte den där sex-klubben i Stockholm. Det var som om han hade Ågren dagen efter de där besöken. Han hade ju nästan som klippkort, för att vara på sex-klubben Klara. Han var känd av personalen som arbetade där. Han hade till och med pratat med Nilla, hon som skalade av sig allt in på bara skinnet i strålkastarljus. I strålkastarljus! Jag som inte vill titta i spegeln när jag är hos frisören, tänkte han. Man ser alltid så blek och glåmig ut. Finns det någon mer avslöjande plats än frisörens spegel?

Jo, kanske. Det skulle vara i de där små båsen när man ska prova kläder. Starkt, obarmhärtigt blåtonat ljus från lysrör och så en spegel, där man kunde se sig själv som butikens egen Pellejöns. Blek, hålögd samt orakad och med antydan till akne.

Man kan vara färdig att ta repet, eller förorena Umeälven för mindre, tänkte han. Det var ändå inte en så svart tanke, mer putslustig om man tänker efter. Hans svarta tankar handlade bara om ond bråd död och Guds frid.

Jaha, så var det dags igen, tänkte han när det ryckte i spöet så toppen doppade i älven. Han började veva in dagens andra fångst. Också den på en hembunden fluga i orange färg.

En hemsk tanke slog honom plötsligt. Tänk om, Gud förbjude, han halkade, ramlade och slog huvudet i någon sten i vattnet... drunknade?

Ingen skulle hitta honom. Greta skulle inte kunna förklara var han var. De skulle ta dagar, veckor, innan man fann honom nedströms sargad och oigenkännlig. Han beslöt att avsluta fisket för idag. Gå försiktigt in till strandkanten och ta sig upp till bilen.

Där sjönk han ner alldeles slut. Han skakade av den chockartade tanken, drömsynen, de blixtrande färgbilderna för hans inre. Han såg sig själv där han låg, strax under vattenytan på rygg och han gungade i takt med det forsande vattnet från Vindelälven. Han var oigenkännlig men Berglund kunde identifieras med hjälp av sina kläder.

Höll han på att bli tokig? Jävla Fredriksson, skrek han för att om inte annat, skrämma de härjande demonerna i hans huvud som tagit allt större plats. Jävlar! Han lastade alla fiskegrejer och körde hem med vadarbyxorna på och medan demonerna trots allt, fortfarande hade fest i hans huvud.

55

– Dagen D har randats och vi har, tror jag, en hel del att ventilera. Vi har förhört Bergström i flera omgångar där han idag är anhållen skäligen misstänkt för vållande till annans död alternativt dråp, samt mord, sa Svanstrand inledningsvis.

– Vad säger Tessan och Janne som skötte till stor del förhöret av Bergström, undrade Fredriksson?

– Ja sa Tessan, det var ju en farbror som det var lite svårt att få grepp om i början. Men när vi väl hittade knappen att trycka på, berättade han själv. Det var en enda lång berättelse och erkännande. Att det är en trovärdig berättelse är glasklart och lätt att inse då han berättade sådana saker som endast förövaren kunde ha kännedom om och som stämmer med de vi funnit vid brottsplatsundersökningarna och husrannsakningarna vi genomfört. Tror alla som sitter här runt bordet fått ett PM om förhöret i sin dator, eller?

Alla hade nickat. Någon passade på att gå för att dra för gardinerna då vårens strålande sol tittade in och störde koncentrationen.

– Jo, Tessan, vi har den sa Fredriksson.

– Vill du säga något utöver detta, hakar du på när som helst som gäller förhöret, sa Svanstrand.

– Bra! Jag eller Janne återkommer i så fall sa Tessan.

Janne som satt bredvid henne, nickade instämmande.

– Okej, sa Svanstrand som såg ungdomligare ut än på länge och hade ett fånigt litet leende hela tiden.

Fredriksson hade observerat Sigges lite underfundiga leende och log även han när han förstod orsaken. Han hade väckt någon från de döda, tänkte han. Så enkelt. Bara med handpåläggning. Han hade bara fiktivt rört vid känselspröten.

– Alltså, återtog Svanstrand. Bergström, den olycksalige mannen, hade ifrån början hört sin kollega Bodén tala med någon i telefon. Av det han hörde, skulle det handla om att komma över en väldig massa pengar. Byrån gick inget vidare och de behövde investera. Nu fanns här en möjlighet, hade Bergström förstått. Men han var i sanningen, trött på jobbet och firman och hade haft drömmar om att flytta till solkusten i Spanien. Kanske köpa någon bodega, en enkel vinstuga. Den Bodén hade talat med i telefon, hade haft de upplysningar som behövdes för att komma över pengarna, hade Bergström hört och förstått. Han såg hur Bodén skrev ner något på ett papper invid telefonen. Så hade Bodén lagt på luren och sagt att han skulle upp till Gesunda för att titta på SM-tävlingarna i armbrytning, men jag minns inte när det där var.

– Jo, jag måste poängtera, sa Fredriksson, att detta är ett koncentrat av förhöret med Bergström annars skulle vi få hålla på i tre dagar. Man ska också ha i minnet att Bergström arbetat med döda människor i 27 år så man kan tänka sig att det sätter sina spår, även om det låter cyniskt.

Kanske blir man yrkesskadad på något vis. Förlåt att jag avbröt, chefen!

– Det som hände då var att Bergström tittade på lappen vad Bodén hade skrivit. Allt handlade om deras gamla lokal som nu var kronofogdens, men Bergström & Bodén Begravningsbyrå, hade ju nycklar kvar till sin gamla lokal. De hade bland annat en nyckel som hängde på väggen vid verktygen de hade och använde sig av om dagarna då de hade arbete att utföra, buntband, ljusblå gummihandskar skruvdragare och så vidare. På lappen stod det datumet 19 april, med klockslaget 16:00. Då skulle den regel på insidan av dörren till deras gamla lokal, vara borttagen. Här hade Bodén kluddat och som Bergström sa ordagrant, "med sin jävligt spretiga handstil" allt han behövde veta för att kanske hinna mala före Bodén. Det stod exakt var skattkistan var placerad i arkivet. Lokalen som sådan, kände han ju till sedan deras tidigare verksamhet där.

Bergström var på plats redan halv fyra, det vill säga 15:30 för att, som han sa i förhöret, "vara först till kvarn för att mala".

Men, han fick ett problem. Det stod plötsligt en kärring där mellan skåpen och försökte krafsa i flyttlådan. Troligen skulle hon varit borta klockan fyra, Bergström var ju för tidig. Han berättade hur han slog henne i huvudet lite lätt med påken, som han ansåg. Det handlade ju om några mille i den där lådan så då måste jag slå plankan i skallen på tanten. Där låg ju grunden för mig på solkusten. Olé! Eller vad det heter. Vad hade jag för val, hade Bergström menat? Just då, hade han hört att hissen uppifrån, var på väg ner till arkivet. Och precis då han skulle fram för att plocka ihop Spanien kåken, som han sa. Han hade vevat ihop skåpen så skapligt det gick, men något satt nog emellan för det hade varit trögt. Han fick ta i som fan. Sedan var han tvungen att sticka iväg, berättade han.

– Som ni märker, stämmer detta väl med vad vi själva räknat ut, men inte haft någon gärningsman till. Nu hade vi en pratglad farbror i förhörsrummet, passade Fredriksson in.

– Han hade ställt påken vid dörren, fortsatte Svanstrand och spänt fast den med ett buntband från företaget som han hade haft med sig. En försiktighetsåtgärd om någon tänkte lägga upp regeln på dörren igen som spärr för dörren. Han hade tänkt göra ett nytt försök var det meningen, då för att hämta hem stålarna. Han hade gömt sig i garaget utanför. Väntan fick inte bli lång, tänkte han och väntan blev det inte heller. Ut genom dörren kom en kärring. Det var ett jäkla spring på kärringar, hade han tänkt. Den tanken kom han väl ihåg. Det skulle ju varit tomt på kärringar i arkivet! Bodén hade frågat i telefon med den han talade med om det var mycket folk i arkivet.

Det hade oftast varit tomt varenda dag, hade han fått besked om. De här kärringarna var nog undantaget. Kanske några som städade, hade han tänkt. Den som kom nu, bar på en tårtkartong. Hon hade gått fram till hissen och åkt ner, tror jag sa Bergström. Jag tänkte att de där på kronofogden, var nog lite knäppa. Jag fick sno mig på och följa efter.

– Men, hade inte han Turesson, Toivo Turesson, pekat ut Bergström som den som besökte Stengren i Sumpan, undrade Anton?

– Stämmer, sa Viktor. Men, han hade aldrig sett ansiktet på den figur han sa sig ha sett i trappen. Denne granne till Stengren som hela tiden ökade på med detaljer vid förhör med honom, känns inte särskilt trovärdig. Från början, mindes han ingenting. Sedan berättade han för Janne och mig det ena efter det andra. Jag tror han var mer lite ensam och sökte någon att tala med. Vi blev ju också inbjudna på kaffe.

Vi har nu konfronterat honom igen med tio nya bilder på män med samma kroppsbyggnad, där inte Bergström fanns med. Den här gången var han bergsäker på att det var Bodén, han hade mött en gång i trappen hade han sagt. Han hade haft blommor med sig, mindes Toivo nu. Det var nytt för oss, avslutade Viktor sin minnesbild och log.

– Var det någon som sa bensträckare, undrade Anton?

– Du läser tankar, sa Svanstrand. En tolv minuters bensträckare från och med, nu!

56

– Då kör vi del två om vi får kalla det så och har nöjet att hälsa vår åklagare Ann-Sofie Hamilton välkommen. Vi skulle även hälsat vår länspolismästare välkommen, om han hade haft tid att komma, vilket som ni ser han inte hade. Men, vi kör ändå.

– Alltså, sa Svanstrand, Bergström tog liksom upp jakten på den tant han sett smita ut genom bakdörren till garaget, men tappat bort henne redan nere vid Katarinavägen. Han hade hört genom Bodén hur hon skulle se ut. Denna kärring som kom ut bakvägen, såg tillräckligt förläst ut för att vara den rätta, hade Bergström analycerat.

Han återvände till arkivet och den hägrande skatten, för nu måste det vara slut på kärringar trodde han. När han väl kommit in i arkivet för att kolla lådan, fick han först kliva över den kärring han slagit i skallen tidigare. Hon låg kvar, halvt under ett av skåpen, men kassakistan var mer intressant. Han drog ner lådan och fick se att den var tom. Det stod Wasa Express på flyttlådan, så det var rätt. Det hde virvlat ur en ensam tusenlapp då han sköt upp lådan igen. Klev ut mellan skåpen och började veva ihop dem igen så gott det gick.

Så tog han tog upp den lapp som Bodén kluddrat på för att se om där stod några mer upplysningar. Den som snillat stålarna och hade dem förvarade i lådan, var en kärring på Östermalm.

– Ja, ursäkta att jag lägger mig i och förtydligar igen, sa Fredriksson. Ni kan det här, men ändå... det Bergström menar med kärringen på Östermalm, så avser han vårt andra brottsoffer Karin Gunnel Beck – Horntygel på Friggagatan, Östermalm, hon med tårtkartongen. Kör igen, chefen !

– Bergström åker taxi upp till Friggagatan. Kostade femtiosex spänn, berättade han och träffar någon granne som öppnar porten för honom. Han berättar att han ska överlämna en majblomma som överraskning till en bekant i huset. Han blir därför bara vänligen insläppt. Han ser att det är en trappa upp och kliver genast iväg upp för trappen. Allt ser, enligt Bergström ut som han trodde det skulle göra i Östermalmskåkar av den lite mer finare delen.

– Allt var inte fint på Östermalm, var hans oombedda utsago, förklarade Janne. Han var ute och cyklade många gånger. Men vi lät honom hållas och det gav ju resultat.

– Tack Janne, sa Svanstrand och fortsatte. Han stod lite i skumrasket runt hörnet där han såg att det stod Horntygel på dörren. Han hade börjat med att ringa på, men ingen öppnade och ingen hund skällde. Bara att vänta. Ingen granne kom förbi. Skulle dom ut eller kom dom in, gjorde dom det via hissen, tänkte han.

Svanstrands utredare började skruva på sig för det började bli en aning långrandigt. Det saknades action, helt enkelt. Den som var flitig att hela tiden notera var de två kvinnorna i församlingen, Ann-Sofie Hamilton åklagaren, samt kriminalassistenten Tessan Lövgren - Kneck. Svanstrand själv tittade på klockan och visste att nu var det inte mycket mer att berätta ifrån förhöret. Men, han anade att det skulle bli en hel del snack när ordet var fritt.

– Så hade Bergström hört att porten en trappa under honom öppnades och någon verkade komma in. Porten slog igen och någon kom uppför trappan. Jäklar, hade Bergström tänkt. Han hade tryckt in sig så långt det gick vid den nisch han stod i, men måste ändå vara beredd att glida in genom dörren om det var Horntygel som kom, tänkte han. Det var hon! Samma kärring han såg komma ut från arkivet där nere i garaget för max en halvtimma sedan. Hon hade knuffat upp dörren och balanserade tårtkartongen med andra handen. Han smög med innan dörren gled igen och ställde sig åt vänster där det hängde någon kappa i hallen. Dörren hade slagit igen och han såg att kärringen hade satt sig och sjunkit ihop i en fåtölj som stod i hallen, en bit in. Hon satt med ryggen mot honom och han hade stått avvaktande. Efter ett tag verkade det som om hon hade somnat. Hon satt i en sån där jävla tråkig Emma fåtölj, hade Bergström förklarat, för förhörarna.

Sedan hände det som av sig själv. Jag drog upp ett buntband jag hade i jackan, jag hade egentligen flera, och gjorde en slinga av det. Bara att tassa fram, lägga slingan runt kärringens hals och så dra åt så mycket tygen, eller plasten höll. Jag tror inte hon hann märka något egentligen. Något rosslande ljud kom ur henne, men inte särskilt mycket och absolut inte högt. Nu hade jag annat att tänka på, förklarade Bergström.

– Som vi sa ifrån början, återtog Fredriksson igen. Allt detta har ni utan någon förkortad version. Jag hoppas vår åklagare även fått allt material vi har i detta fall, sa Fredriksson vidare och vände sig nu mer direkt mot Ann-Sofie Hamilton, åklagaren med fråga på rösten?

– Det tar jag för givet, hade hon svarat lite stelt.

– Bra, det tar jag också för givet, sa Fredriksson och visade med handen denna gång att Svanstrand kunde dra den sista delen också.

– Bergström hade alltså, med hjälp av ett buntband, strypt Beck – Horntygel. Sedan hade han börjat leta efter de pengar han ansåg måste finnas där eftersom flyttkartongen, då han nyss rivit ner den ifrån sin hylla i arkivet, varit tom sånär som på en ensam tusenkronorssedel som virvlat ut.

Lägenheten Bergström nu vände upp och ner på var även den tom på den stora summa pengar han letat efter.

– Det tragikomiska sa Janne som närvarade vid förhöret, var att Bergström sa så här ordagrant, ja det finns i ert mejl också, "Jag hittade inte en svensk krona av de där miljonerna och där satt en dö kärring med ett fånigt leende på hennes blå läppar i en jävla Emma fåtölj med en tårtkartong bredvid sig på golvet. Man kan bli tokig för mindre."

– Ja, sa Svanstrand. Vi vet ju att i tårtkartongen så låg ju de miljoner Bergström traktat efter och som skulle ordna en plats i solen. Sedan vet vi också att han, utan att någon sett honom, lämnade fastigheten och slängde ett par buntband vid sidan av porten på Friggagatan.

57

Bjarne Bergström, dömdes av Tingsrätten till mord på Karin Gunnel Beck – Horntygel, samt för vållande till annans död av Ulla Stengren.

Straffskalan visar på 18 år för mordet på Beck – Horntygel och 2 år för vållande till annans död.

På grund av Bergströms allvarligt psykiska ohälsa, blir påföljden sluten rättspsykiatrisk vård med särskild utskrivningsprövning.

Egentligen var det oväntat att man skulle överklaga domen, men Bergström ansåg att han inte var särskilt knäpp, som han uttryckte det.

Hovrätten slår nu fast att det handlade om mord och vållande till annans död och ändrar domen från Tingsrättens beslut om rättspsykiatrisk vård, till fängelse i 14 år. Enligt expertis, var dock Bergström psykotisk när han begick brotten. Han ska också genomgå en drogbehandling samt betala ett skadestånd med en sammanlagd summa av 250 000 kronor.

Fallet om Bodéns medverkan, kommer upp senare.

– Jaha du, sa Fredriksson. Var det bra eller dåligt det här ? Var det väntat eller oväntat, Sigge?

– Ibland blir det så här. Inget jag tycker vi ska behöva be om ursäkt för. Vi hade ju en massa indicier men inga bevis, inga vittnen, ingen teknisk bevisning egentligen.

Att det var Bergströms blå handske vi hittade i Horntygels lägenhet, har vi fått veta av Linköping. Samma med den reva och sårbild Bergström hade på översidan av hans vänstra hand. Även skoavtrycken vi fann hos Horntygel, kunde vi se var identiska med Bergströms skor. Synd att vi inte fick tag i den granne som öppnade porten åt honom för att lämna någon majblomma. Han kanske kunde gett oss ett fint och gångbart signalement?

– Lite flyt hade vi väl ändå. Ja, men de var vi värda. Ibland går det vår väg. Denna gång gjorde det så, hängde Sivert på.

– Så kan det va!

– Från det ena, Sigge. Vad äter vi idag, det är snart dags för Bakfinkan?

– Och det serveras?

– Tror det är bräckt falukorv, med löksås, eller något för den yngre genaretionen, wokad kyckling!

– Låter inte så tokigt med den där wokade kycklingen. Jag tror nog jag ska satsa på den.

– Oj, det trodde jag inte. Vad har nu fru Gustavsson sagt om dina matvanor?

– Äh, jag tycker bara det låter sunt och bra.

– Jag hänger helt klart på, grabben!

Man reste sig, tog hissen ner till gårdsplanet och stegade frejdigt iväg mot Bakfinkan för wokad kyckling.

Inte utan att kriminalkommissarie Svanstrand kände sig nöjd med de arbete hans utredare hade gjort. Att Bergström sedan lättade sitt hjärta på ett uttömmande vis, var ju bara den där grädden på moset. Hans berättelse stämde in på de material dom själva hade. Det saknades bara den där lilla pricken som satte punkten.

De balanserade iväg med sina brickor med den härligt doftande kycklingwoken i näsborrarna fram till sitt vanliga bord. Där fick de alltid sitta ostört, nästan.

– Undrar vad som stört Bergström i hans skalle egentligen. Nu var det ju en skaplig packe sedlar han hade möjlighet att komma över för att förverkliga sin dröm om en bodega eller liknande nere på solkusten. Det var nog den tillräckliga tändvätskan. Jag ser synen framför mig. Han klampar runt i Horntygels lägenhet och vänder ut och in på allt. Han missade bara att kolla tårtkartongen...

– Ja ja, Sivert. Nu har vi lunch och då snackar vi inte jobb.

– Helt rätt, jag bara tänkte på den där tårtkartongen där den stod på golvet i hallen med drygt tre mille under locket. Men vem fan skulle tänka på att leta där, efter miljoner?

– Som sagt, sa Sigge igen och tittade med onda ögat på Sivert. Undrar vad det ska bli för väder till helgen, sa han?

– Väder i helgen? Tja, inte vet jag. Men det blir väl det vanliga när man är ledig, regn! Du Sigurd, har ni, eller rättare sagt du, talat med fru Gustavsson om en helgresa över till Paris? Bara du och hon. Du har ju trots allt en del att fira.

– Jo, jag har pratat med Britta, för det är så hon heter. Hon fann mitt förslag, eller ditt, men det sa jag naturligtvis inte, som väldigt trevligt. Hon hade aldrig varit i Paris sa hon.

– Men, det låter ju väldigt trevligt.

– Jag har beställt biljetter!

– Biljetter... flygbiljetter?

– Nej, biljetter till den där showen på Follies Bergerè.

– Strålande Sigurd, strålande!

– Nu har jag ju blint litat på vad du gillar, och då vet man ju inte förstås.

– Om du skulle se publiken Sigurd, så skulle du förstå att detta inte är någon matinéföreställning.

– Woops, vem kommer här?

58

– Får man slå sig ner, undrade Ann-Sofie Hamilton?

– Men absolut, sa Svanstrand och visade med handen lite så där chevaleresktiskt mot den lediga stolen.

– Hoppas bara jag inte stör, sa hon?

– Inte en chans, förklarade Sigurd igen lika älskvärt.

– Har man gjort ett bra val som tog den wokade kycklingen, undrade hon lite enkelt och tittade på Fredriksson?

– Mycket bra val om du frågar en så enkel konnässör som jag, sa Fredriksson och var förvånad själv över sitt ordval. Varför sa jag konnässör, tänkte han? Var fick jag det ifrån, och framför allt, vad betyder det? Men åklagaren hade nickat glatt åt hans förklaring, så då hade han kanske sagt rätt ändå... kanske?

– Ursäkta mig att jag frågar så här på lunchen och drar in arbetet, men den där Bergström hade, ja jag har lyssnat på bandet från förhöret, öppnat alla sina kranar och berättade både sakligt och detaljerat om vad han haft för sig på de olika platserna, under samma dag. Det skiljde ju bara i tid, ett par

298

timmar? Men att han har någon psykisk åkomma, det hör man ju ibland hur han talar, sa åklagare Ann-Sofie Hamilton. Där ser man vad alkohol i kombination med mediciner kan ställa till folks beteenden. Detta är ju tyvärr ett ganska vanligt och förekommande problem. Normalt handlar det ju endast om alkohol, men då i rikliga mängder.

Länspolismästaren kom med sin bricka kryssande mellan borden. Han fick se åklagaren som satt med Svanstrand och Fredriksson och styrde kursen dit. Bordet var för tre personer, så länspolismästaren nickde mot ett bord som var ledigt en bit bort och undrade om hon kunde hänga på, för han hade en del att diskutera med henne?

– Ursäkta mig, hade hon sagt åt både Svanstrand och Fredriksson. Plikten kallar, så att säga sa hon och reste sig för att följa efter länspolismästaren.

– He he, sa Sivert. Det är skönt med en egen kupé!

– Jag undrar vad hon egentligen ville, sa Sigge?

– Tror du hon ville något annat än bara snacka strunt, då sa Sivert?

– Ja, något säger mig att det var så. Du, eftersom du ändå ska gå för att hämta kaffe åt oss, kan du väl ta med dig kvällsblaskan också på en gång? Man undrar vad man skrivit om, Friggamordet.

Med en bricka i varje hand, gick Sivert iväg för att ställa deras brickor i vagnen för disk. En ny bricka och två muggar kaffe kom han åter med, samt kvällsblaskan under armen.

– Står på första sidan, *Friggagatsmordet*, plus löpet, såg jag sa Fredriksson och ställde ner sina kaffemuggar utan att spilla.

– Egentligen skrivs det ingenting som vi inte visste, sa Sigge.

Det är samma snack som vanligt och några dimmiga bilder för att man inte ska se vilken bilden föreställer, det kan man lika gärna låta bli. Varför gör dom så egentligen, sa han och vek ihop blaskan och slängde den lite irriterat på bordet.

Fredriksson hade såklart tagit tidningen och bladade lite för att se om det stod något i övrigt av intresse om Djurgården hockey. Men det var det vanliga sida upp och sida ner. Alltid är det så kallade nyheterna tryckta med stora fonter och med svarta rubriker. Aldrig några nyheter av det glättiga slaget... han stannade upp i bladandet och började läsa. Förändringen på Fredriksson hade plötsligt blivit så markant så till och med Svanstrand reagerade.

– Vad är det nu då, undrade han, har Djurgården förlorat?

– Det står att det hände en olycka i går kväll vid Vännäs järnvägsstation, sa Fredriksson...

– Jo, men sådant händer ju tyvärr ganska ofta, sa Svanstrand. Men vad sa du... Vännäs?

– Exakt, sa Fredriksson märkbart tagen. Berglund skulle arbeta i går kväll om jag inte räknat fel i hans kalender. Han brukar ta nattåget ifrån Vännäs station vid plattform 1, spår 1 och kliva på som vanligt. Det kan inte vara sant, sa Fredriksson. Det är nog bara en tillfällighet, försökte han förklara för sig själv. Det finns ju även andra som åker tåg eller kan befinna sig nära spårområdet. Så måste det väl naturligtvis ändå vara?

– Vårt första spår, SPÅR 1, om jag inte minns fel, sa Svanstrand, det var väl Berglund i Vännäs?

"Mat kan man äta om man är aldrig så hungrig"

Min morfar Nils Ingvar Nilssons maxim

Möjligen är denna sentens lika aktuell nu, som i början av boken där vår kriminalinspektör Sivert Fredriksson tagit detta till sitt bord? Både vid polishusets eget lilla fluster, restaurangen Bakfinkan, som vid utsvävningarna i Paris euforiska värd vad gäller gastronomiska kalloriintag.

Persongalleri

Pierre Sigurd Svanstrand
Kriminalkommissarie grova brott från Mjölby, är en flitig rökare. Har ett välväxt luktorgan, kallas därför Sigge-Banan

Sivert Uno Fredriksson
Kriminalinspektör boende i Älvsjö, Stockholmsförorternas oas. Gillar mat, livet, samt arbetet

Karin Gunnel Beck – Horntygel
Kronoassistent vid kronofogdemyndigheten, KFM. Bor på Östermalm och har starka band med vår Herre. Stor kunskap inom transaktioner, penningplaceringar och revisioner

Ulla Stengren
Kronoassistent som har ögonen med sig men har nedsatt hörsel. Kallas av kollegerna på arbetet för, Stenis

Olof Kristian Berglund
Posttjänsteman som är pensionerad men arbetar på övertid. Bor i Vännäs, Västerbotten. Kallas rätt och slätt, Post-Olle

Berthold Bodén
Begravningsentréprenör, Svensk Mästare i armbrytning +70 V har ett företag, Bergström & Bodén Begravningsbyrå

Bjarne Bergström
Begravningsentréprenör önskar flytta till solkusten. Har ett företag, Bergström & Bodén Begravningsbyrå. Super tappert

Janne Klinga
Kriminalassistent 30 år

Tessan Lövgren – Kneck
Kriminalassistent 30 år, frågvis

Anton Franke
Kriminalinspektör grova brott

Levin
Kronoinspektör, kallas ofta för, fröken Levin

Eriksson
Kronoinspektör, ny inom Kronofogdemyndigheten

Birger Bigge Östergren
Ordningspolisen, polisassistent från Södermalm

Sten Ulfsson
Ordningspolisen, adept

Tryggve Ekholm
Rättsläkare vid Solna rättsläkarstation

Milena Sokolovska
Rättsläkare, rättsmedicin, patolog

Emma Winston
Rättsläkare, rättsmedicin, patolog

Arvid Johansson
Buse i marginalen och allmänt bråkande kåkfarare

Wilbur Karlsson
Kriminaltekniker grova brott

Viktor Karlsson
Kriminaltekniker grova brott, ej släkt med Wilbur

Toivo Tureson
Vittne och nyfiken granne på Råstensgatan i Sundbyberg

Ann-Sofie Hamilton
Åklagarämbetet, åklagare

Ylva Stengren – Delon
Art Director i Paris, dotter till Ulla Stengren

Britta Gustavsson
Tre trappor, granne med kriminalkommissarie Svanstrand